자녀와 부모가 함께 읽는

청춘일기

자녀와 부모가 함께 읽는

청 춘 일 기

초판 1쇄 펴낸 날 / 2021년 4월 23일

지은이 • 구범 강경수 | 펴낸이 • 임형욱 | 디자인 • 예민
펴낸곳 • 행복한책읽기 | 주소 • 서울시 종로구 창신11길 4, 1층 3호
전화 • 02-2277-9217 | 팩스 • 02-2277-8283 | E-mail • happysf@naver.com
인쇄 제본 • 동양인쇄주식회사 | 배본처 • 뱅크북(031-977-5953)
등록 • 2001년 2월 5일 제2014-000027호
ISBN 979-11-88502-21-9 03810   값 • 20,000원

자녀와 부모가 함께 읽는

청춘일기

구범 강경수 지음

행복한책읽기

비인지능력이 아주 뛰어난 사람

삶은 누구를 만나는가에 따라 인생이 많이 달라질 수 있다. 나는 미국에서 스티븐 코비 박사를 만난 후 인생이 완전히 달라졌다. 그 전까지는 국제적인 간척 엔지니어링 박사로서 '땅 넓히기'를 했다면, 내가 40대 후반에 코비 박사를 만난 후에는 '마음 넓히기'로 인생의 방향이 완전히 바뀌었다. 그 후 한국으로 귀국하여 〈김영사〉와 〈한국리더십센터〉, 〈한국코칭센터〉를 설립하여, 베스트 북 출간과 선진 리더십, 코칭 교육 도입을 통해, 한국의 정신문화를 발전시키기 위해 지금까지 노력하고 있다.

약 10여 년 전 강경수 교수가 한국리더십센터 전문교수가 되겠다며 나를 찾아왔다. 첫 인상이 성품이 선하고, 대화 중 뭔가를 이뤄낼 수 있겠구나 하는 의지와 용기가 느껴졌다. 나는 직원들을 채용하는 데 우선은 능력을 키우고 발휘할 기회를 주는 편이다. 그 기회를 살려내는 사람들이 있는가 하면, 그렇지 못 한 사람들도 있다. 강경수 교수는 전자에 속하며, 나를 만난 후 인생이 바뀌었다고, 이 책에서 고백하고 있음에 감사하게 생각한다.

　성공을 하는 데 있어서는 암기력, 이해력, 사고력과 같은 인지능력도 중요하지만, 성실함, 인내심, 자신감 그리고 공감능력, 회복탄력성 같은 비인지능력도 중요하다. 어쩌면 21세기 지혜감성의 시대에는 비인지능력이 더 중요할 수 있다.

　내가 아는 강경수 교수는 절대 포기 또는 좌절하지 않고, 맞다고 생각되면 바로 행동하며, 또한 끝까지 노력하여 성취를 이뤄내는, 그런 비인지능력이 아주 뛰어난 사람이다. 강경수 교수에게 어떻게 하여 그런 비인지능력들이 길러졌는지 궁금했는데, 강경수 교수의 자전 수필집인 이 책을 읽어보며 완전히 이해하게 되었다.

　한국리더십센터 전문교수로서뿐만 아니라, 강원도 횡성의 〈로꾸꺼법칙센터〉에서 많은 사람들에게 선한 영향력을 끼치고 있는 강경수 교수가 어떤 사람인지 알고 싶다면 일독을 권한다.

　책을 쓴 동기가 자식들을 위해서라고 했는데, 이 책은 부모와 자식과의 소통뿐만 아니라 세상과 더 큰 소통을 하는 데도 훌륭한 도구가 될 것임을 믿어 의심치 않는다.

弘宣 김경섭(한국리더십센터그룹 회장)

한 자연인의 영혼의 울림,
그 아름다운 무늬의 모음집

　강경수 교수. 내 고등학교 동창생이다. 구수한 된장국 같은 친구다. 그가 이순(耳順)을 앞두고 수필집을 낸다니 가슴 뭉클하다. 그리고 먹먹하다. 빼어난 문학작품을 읽는 것과는 또 다른 차원의 감동이 요동친다. 왜냐하면 이 수필집의 바탕을 이루는 글은 그가 고등학교 때 쓴 일기기 때문이다.

　한 소년의 삶의 기록이라는 차원을 넘어서, 시대의 아픔과 한, 그리고 극복의 몸부림이 명료하게 읽힌다. 무엇보다 그가 옮겨놓은 곡진한 이야기 몇몇은 거침없이 내 눈물샘을 자극했다. 흑백사진이지만, 아름답다. 따뜻하다.

　물론, 이 책에는 현재를 살아가는 그의 삶의 기록이 더해져, 이 수필집은 바로 자연인 강경수의 영혼의 울림, 그 아름다운 무늬의 모음집이다. 70년대 말과 80년대 초, 가난과 맞서면서도 긍정적으로, 또한 앞만 보고 살아온 까까머리 소년 강경수가 자신을 둘러싼 환경과 주변의 사람들과 손을 잡고 현재까지 살아온 구체적 삶이 고스란히 녹아 있다는 뜻이다.

그렇게 그가 한 줄 한 줄 써 내려간 문장들에는 시종일관 진솔함과 재미와 슬픔이 배여 있어, 사람 냄새가 진동한다. 감동이 아닐 수 없다. 거침없이 읽히는 매력이 있다. 책을 읽는 내내 그 어느 유명한 사람의 기록보다 더 가슴으로 읽히고 자연스럽게 공감의 날개가 펼쳐져 행복했음을 고백한다.

너무 많은 것을 포기하고 산다고 해서 N포 세대라 불리는 요즘의 젊은이가 이 책이 품고 있는 깊이를 느껴야 하는 이유도 바로 여기에 있다. 앞으로의 삶이 더 견실해야 하는 까닭을 설명하고 있는 중년에게도 흑백사진처럼 빛바랜 기억이 아름답게 소환될 것이다. 여러분도 그 행복한 시간으로 같이 동참할 것을 권한다.

오석륜(인덕대학교 교수 • 시인 • 번역가)

자전 수필집을 쓰게 된 3가지 이유

첫 수필집을 세상에 내놓는다. 내가 후세에 귀감이 될 만한 자서전을 남기는 훌륭한 사람들처럼 유명인사는 아니지만, 그래도 나의 자전 수필집 정도는 써야 되겠다고 마음을 먹게 된 데는 다음과 같은 세 가지 이유가 작동했다.

첫째, '구범 강경수의 로꾸꺼 법칙' 유튜브 채널 방송을 하면서 '책의 재발견' 코너를 만들어, 1편으로 『벤자민 프랭클린의 자서전』을 선택했다. 왜냐하면 그 책이 자기계발의 효시서에 가깝기 때문이다.

미국 건국의 아버지, 미국의 정신, 최초의 미국 시민 등의 애칭이 따라붙는 벤자민 프랭클린(Benjamin Franklin, 1706~1790)은 초등학교 2년 중퇴의 학력 밖에 없지만 끊임없는 자기계발로 위대한 성취와 성공을 이루어, 죽을 때는 미국 국장(國葬)의 예우를 받은, 그야말로 입지전적인 인물이다. 그래서 『벤자민 프랭클린의 자서전』을 자기계발의 효시서라고 불러도 전혀 손색이 없다.

　그 자서전 1부는 벤자민 프랭클린이 1771년 65세 때 그의 장남 윌리엄 프랭클린에게 편지 형식으로 쓰기 시작한 글들의 모음집이다. 미국의 독립에 지대한 영향을 끼친 아버지 벤자민 프랭클린과 달리 아들인 윌리엄 프랭클린은 미국 독립전쟁 당시에 영국 편에서 싸웠던 인물이다.

　즉, 부자지간에 서로 적으로 총부리를 겨눴던 사이인 것이다. 신념이란 이렇게 무서운 것이다. 아버지로서 얼마나 안타까웠을까? 전쟁이 끝나고 서로의 심정은 어떠했을까? 소통은 잘 되었을까? 그래서 말로 다 할 수 없었던 아버지의 마음을 편지 형식의 글로써 남기게 된 것이 아닐까?

　그 책의 방송을 준비하면서 영감이 왔다. 그래 나도 자식들에게 하고 싶은 말을 벤자민 프랭클린처럼 글로써 쓰면 되겠구나. 벤자민 프랭클린은 65세 때 자서전을 쓰기 시작했는데, 나는 이제 60을 바라보는 나이니, 늦지도 않은 적당한 나이구나 싶었다.

　둘째는, 나의 부모님 때문이다. 어머니는 중학교 2학년 때 설날 아침에 운명적으로 돌아가셨다. 어머니의 빈자리로 인해 홀로 자식 뒷바라지를 하며 정말 형언할 수조차 없는 고초를 겪으신 아버지. 아버지는 내가 한국해양대학을 졸업하고 첫 배를 타고 항해

중일 때 돌아가셨다. 지금도 부모님을 생각하면 바로 눈물이 나려고 한다.

부모님에 대한 그리움은 가득한데 막상 부모님에 대해서 아는 것은 너무나 부족하다. 무학이신 아버지께서는 일제시대인 1924년도에 태어나 소년 시절에 일제 징용을 갔다가 해방 후 귀국하였다. 그 후 본부인과 사별 후, 10살 적은 나의 어머니를 만나 강원도에서 다시 탄광 생활을 하며 번 돈으로 고향에 땅 10마지기를 장만하여 고생하며 살았다는 것이, 내가 알고 있는 거의 전부다.

공자는 부재관기지(父在觀其志), 부몰관기행(父沒觀其行)하라고 했다. 즉, 아버지 살아 계실 때는 그 뜻을 살피고, 돌아가신 후는 그 행함을 살피라는 말이다. 나는 아버지 살아 계실 때는 아버지의 뜻을 살펴, 아버지 근심을 덜 끼쳐 드리며 건강하게 공부를 열심히 하려고 노력했던 것 같다. 그런데 돌아가신 이후 아버지의 행함을 살피고 싶은데, 위에 적은 것 말고는 아는 바가 거의 없다. 참으로 가슴 아픈, 슬픈 일이 아닐 수 없다.

나도 언젠가는 아버지처럼 죽을 것이다. 그 후 나의 자식들도 나와 똑같은 후회와 슬픔을 겪지 않을까 싶은 마음이 든다. 그래서 그 자식들이 어른이 되어, 언젠가 나와 똑같은 마음이 들 때 볼 수 있도록 하기 위해 기록을 남겨두고 싶다.

셋째, 고교일기를 정리하다 보니 종교 선생님의 말씀을 기록해

둔 것이 있었다. "이 세상에서 가장 확실한 것은 사람은 모두 죽는다는 것이다. 이 세상에서 가장 불확실한 것은 언제 죽을지는 아무도 모른다는 것이다."

죽음은 필연적이다. 그런데 언제 죽을지는 아무도 모른다. 내가 가르치는 〈성공하는 사람들의 7가지 습관〉 과정 중 두 번째 습관이 "끝을 생각하며 시작하라"는 것이다. 삶의 끝은 어디인가? 죽음이다. 죽을 때 나의 모습이 어떠했으면 좋을지를 생각하며 살아가는 사람이, 그냥 막 살아가는 사람들보다 더 효과적이고 충만한 삶을 살아갈 가능성이 높지 않을까?

살면서 죽음을 생각하는 지구상의 유일한 존재는 인간뿐이다. 그것은 바로 인간 안에는 신성(神性)이 있다는 증거다. 그래서 "죽음을 생각하는 것은 신과 함께 하는 것이다"라고 하지 않았는가? 피할 수 없는 죽음이라면 죽음을 준비하는 삶을 살아야 하지 않겠는가? 죽음이 두렵긴 하지만, "죽음과 역경이 없이는 인간은 완성될 수가 없다"고 니체가 말했다.

노자는 도덕경에서 도상무위(道常無爲) 이무불위(而無不爲)라고 했다. 즉, 도는 늘 아무 것도 행함이 없지만, 그러나 하지 않음이 없다고 했다. 하나님은 아무 말도 없고 하는 일도 없는 것 같지만, 삼라만상을 모두 다스리고 있는 이치와 같다. 그런 무위자연(無爲自然)에 가까운 삶을 살아야 마땅하건만 아직도 아둔한 미명의 존재인지라 이렇게 삶의 흔적을 남기려 한다.

행여, 힘들게 현실을 살아가는 사람이 있다면, 나의 이 글이 그에게 조금이라도 위로가 되거나 힘이 되었으면 좋겠다. 동시대의 삶을 살아온 사람들에게는 따뜻한 공감의 추억이 될 수 있다면 하는, 그런 작은 소망도 가져 본다. 더하여, 혹시 젊은 청년들이 이 책을 읽게 되면 부모와 기성세대들을 좀 더 이해하고, 다가갈 수 있는 그런 계기가 될 수 있으면 참 좋겠다.

일기장에 나오는 '국민학교' 등 일부 표기법과 띄어쓰기 등 맞춤법이 지금과 다소 다를 수 있으나, 원문을 살려 그대로 둔 점을 밝힌다. 독자 여러분의 너그러운 양해를 구한다.

저자 구범 강경수

차례

1부

역경은 축복이었다

1

지금 이 나이에도 아버지가 그립다

오래 전 일이다. 2014년 가을 어느 날, 나는 한국해양대학교 강의를 다니고 우리 장남은 부경대학교를 다닐 때 일이다. 두 대학은 모두 내가 좋아하는 제2의 고향, 아름다운 항도(港都) 부산에 있다. 당시 나는 매주 월요일 해양대학에서 글로벌리더십 과목을 우리 자식 같은 사랑하는 후배들에게 가르치고 있었다.

강의를 18시 전에 마치고 나면 나는 기분이 좋아진다. 하루 6시간 강의를 다 끝낸 편안함도 있지만, 서울에서 멀리 부산까지 내려온 나를 기다려 주는 그리운 사람들이 항상 있었기 때문이다. 1980년대 젊은 제복 시절, 아침 조별 과업 때마다 힘차게 달리던 그 길고도 낭만적인 조도 방파제 길을 가볍게 걸어 나가, 해대 입구 정류장에서 버스를 타고 충무동 자갈치시장으로 간다.

비릿한 바다 내음이 정겨운 자갈치시장 회센터 건물 2층 단골집인 뉴-부산 횟집으로 들어가면 마음씨 좋은 총각 주인이 반가운 얼굴로 하얀 비닐이 덮인 식탁 위에 기본 찬이 정갈하게 준비된 창가 좌석으로 안내한다. 자리에 앉으면 넓은 창 밖으로 송도와 영도를 가로지르는 남항대교, 그 아래로 작은 배들이 그림처럼 떠다니는 환상적인 풍경이 눈에 들어온다. 회가 맛있지 않을 수가 없다.

그날은 우리 장남과의 만남이 기다리고 있었다. 부전자전(父傳子傳)이라고 했던가? 나도 일반 대학을 다니다가 반수(半修)를 하여 해양대학에 입학했는데, 장남도 그랬다. 장남과 둘이서 술을 마셔 보기는 아마도 그때가 처음이었던 것 같다. 그때 장남이 하던 말이 아직도 잊혀지지가 않는다. "아빠, 회가 꼬돌꼬돌해." 서울에서 먹어보던 물렁물렁한 활어회 맛과는 차원이 달랐던 것이다.

그날 밤 장남과 기분 좋게 한잔 후 상경 KTX 밤기차에서 아버지를 생각하며 SNS에 다음과 같은 글을 남겨 놓았다.

헌생명 가니 새생명 주는
생명의 신비 우주의 섭리

아버지나 아들이나
그리움은 매한가지

아들과 자갈치 한잔에

불현듯 떠오른 아버지

우린 뭐 그리 잘했었노
그래 고맙네 이 만큼도

죽은 후에 드러나는
아버지란 슬픈 이름

고향을 지나는 밤기차
가을밤 지독한 그리움

사랑하는 아들만큼
보고싶은 울아부지

그때 내 교육을 들었던 부산에 있는 한 지인이, 위 포스팅 사진
과 글에 남겨놓은 댓글과 나의 답글을 옮겨 본다.

❖ 제가 가장 해보고 싶었던 장면이네요. 일찍 아버지가 돌아가시고 성인
이 되어서 철이 들었을 때 정말 해보고 싶었답니다. 너무나 보기 좋아요.
이 사진을 보면서 대리 만족을 느낍니다. -최ㅇㅇ
　└ 아버님을 일찍 여의셨군요. 어머님의 사랑이 크셨겠군요. 저는 어머
니가 중2때 돌아가셨어요. 만나면 헤어짐이 당연하지만 깊어 가는 그리움

은 어쩔 수 없네요. 아이가 아직 어리죠? -강경수

❖ 아직 아이가 없어요^^ 전 중학교 1학년 때 돌아가셨어요… -최ㅇㅇ

└, 아~ 그러세요… 동병상련… -강경수

모든 기차는 늘 그리움과 낭만을 싣고 다닌다. 40여 년 전 해양대학 시절, 주말이면 고향을 오가기 위해 타고 다니던 부산과 대구 구간의 통일호나, 당시 강의를 위해 서울과 부산 구간을 타고 다니던 KTX나 매 마찬가지다.

그날은 특히나 더 그랬다. 참으로 선선하고 아름다운 가을밤에 사랑하는 자식과 함께 처음으로 술잔을 한잔 하고 올라오니, 달리는 밤기차의 차창에 스쳐가는 아버지에 대한 지독한 그리움에 불현듯 눈시울이 붉어졌다.

***

1979. 3. 29. 목. 비

보다 나은 생활을 위하여, 보다 나은 나를 위하여, 이 모든 것을 충족시키기 위해서는 대학에 들어가야만 한다. 대학에 들어가기 위해서는 공부를 해야 한다. 그래서 나의 발길은 자연히 도서관으로 옮겨졌다.

밖에는 소낙비가 억수같이 내린다. 지금 집에 아버지께서는 뭘 하고 계실까? 병드신 몸으로 밥을 짓고 계실까? 소 여물을 끓이고 있을까?

아냐, 모두 하고 계실 거야. 불쌍하신 우리 아버지. 지금 내 옆에는 아버지께서 고된지 코를 골며 주무신다. 아버지께서는 잠꼬대도 하고 계신다.

아버지! 아버지께 효도하고 싶다. 그러나 내 생활이 그렇게 허락치 않는다. 아~ 이대로 내일을 위하여 공부를 해야 하나? 아버지를 잘 모셔야 하나?

1979. 3. 30. 금. 비

밖에는 많은 비가 오고, 바람도 세게 분다. 유리창이 떨어져 곧 부숴질 것만 같다. 종면이와 교실에서 공부를 하고 있다. 그러나 공부가 손에 잘 잡히지 않는다. 집에 홀로 계시는 아버지를 생각하니 눈물이 핑 돈다. 정말 가슴이 꽉 메어 온다.

엄마는 작년 설날 때 돌아가셨고, 누나는 이번 설날 때쯤 시집 갔다. 그래서 아버지와 형 그리고 나, 이렇게 셋. 형은 직장에 나간다. 결국 병드신 아버지께서 늘 집안 일을 돌보는데, 사실 이건 힘에 너무 부치는 일이다.

누나! 시집간 누나가 매일 집에 와서 집안 일을 도와주고 있다. 정말 고맙다. 눈시울이 뜨거울 정도로…. 누나, 정말 이 은혜 잊지 않을게. 조금 전에도 누나가 다녀갔다. 난 누나만 옆에 있으면 마음이 놓인다.

1979. 4. 1. 일. 비

오늘도 매주 첫째 일요일 실시되는 '동문장학회' 모임에 참석하고, 철희와 탁구를 좀 치다가, 좀 늦게 집에 들어왔다. 아버지께서는 매우 우울해 하시고, 더욱더 짜증스러운 얼굴로 꾸중하시는 것 같았다. 나는 아무 말도 못 했다.

아버지께서 숨 가빠하시는 모습. 보기에도 매우 힘드시고 딱해 보였다. 소 여물을 다 하시고 저녁 식사 준비를 하고 계셨다. 난 뭘 해야 할 줄을 몰랐다. 그러나 나는 무조건 참기로 했다. 무조건···. 저녁 때가 되니 형이 피곤한 하루 일과를 마치고 들어왔다. 형도 아무 말도 없었다.

***

고등학교 1학년 초에 쓴 일기다. 병약한 몸으로 나를 위해 온갖 고생을 다 하신 아버지께서는, 정말 효도를 다 하고 싶었던 나의 바람과는 아랑곳없이, 내가 해양대학을 졸업하던 해에 첫 배를 타고 태평양을 건너 미국 입항을 5일 정도 앞두고 돌아가셨다. 배의 통신사를 통해 아버지 부음(訃音) 전보를 받아 들고는 정말 얼마나 펑펑 울었는지 모른다.

그렇게 나를 위해 온갖 고생을 다 하시고, 이제 그 자식으로부터 편안한 호강을 한번 받아볼 수 있게 되었는데 돌아가시다니···. 이 글을 쓰는 지금도 눈물이 흐른다. 한 번 바다에 나가면 아버지 임종뿐만 아니라 상(喪)도 치를 수 없는 뱃사람을 '상놈'이라 부르는 의미가 그때 처음으로 이해가 되었다.

아버지가 돌아가신 그 즈음에, 형의 둘째 조카가 태어났다. 그 넓은 바다를 바라다보며 생각했다. 하늘이 헌 생명을 거둬가고 새 생명을 주는구나.

살아 있을 때는 잘 모르다가 죽어서야 그 존재감이 드러나는 슬픈 이름 '아버지', 작고한 아버지 나이 근방에 와 있는 나도 지금, 이 나이에도 아버지가 그립다.

2.
리어카 두 대 분량의 일기

아버지는 1924년생으로 1987년 64세의 일기로 생을 마감했다. 암울했던 일제시대에 태어나 피비린내 나는 6·25 한국전쟁과, 소위 말하는 가난한 시절의 대명사인 보릿고개를 경험하며, 전쟁과 개발의 20세기를 온 몸과 마음으로 맞서 부딪히며 힘들게 살아온 우리 세대의 보통 아버지와 다름없다.

아버지에 대해 내가 들어 알고 있는 기억은 대강 다음과 같다. 일제시대 가난한 집안에서 장남으로 태어나 언감생심 학교 문턱에는 가 볼 수도 없었다. 할머니와 할아버지께서 어떤 분이었는지는 잘 모르겠다. 할아버지께서 전국을 돌아다니던 목수였다는 얘기를 들었던 것 같다.

분명한 것은 부모님이 아버지 어릴 때 돌아가셨다고 했다. 그래서 몇 살 때인지는 모르겠지만 어린 나이에 아버지는 마을 친구들과 일제 징용을 갔다고 한다. 우선 본인도 먹고 살아야 했겠지만 어린 두 동생들을 먹여 살려야 한다는, 장남으로서 책임감도 한 몫 했을 것 같다.

일본에서의 일제 징용의 삶은 우리가 책에서 배워 알고 있듯이 말할 수 없을 정도로 처참했을 것이다. 당시의 시대상을 보여 주는 동서양의 사진들을 보면, 그 소년들은 탄광 또는 공장에서 맨발로 일하면서도 그렇게 힘든 줄도 몰랐을지도 모른다. 왜냐하면 당시 먹고 살아남는 문제가 최우선 급무였을 것이기 때문이다.

해방과 함께 아버지는 귀국을 하고 결혼을 하셨던 것 같다. 정식 결혼식을 올렸는지도 분명치 않다. 그런 얘기를 들은 적도 없었고 결혼 사진을 본 적도 없기 때문이다. 그런데 분명히 들은 것은, 첫 결혼을 한 어머니는 아버지의 병구완을 위해 헌신적이었던 분이라는 것이다. 아버지에게 너무 잘하셨기 때문에 일본에서 데려온 여자라는 말도 있었던 모양이다. 이런 정황으로 미루어 볼 때, 아버지는 어릴 때도 건강하진 않았던 것 같다.

아버지께 그렇게 잘하셨던 첫 부인은 안타깝게도 자식이 없이 젊은 나이에 죽었다고 한다. 마을 개울 건너 부진동 뒷산 공동묘지에 그분의 묘가 있었지만, 아버지께서는 우리들에게 그 묘지를 일부러 알려주지 않았다.

그 후 아버지는 10살 아래로 생일이 아버지와 똑같은 1934년생 우리 어머니를 운명적으로 만나 결혼도 하고 함께 살았다. 우리들은 아버지의 첫 부인을 큰 어머니로 불렀다. 아버지께서는 나에게 특별히 부탁하기를 "큰 어머니 제사는 네가 모셔 주면 좋겠구나"라고 하셨다. 그래서 집안의 막내인 내가 지금까지 유일하게 모시는 제사가 큰 어머니 제사다.

***

1980. 11. 28. 금. 맑음

아버지의 그 괴로운 마음을 그 누가 알아줄까? 아버지 곁에 있노라면 정말 안쓰러울 뿐이다. 아버지께서는 너무 복이 없으시다. 할아버지 할머니께서도 아버지 어릴 때 돌아가셨다고 한다. 태어나실 때부터 부모복을 못 타고 났는지라 그 후 광산생활을 하시며 동생 둘을 먹여 살리려고 얼마나 고생이 심하였을까?

거기에 비하면 정말 내가 이렇게 살아가는 것이 부끄럽다. 아버지를 내가 돌봐야 할 형편인데 아버지께서 나를 돌보고 계시니…. 또 아버지께서는 처 복도 없으시다. 큰엄마로 불리는 첫 부인은 결혼 얼마 후 병사하셨고, 그리고 엄마가 또 내가 중2때 돌아가셨으니…. 이건 내게도 말할 수 없이 큰 슬픔이었지만 아버지에게도….

누나는 시집가고, 형은 군대 가고…, 나는 돈이 없으니 약도 제대로 못 지어 드리고…. 아버지, 제가 대학 졸업할 때까지만 기다려 주십시오. 지금은 제가 무슨…. 눈물만 흐른다.

＊＊＊

　귀국 후에도 배운 것이 탄광 일 밖에 없었기 때문에 아버지는 어머니와 함께 강원도 탄광촌으로 가서 살았다. 거기서 장기간 열심히 일하여 번 돈으로 고향에 논 열 마지기를 마련하여, 그 후에는 농사를 지으며 살았다. 그런데 그 후유증으로 어릴 때부터 건강하지 못 했던 아버지는, 탄을 캐는 일의 특성도 그렇지만 당시 열악한 근무 환경 탓으로 탄 가루를 많이 마시어 폐기종이라는 병을 앓았다. 그래서 찬바람이 폐부에 닿으면 기침을 심하게 하였다. 아직도 새벽 밥을 짓기 위해 부엌에서 콜록콜록 들려오던 그 차갑고 날카로운 기침 소리를 잊을 수가 없다.

　아버지의 기침소리가 얼마나 힘이 들었는지, 그래서 내가 찬바람이 불기 시작하는 가을 겨울을 얼마나 싫어했는지 다음 일기에도 일부 드러난다.

＊＊＊

　1979. 8. 30. 목. 맑음

　아침으로 서늘한 바람이 촉각에 닿을 때에는 새삼스레 느끼는 가을. 이 가을을 좋아하지 않는 이 뉘 있을까? 물론 나도 봄 여름보다는 가을 겨울을 더 좋아하는 편이다. 그러나 지금은 밉다. 아니, 미워해야만 한다.

가을이 지나면 겨울이 온다. 아버지께서는 날씨가 추우면 병이 악화되고 더욱더 고생하신다. 정말 너무 안쓰러워 볼 수가 없다. 특히 아침으로는. 그러므로 이럴 때면 어쩔 수 없이 가을을 미워해야 된다. 아버지께서 견디기 힘든 추위가 닥쳐오기 때문이다.

수확의 계절 가을이라고 하지만 나에게는 모든 게 하나 둘 사라지는 것 같다. 진작에는 가을과 겨울을 그렇게 좋아하면서도, 아버지 관점에서 가을과 겨울을 바라볼 때 이들은 가시덤불이다.

1981. 11. 3. 화. 맑음

아침이면 나에게는 한없이 괴로운 시간. 부엌으로부터 들려오는 아버지의 콜록콜록거리는 기침소리는 참으로 나의 가슴을 아프게 한다. 더욱더 나를 슬프고 처량하게 만드는 것은 아버지의 그 한탄하는 소리다. 아프면 약이라도 지어 먹어야 하는데, 아버지께서는 돈이 없는데 약을 어떻게 지어먹느냐고 말씀하신다.

아~ 그런 소리를 들을 때마다 정말 돈이 미워진다. 돈, 돈, 돈… 돈이 인생의 전부인가? 아버지께서는 돈만 있으면 모든 것이 다 될 듯이 얘기하신다. 내 입에 돈이라는 말을 올리기도, 쓰기도 싫다. 건강이 먼저인가? 돈이 먼저인가? 정말 답답해 미치겠다. 이런 저런 얘기들이 머리에 꽉 차, 학교로 가는 나의 발걸음은 마냥 무겁기만 하다

＊＊＊

해마다 악화되는 아버지의 건강을 보며 이번 겨울만은 제발 무사히 견딜 수 있기를 얼마나 간절히 빌었는지 모른다. 또한 해병대에 입대한 형이 빨리 나와 결혼해 주길 얼마나 바랬는지 모른다.

다행히도 아버지께서는 나의 고등학교 3년 시절은 고통스러웠지만 잘 견디어 주셨다. 거기에는 같은 마을로 시집간 덕분에 거의 매일이다시피 우리 집을 오가며 아버지를 물심양면으로 적극 도와준 누나의 사랑과, 주말마다 우리 집에 내려와 아버지와 나를 따뜻하게 보살펴 준 은주 누나의 정이 큰 위로와 힘이 되었다.

아버지께서는 내가 대학교 졸업 후 첫 배를 탈 때 돌아가셨다. 누나의 얘기를 들어보면 아버지께서는 앉아서 벽에 기댄 채 돌아가셨다고 한다. 아무도 임종을 지키지 못한 채, 홀로 쓸쓸히 앉아서 벽에 기대어 돌아가신 모습으로 발견된 것이다.

왜 그렇게 벽에 기댄 채 앉아서 돌아가셨을까? 우선은 늘 폐가 안 좋으셨기 때문에 숨쉬기가 답답해서 그랬을 수 있을 것으로 짐작된다. 더하여 아마도 배 타고 있는 사랑하는 막내 아들이 보고 싶어 그렇게 앉아 벽에 기댄 채, 기다리며 그리워하다가 마지막 숨을 거둔 것이 아닐까 싶은 생각도 든다. 그 모습만 생각하면 불효막심한 막내 아들로서 눈물을 그칠 수가 없다.

중국의 한시외전(韓詩外傳)에 수욕정이풍부지(樹欲靜而風不

止) 자욕효이친부대(子欲孝而親不待)라는 말이 나온다. "나무는 고요하고 싶은데 바람은 그칠 줄 모르고, 자식은 효도하고 싶은데 부모는 기다려 주지 않는다"는 말이다. 그래서 송강 정철은 "어버이 살아실 제 섬기기란 다 하여라 지나간 후면 애닯다 어이 하리 평생에 고쳐 못할 일은 이뿐인가 하노라"라고 읊었던 것일까?

그렇다면 내가 아버지에게 그나마 잘한 것이 있었다면 어떤 것이 있었을까? 돌이켜 생각해 보면 한국해양대학교에 입학한 것이 아니었을까, 라는 생각이 든다. 아버지께서는 내가 어릴 때 우리 마을에서 공부를 아주 잘한 사람이 해관대학을 들어갔다고 말한 적이 여러 번 있었다. 해관대학, 해관대학이라고 말씀하시곤 했는데, 내가 해양대학을 들어가고 보니 아버지께서 말씀하신 그 해관대학이 해양대학임을 알게 되었다.

아버지께서는 누나와 형, 그리고 엄마 대신 이모와 함께 나의 해양대학 입학식 때 참석했다. 그리고 나의 해양대학 모자를 아버지께 씌워 드리고 함께 사진도 찍었다. 그때만큼은 아버지께서도 많이 기쁘고 행복했을 것이라고 생각한다. 정말 매일 죽음을 생각할 정도로 힘들었던 병약한 몸으로 삼년 간 밥을 지어 먹인 막내 아들이 아버지께서 꿈에도 생각 못 했을 그 해양대학을 입학하게 되었으니 말이다.

주말 또는 방학을 맞아 해양대학 제복을 입고 고향 마을에 들어서면 마을 어른들과 함께 노시다가 당신의 아들의 출현에 행복해하시던 모습이 아직도 눈에 선하다. 그때는 형도 제대하여 결혼해 형수가 아버지를 잘 모시고 있을 때였다. 그 즈음의 몇 년 동안이 내가 기억하는 한 아버지의 가장 행복했던 순간이 아니었을까 하는 생각이 든다. 귀여운 손자들 재롱도 보시며….

아버지께서 돌아가시고도 한참 시간이 흐른 후 어느 날, 아버지께서 말씀하신 우리 마을에서 공부를 잘하여 해양대학에 들어가신 분을 찾아 뵌 적이 있다. 그분은 바로 월배초등학교 대선배로서 한국해양대학교 16기 출신으로 해양대 총동창회 회장도 역임하신 협운해운㈜ 마상곤 회장님이다. 그 훌륭하신 분을 찾아 뵈니, 그분도 우리 아버지를 당연히 기억하고 계셨다. 뿐만 아니라, 그 바쁘신 분이 나와 점심을 함께하며, 고향 얘기로 3시간 이상 함께 행복한 추억에 젖었다.

광화문에서 그 분을 만나고, 저녁 한잔을 위하여 서소문로에 위치한 친구의 해운회사 사무실로 걸어가면서 SNS에 다음과 같이 단상을 포스팅 했었다.

    어릴 적 아버지께서 말씀하시길
    마을에서 해관대학 간 사람있다

어떻게 내가 해양대학 입학하고 보니
그 말씀 속 해관대학이 해양대학이라

대학을 졸업한 지도 거의 삼십년
세월유수 실감나는 해 육상 생활

그런데 아버지 말씀하신 대선배
광화문에서 처음으로 만나 뵈니

보자 마자 아버지가 뉘신가 부터
세시간 동안 쉬지 않고 추억나눔

가난하여 공부만이 살길이셨던
시골고향 회상하며 감개무량해

모교 총동창회장 하셨던 분을
이제서야 알아보는 이 아둔함

참으로 꿈만 같던 시간을 마치고
돌아 오는 발걸음 가볍기 한없고

아름다운 덕수궁 돌담길 가득한
그리운 아버지 그리고 고향생각

아버지께서 돌아가신 지도 벌써 34년의 세월이 흘렀다. 그런데 평생 회한이 남는 한 가지가 있다. 아버지께서는 살아 생전에 "내가 살아온 것을 글로 쓰면 리어카 두 대 분량은 될 것이다"라고 여러 번 말씀하셨다. 물론 과장법이지만 그만큼 고생을 많이 하셨고 할 얘기가 많다는 뜻일 것이다.

그런데 나는 "그래, 어떻게 살아오셨어요? 그 힘든 세월을…"이라고 물어준 적이 없다. 리어카 두 대 분량의 일기를 못다 쓴 그 한(恨) 많은 세월을 당신의 가슴에만 새까맣게 다 묻어둔 채 홀로 쓸쓸하게 저승길로 떠나셨다. 그때 제대로 물어 주지 않은 것이 참으로 후회스럽다. 그래서 우리 자식들도 한 번도 묻지 않는 것일까? 그래서 또 '내리사랑'이라고 하는 것일까?

그리운 나의 아버지! 천국에서 다시 만나면 내 꼭 다시 묻고 들어 주겠다. "그 힘든 길을 어떻게 살아오셨어요?" 그때는 아버지께서 숨도 아기처럼 편하게 쉬시며, 약 걱정 없이 하고픈 얘기 다 할 수 있길 바란다. 그리고 아버지의 그 희생과 사랑 덕분에 막내 아들이 잘 자랄 수 있었다고, 그래서 참으로 고마웠다고, 그리고 너무너무 보고 싶었고 사랑한다고 말하리라.

3.
원기소로 낳은 막내

내가 강의 중 자주 하는 얘기가 있다. "무소부재(無所不在)의 신(神)은 존재하지 아니 하는 곳이 없다."

고린도후서에도 바울은 "그대는 살아있는 하나님의 신전이라…"고 말했다. 내가 살아 있는 하나님의 신전이면 내 안에는 누가 들어 있겠는가? 신은 밖에도 있고, 내 안에도 있다. 하지만 사람들은 보이지 않는 것은 잘 믿지를 않는다. 그래서 신이 눈에 보이는 화신(化神)으로 보낸 사람이 바로 '어머니'라고 한다.

신과 인간의 관계처럼 아이들도 낳아준 근원인 엄마와 떨어져 있을 때 분리불안을 느끼며 운다. 나도 고교 시절을 포함한 젊은 날 눈물이 많았던 것 같다. 특히 술이라도 한잔 걸치면 더욱더…. 가까운 친구들은 그냥 내가 좀 감성적이어서 그렇다고 생각했겠지만, 심리학을 전공한 내가 생각해 보기에는 아마도 어린 나이에 일찍 여읜 어머니에 대한 그리움과 병든 아버지와 홀로 남겨진 듯한 분리불안 심리가 기저에 깔려 있었기 때문은 아닐까 싶다.

그래서 아버지 병환이 깊어지거나 집안에 갈등이 생기면, 늘 어머니를 찾게 되었다.

***

1979. 12. 11. 화. 맑음

학교에서 농구를 하는 동안은 집의 일들을 까맣게 잊어버렸다. 그러나 집에 오는 길에 매우 걱정이 되었다. 형이 물을 길었을까? 어떻게 했을까? 대문을 들어서니 큰방에만 불이 켜져 있었다. 가방을 마루에 올려놓고 부엌으로 가 단지 뚜껑을 열어보니 물이 조금 밖에 없었다. 드디어 분위기가 좀 살벌하겠구나 싶었다. 방에 들어가서 저녁을 들자 아버지께서는 무슨 낙으로 살아가느냐는 등 울면서 하소연했다.

정말 슬픔을 금할 수 없었다. 그러나 나는 울지 못 했다. 물을 좀 길어놓지 않은 형이 미울 뿐이었다. 공부할 마음도 없이 그냥 잠자리에 들었다. 그런데 처음으로 꿈 속에서 엄마 모습을 보았다. 돌아가신 후 꿈에서 조차도 한 번도 나타나지 않았던 엄마가…. 아~ 정말 너무나 그리운 우리 엄마.

1980. 1. 1. 화. 흐림

집에 있기가 싫다. 집이 싫다. 가정도 싫다. 아버지도 누나도 형도 모두 다 밉다. 오직 엄마만이 그립다. 오늘밤에 집에 들어오지 않을 테다. 정말 견디기 너무 힘들다. 아버지는 아버지 나름대로 짜증을 내시고, 형

에게는 한마디 말도 할 수 없고, 또한 해도 말도 통하질 않고…. 가정이
라는 분위기는 조금도 찾아볼 수가 없다.

엄마도 추운 땅 밑에서 울고 계시겠지. 나를 보고, 아니 누나 형 아버
지를 보며….

엄마! 걱정 마. 난 꿋꿋이 살 거야. 누가 뭐라고 해도. 집을 뛰쳐나가
지 않길 잘 했어 정말. 내가 집을 나가버렸더라면 불쌍하신 우리 아버지
는…. 내가 바보야~. 겨울에 손가락 마디마디 골무를 끼시고 홀치기 하
시던 엄마가 생각난다. 새벽이면 언제나 엄마 홀치기 하던 소리가 정답
게 들렸건만… 이제는 더 이상 들을 수가 없네. 엄마~.

＊＊＊

정말 너무나 그리운 어머니였다. 내가 기억하는 어머니는 가난
한 살림에 잠시도 쉴 틈이 없이 일했다. 열 마지기 논농사 일은 물
론 아버지께서 주로 하셨지만, 어머니는 함께하며 수시로 돕고,
또 바쁜 농사철이 되면 아버지보다 더 열심히 일했다.

지금은 농사일도 모두 기계화가 되어 있지만, 당시는 봄에 모를
심고, 여름에 피를 뽑고, 가을에 벼를 베고, 추수를 위해 타작까지
모두 손으로 직접 해야 했다. 그래서 대규모 일손이 필요한 모심
기, 가을걷이 등을 할 때는 마을 사람들끼리 서로 일을 도와주고
도움을 받는 품앗이를 했는데, 우리 집에서는 거의 어머니가 나가
셨다.

품앗이가 끝나면 일을 주관한 주인 집에서는 저녁을 후하게 대접하는 것이 전통이었다. 그때마다 어머니는 그 저녁에 항상 어린 나를 데리고 갔었다. 당신의 아들에게 맛있는 음식을 배불리 먹이고 싶었던 것이다. 따라가면 정말 우리 집에서 평소에 먹을 수 없는 맛있는 음식들을 실컷 먹을 수 있어서 좋았다.

그런데 몇 살쯤인지는 잘 모르겠지만, 나이가 어느 정도 들면서부터 따라가기가 부끄럽고 부담스러워졌다. 그럼에도 불구하고 어머니는 나를 데리고 가려고 애를 썼지만, 결국은 안 따라다니게 되었다.

어머니는 노래도 참 잘하셨다. 모심기를 할 때는 못줄을 어린 내가 잡곤 했는데, 마을 아주머니들이 못줄에 따라 일렬로 서서 모를 심으며 노래를 부르곤 했다. 우리 어머니께서 선창을 하면 다른 사람들이 따라 부르곤 했다.

또한 항상 새벽이면 일찍 일어나 홀치기를 하곤 했다. 홀치기는 긴 실크 비단에 박혀 있는 수많은 점들을 하나씩 실로 묶기 위한 바늘 달린 수작업 나무 기구였는데, 그렇게 만들어진 옷은 일본사람들 옷을 만드는 데 쓰인다고 들었다. 일기에도 언급했듯이, 어머니는 상처 난 손가락 마디마다 골무를 끼신 채 홀치기를 하면서 늘 노래를 즐겨 부르곤 했다. 특히 많이 들었던 노래가 〈섬마을 선생님〉과 〈무정천리〉로 기억 난다.

어릴 때 나는 형이나 누나보다 어머니의 사랑을 특히 더 많이 받았던 것 같다. 그 이유는 막내이기 때문이기도 했겠지만, 어머니께서 새벽에 홀치기를 할 때면 내가 옆에서 실꾸리 실을 단단하게 감아주곤 했기 때문이다. 어머니께서는 일을 빨리 하고 싶은 욕심도 있고, 손이 부실하여 실꾸리 실을 물렁물렁하게 대충 빨리 감았는데 비해, 나는 실을 천천히 단단하게 감아줬기 때문에 일을 하는 데 실이 잘 얽히지 않고 적당히 잘 풀려 홀치기가 잘 된다고 좋아했었다. 실꾸리 자체보다 사랑하는 막내가 일찍 일어나 옆에서 말벗이 되어주는 그 자체만으로도 행복하지 않았을까 싶다. 어릴 때 어머니께서 불러주던 나의 별명은 '새벽 토까이'였다. '토까이'는 토끼의 경상도 사투리다.

나도 어머니에게는 뜻밖에 생긴 늦둥이 막내였는데, 우리 집 막내 딸도 뜻밖에 생긴 늦둥이다. 막내가 초등학교 다니던 어느 이른 아침에 깨어 적은 글이다.

유년시절처럼 일찍 잠든 것도 아닌데
나이들어 잠이 줄었는지 일찍 잠깨어

어릴 땐 엄마가 벌써 일어나 일하고 있었지만
지금은 아내가 옆에서 아직 곤한 잠 자고있다

엄마는 우리 새벽토까이 벌써 일어났나
말씀하시며 막내와 함께 행복해 했었지

나는 겨울 새벽 찬 공기 마시며
동녘 하늘 샛별 보며 오줌 누고

방에 들어와 엄마 홀치기 하는
실꾸리 실 감는 것을 도와줬지

그러면 엄마는 우리갱수가 감는 실은
단단해 좋다며 칭찬해 나는 으쓱했지

유년시절 엄마와 함께한 새벽이 그립다
아내는 이제 일어나 늦둥이 등교돕는다

우리 늦둥이에게 아내는
어떤 엄마로 그리게될까

　또 소량의 곡물을 빻을 일이 있으면 어머니는 항상 우리 마을 한가운데 디딜방아를 갖추고 있는 권씨 집안에 나를 데리고 가곤 했다. 어머니는 곡물을 웅덩이로 밀어 넣는, 다소 위험한 일을 하고, 나는 디딜방아를 발로 밟았다 내렸다 하며 곡물을 빻는 단순한 일을 했다. 그 일을 하면서 내가 뭔가 어머니를 돕는 대단한 일을 하는 듯한 뿌듯한 감정을 느끼곤 했었다.

   몇 년 전에 지방에 강의를 갔다가, 온양에서 건축설계 일을 하고 있는 권씨 집안의 셋째 형을 만나 한잔 술에 옛 추억을 나누며 즐거운 시간을 보내다가 상경한 적이 있다.

천안 강의 마치고 온양을 간다
추수 끝난 들판이 고향과 같다

옛날엔 비닐봉지 휘날렸지만
지금은 비닐롤이 흩어져있다

가난했지만 정 나누며 살던 그 시절
고향 마을엔 디딜방아 한 개 있었다

엄마와 나는 빻을 곡물 가지고
권씨 집안 마당에 가끔 갔었지

발로 힘차게 방아를 밟을 때면
나는 큰일 돕는 듯이 뿌듯했지

그 집 큰 마당처럼 너그러웠던
권씨 집안 셋째 형님을 만난다

그 형과 반평생 나눈 얘기보다
온양서 한잔 속 얘기가 더많네

외국에 가면 모두 애국자 되고
타향에 살면 모두 애향민 된다

고향 떠나 부초 같은 삶 속에
오늘 같은 날 있어 힘내 산다

　참으로 부지런하셨던 어머니는 잠시도 쉬는 것을 본 적이 없는
것 같다. 농번기 때가 아니면, 또 배추 등 채소를 전문적으로 재배
하는 낙동강 근방 큰 재배단지에서 채소를 떼다가 시장에 내다 팔
곤 했다. 가난한 시골 마을의 다른 어머니들도 많이들 그렇게 했
다. 왜냐하면 마을의 친구 또래들과 동구 길 근방에서 반딧불 등
을 잡으면서, 시장 간 어머니가 마을 입구 버스 정류장에 내리길
기다리곤 했기 때문이다.
　우리 어머니는 거의 항상 제일 늦게 온 기억이다. 다른 친구 또
래들은 자기 어머니가 버스에서 내리면 신나게 손을 잡고 마을로
사라졌는데, 나는 어머니와 같이 온 적도 있지만, 대부분은 기다

림에 지쳐 결국 혼자서 내려와 잠들곤 했기 때문이다. 그렇게 잠들어 있으면 뒤늦게 도착한 어머니는 잠든 막내 아들 입에다 시장에서 사 온 빵을 물려주곤 했다. 그러면 나는 반쯤 잠든 상태에서도 그 빵을 맛있게 씹어 먹었던 기억이 난다.

그 빵 맛은 죽을 때까지 절대 잊을 수가 없다. 왜냐하면 그 빵은 바로 어릴 때 엄마의 단 젖과 같은, 나를 이만큼 키운 어머니의 절대적인 사랑이었기 때문이다.

이런 일도 있었다. 아버지와 강원도 탄광촌에서 살 때 일이다. 당시 전국을 돌아다니며 열리던 노래 콩쿠르 대회가 그 탄광촌에서 열렸는데, 노래를 좋아하던 어머니가 그 콩쿠르 대회에 나가서 입상을 했다고 한다. 그런데 그 소식이 아버지에게 알려졌고, 화난 아버지가 무서워 어머니는 집에도 못 들어오고, 그날 밤새도록 집 주위를 빙글빙글 돌며 지새웠다고 한다. 10살이나 어린 어머니로선 가부장적인 문화가 강했던 당시에, 화가 난 아버지가 무서웠을 것이 충분히 짐작이 된다. 지금으로 치면 웃음이 나는 자랑스러운 일이지만….

나는 어머니 노래는 많이 들어 봤어도, 아버지 노래 소리는 한번도 들어본 적이 없다. 부모님의 그 DNA를 물려 받아서 그런지 나는 노래는 좋아하는데 잘 부르지는 못 한다. 고등학교 시절에 노래도 두 곡이나 작곡도 하고, 친구와 함께 자작곡 발표회도 했지만, 노래를 잘 부르지는 못 한다. 어떤 때는 술을 안 마시고 맨정신으로 부를 때는 박자도 잘 못 맞추기도 한다. 아마도 아버지께서는 어쩌면 음치였을지도 모르겠다는 생각도 든다.

어머니께서 강원도 탄광에 계실 때 뜻하지도 않게 나를 임신한 모양이다. 그런데 임신인 줄을 모르고 배가 이상하다고 생각하여, 60~70년대 유명한 영양제였던 원기소를 엄청 많이 먹었다고 한다. 그런데 알고 보니 나를 임신한 것이었고, 그 원기소는 고스란히 나의 타고난 원기(元氣)가 되어 우량아로 태어나게 되었다. 그래서 나는 원기소로 낳아, 사랑으로 기른 어머니의 가장 귀엽고 사랑하는 막내 자식이었다.

거기에 보답하기라도 하듯이, 내가 어릴 때 어머니께서 "우리 갱수, 노래 한번 불러 볼래?"라고 말하면, 나는 마당에서 엉덩이를 흔들어 가며 "저 푸른 초원 위에 그림 같은 집을 짓고 사랑하는 우리 님과 한 백년 살고 싶어~" 남진의 노래를 불렀다. 그러면 어머니는 "아이구 우리 갱수, 잘~한다 좋~다"라고 맞장구쳐 주셨고, 아버지는 지나가며 웃기만 하셨다.

4.

그리운 엄마, 고마운 이모

앞산 아래 실개천 흐르던
고향 마을 윗동네 우리집

정겨운 마당 왼쪽엔 우물
그 샘터가 장독대 정화수

보름달 휘영청 떠 오르면
청마루 끝에서 소원 빌던

엄마와 막내는 행복했네
시간이 갈수록 더생생해

짙어가는 유년 시절 추억
그리운 귀향길 가을 동심

언제나 그 자리 초동친구

술 한잔 나누면 단풍들까

나에게 있어서 어머니란 존재는 언제 어디서나 잠시만 눈 감으면 떠오르는, 늘 함께하는 듯한 그런 존재였다. 특히 명절에 고향을 가면, 늘 나의 짧은 2행시 글 속에서 회상의 주인공으로 등장하곤 했다.

정월 대보름달이 떠 오르면, 어머니는 막내를 가난한 청마루에 세워 당신과 함께 풍성한 보름달을 향해 소원을 빌게 했다. 그러고 보니 부엌 입구의 한 장독대 위에는 늘 깨끗한 정화수가 마련되어 있었다. 누구에게 뭘 빌었을까? 물 가는 모습도, 비는 모습도 한 번도 본 적이 없었지만…. 아마도 가족들 모두 건강하고, 잘 먹고 잘 살게 해달라고, 그리고 우리 막내 공부도 잘하게 해달라고 빌지 않았을까 싶다.

어머니는 10살 위인 아버지와 가끔 싸우기도 하였다. 싸웠다고 하기보다는 아버지께서 뭐라고 잔소리하시면 잠시 대들다가 어디론가 사라지곤 하였다.

내가 기억하는 주된 싸움의 발단은 식사 후 어머니께서 밥상을 빨리 치우지 않는 것 때문이었다. 바쁘고 고단하셔서인지는 잘 모르겠지만, 어머니께서는 식사 후 밥상을 빨리 치우지 않고 한 곳에 밀쳐 두는 습관이 있었다. 상대적으로 깔끔하셨던 아버지께서는 밖에 나가 놀고 오셨는데도 밥상이 그대로 있으니, 그것을 신경질적으로 지적하면 싸움이 시작되곤 하였다.

그런데 그렇게 싸우고 나면 어머니는 어디론가 사라지곤 했는데, 그럴 때마다 나는 크게 울며 어머니가 낙동강에 빠져 죽으러 갔다며, 어린 시절 나는 꽤 먼 낙동강까지 어머니를 찾으러 갔다 오곤 했었다.

오래 전 명절에 고향에 갔을 때, 그 낙동강가까지 산책을 가 본 적이 있다. 그 낙동강 둑 저쪽은 누런 강이고 이쪽은 어머니께서 떼다 판 푸른 채소 단지 밭이었다. 황혼녘 부드러운 햇살에 어머니에 대한 잔잔한 추억과 향수가 반짝거렸다.

　　　　부드러운 햇살 아름다운 저녁
　　　　어릴적 황토 시골길 바람되어

　　　　겨울철새 도래지 낙동강 기슭
　　　　잔잔히 헤엄치는 유년의 기억

　　　　여름과일 겨울배추 떼다 팔고
　　　　여가시간 홀치기로 고단한 삶

손등이 부르트고 손톱이 휘던
엄마는 어데가고 나만 이렇게

설명절 고향강 서산에 해지니
창공의 흰두루미 갈곳 어드메

　엄마를 울며불며 찾아 헤매다가 결국 못 찾고 울면서 집에 들어
오면, 아버지께서는 "경수야 울지 마라. 너희 엄마 안 죽었다. 좀
있으면 올 거다"라고 말씀하셨다. 그런데 신기하게도 2~3일이 지
나면, 어머니께서 녹슨 파란 철문을 열고는 "갱수야~"라고 크게
부르며 들어오곤 했다. 다시 나타난 어머니의 모습에 얼마나 기쁘
고, 반갑고, 마음이 놓였는지 모른다. 그런데 그때 어머니는 머리
위에 뭔가를 이고 있었는데, 그것은 바로 고구마 자루였다. 어머
니께서는 그 동안 합천 외갓집에 가 있다가 며칠 만에 뭔가 먹을
거리를 머리에 이고는 집에 돌아오곤 했다.

　해양대학 강의를 위해 서울과 부산을 오가는 기차 안에서도 늘
어머니는 함께했다. 특히, 바깥 풍경이 가장 낭만적인 곳 중 하나
인 낙동강변 삼랑진 부근을 지나거나, 또는 밀양의 강을 건널 때
는 더욱더 생각이 잘 났다.
　보통 때는 시(詩)도 아닌 일상의 스케치 같은 짧은 단상(斷想)
글에 굳이 제목을 달 필요성을 못 느꼈는데, 그 글은 〈참꽃과 할미

꽃〉이라는, 제목이 달린 아마도 유일한 글 같다.

참꽃과 할미꽃

형제의 강이 흐르는 밀양쯤
오면 늘상 그리운 바람인다

고향은 아니지만 고향같은
느낌을 주는 산과들과꽃들

세상 가장 슬펐던 그겨울날
엄마 하관식에 펑펑 울고는

바로 얼마 후 찾은 잔디 없는
엄마산소 봉우리에핀 할미꽃

너무도 그립고 신기한 마음에
온종일 넓은 벌판 내려다봤네

험한 보릿고개 살아남기 위하여
오십 골 깊은 산에서 따 온 참꽃

엄마의 형벌 같은 가난은 모른 채
나는 그 참꽃 단물 빨며 행복했네

중학교때 돌아가신 엄마가
35년 만에 처음 꿈에 보여

편안하게 웃어주시던 모습
얼마나 그립고 포근하던지

부족함 모르고 자라는 아이
키우며 나도 엄마가 그립다

　고향이 경남 합천으로, 1934년생인 어머니가 어떻게 10살 위인 아버지를 만났는지는 잘 알지 못 한다. 아마도 어머니의 언니인 이모가 대구에 살았기 때문에 들락거리다가, 합천과 대구 사이 촌 마을에 살았던 아버지와 어떻게 인연이 닿았던 것이 아닐까 추측된다. 정말 가난했기에 밖에 떨어진 막대기 한 개라도 집으로 주워 오던 어머니였다. 정말 한시도 쉰 적 없이 악착같이 살던 어머니였다.

　그 당시 새마을운동의 일환으로 농지정리사업이 있었는데, 꼬불꼬불한 작은 논들을 합해서 반듯반듯한 큰 논으로 만드는 일이었다. 마을 새마을추진위원장 중심으로 추진되었던 사업인데, 우리 집은 작은 논이 두 곳에 있어서, 합해서 하나의 큰 논이 되었다. 그런데 문제는 논의 위치였다. 우리 집 새 논이 마을에서 너무 멀고, 또한 논 한 쪽에는 찬물이 나는 농사에는 좋지 않은 곳이었다. 이에 어머니께서는 찬물로 인해 알곡이 못 열리고 쭉정이가 핀 벼를 들고, 마을 새마을추진위원장 집에 찾아가 강하게 항의를 하던 기억이 떠오른다.

정말 당신과 가족의 생존을 위해 물불을 가리지 않던 어머니였다. 그렇게 생활력이 강했던 어머니께서 일찍 돌아가시지만 않았더라도, 우리 집이 그렇게 힘들게 나빠지지는 않았을지도 모른다. 고교 일기에도 당시 그런 나의 마음이 기록되어 있다.

* * *

1981. 1. 29. 목. 맑음

앞으로 나는 나의 생을 살아가면서 많은 여백과 충분한 여유를 가지면서 살아갈 것이다. 속 좁은 인간이 아닌 모든 것을 아량과 관용으로 베풀 수 있는 인간이 되고 싶다. 쪼들리면서도 건강하게 살아가리라. 내가 크면 반드시.

엄마가 살아 계셨으면 집안이 이렇게 되지는 않았을 거다. 우리 엄마는 다른 어떤 엄마 보다도 정과 욕심이 많았을 뿐만 아니라 생활력이 강했기 때문에. 지금 내가 겪고 있는 건 엄마의 고생에 비하면 반의 반도 못 따라가겠지. 엄마! 오늘도 마을에 누가 죽어 나갔어. 공동묘지로 말이야. 얼마나 외로울까? 보고 싶어 엄마. 왜 내 꿈에는 한 번도 안 나타나는 거야? 어릴 때로 돌아 가고파.

＊＊＊

어머니께서는 가난했기에 제대로 먹지도 못 하고, 몸도 제대로 돌보지 않은 채 무리하게 일만 한 결과, 위암으로 고생하다가 45세의 일기로 1978년 설날 아침에 돌아가셨다. 명절날 아침에 우리 집 담 너머로는 곡(哭)소리가 흘러나왔다. 혹시라도 그 며칠 전에 돌아가셨으면, 설을 앞두고는 상가에 잘 가지 않는 풍속 때문에 초상을 치르기가 힘들었을 텐데, 오히려 설날 아침에 돌아가심으로 인해, 설 지난 후 초상을 무사히 치를 수 있었다.

어머니께서 돌아가신 후 아버지와 나에게는 하나뿐인 이모가 큰 힘이 되어 주었다. 이모는 대구에서 유능한 이모부 덕분에 큰 고생 없이 잘 살았을 뿐만 아니라 정도 참 많은 분이었다. 구수하고도 재미있게 말씀을 잘 하시어 언제나 함께하면 편안했고, 친척의 정을 흠뻑 느끼게 해주시는 분이었다. 명절이면 꼭 찾아 뵙고 용돈도 얻어 오고, 또 아버지와 누나의 부탁으로 수시로 찾아가곤 했었다. 집안에 빨랫감을 가지고 찾아가기도 했고, 또 농번기에 일손이 부족해 도움을 청하기도 했다.

***

1979. 6. 16. 토. 맑음

내일은 모심기를 하는 날이다. 그래서 이모한테 내일 점심과 중참을 좀 해달라고 부탁하기 위해 이모 집에 들렀다. 마침 누나가 와 있었다. 나를 기다리던 중이었다. 그래서 함께 이 세상에서 제일 풍성한 곳이라고 생각되는 시장에 들른 후 집으로 발길을 돌렸다. 집에 도착하자마자 곧 논으로 가니 아버지께서 논을 고르고 계셨다. 아버지께… 이어받아 내가 하고 나니까 마음이 조금 편했다.

1979. 6. 17. 일. 맑음

하늘에는 태양이 빛나고 공기에는 미풍이 솔솔 불어올 때 마을에는 모든 사람들이 땀을 흘리고 있다. 이 바쁜 농번기에…. 새벽 5시부터 논에 나가 모를 날랐다. 중참과 점심을 나르는 것이 나의 일거리였다. 모가 한두 포기 꽂힐 때마다 생명 탄생의 신비감을 느꼈다. 동시에 논이 푸르게 변하여 갔다. 모심기를 마치니 마음이 가뿐했다. 이모에게 정말 고맙다. 목욕을 하고 집에 오니 은주 누나가 와 있었다. 정말 더없이 좋은 누나다.

1980. 10. 28. 화. 맑음

우리 집안에는 친척들이 많지 않다. 이렇게 아버지께서 병으로 고생을 하실 때도 누가 도와줄 사람 한 명 없으니 참으로 슬프다. 엄마! 하고 한번 외쳐 보고 싶다. 하지만 난 이제 어린애가 아니다. 이모한테 가 있노라면 꼭 엄마 곁에 앉아 있는 기분이다.

내일 모레 베어 놓은 나락을 걷어야 하는데 일손이 없어서 이모한테 부탁을 하려고 이모 집에 들러 밤 늦게까지 놀다가 왔다. 순선 누나도 나에게 참 잘 해준다. 평시에는 못 느끼던 가정이라는 그런 느낌이 온 몸을 휩싸고 돌았다.

＊＊＊

이모 집을 방문하면 가끔은 아버지 고기라도 사 드리라면서 용돈도 주시곤 했다. 그런데 그 돈은 내가 회장으로 있던 동문장학회 밀린 사진 값을 갚는 데 쓰기도 했다. 이모뿐만 아니라 돌아가신 아버지에게도 미안하다. 그 뿐만 아니라 이모는 멀리 부산까지 나의 해양대학교 입학식과 졸업식 때도 모두 참석을 했다. 당신의 조카였지만, 아들 못지않은 애틋한 사랑의 마음이 진실로 느껴졌다. 그래서 나도 그 은혜에 보답하기 위해 대학 졸업 후 배를 탈 때, 휴가를 나오면 꼭 이모 집에 찾아가 고맙다는 말과 함께 용돈을 드리곤 했었다.

일찍 돌아가신 어머니와는 달리 이모는 건강하여 장수를 누리다가 몇 년 전에 요양병원에 입원하였다. 그 소식을 듣고는 명절에 고향에 갔다가 사람도 잘 몰라본다며 가보지 말라는 사촌 형의 말에도 불구하고 요양병원으로 이모를 찾아갔다. 처음에는 앙상한 모습에 이모인지도 몰라봤다.

그런데 이모는 나를 알아보고는 눈물을 흘렸다. 손을 꼭 잡고 놓아주지를 않았다. 사 간 요플레를 입에 좀 떠 넣어드리며 한참을 얘기를 나누다가, 두 손에 마지막 용돈을 쥐어 드리고는 거기를 빠져 나왔다. 그리고는 나도 얼마나 펑펑 울었는지 모른다. 그리운 어머니 대신에 얼마나 의지 되고, 또 고마운 나의 이모였던가?

작은설날 엄마와 시장에 가면
골목마다 풍성한 흥정과 인정

설빔 사주시던 울 엄마도 없고
담구멍 오간 이웃 정도 없지만

부초처럼 객지 떠돌다 때 되면
고향 향해 고개 드는 수구지심

어느새 다 자란 자식과 인연과
함께한 바다 여행이 참 고맙고

소중한 추억 간직한 참 오래된

벗들과 긴 밤 우정도 고맙지만

가장 고마운 것은…
정말 감사한 것은…

엄마 대신 대학졸업 참석했던
이모님과 요양병원 눈물 해후

밤새도 모자란 한평생 할 얘기
많으신 울 장모님과 함께한 밤

아~따뜻한 봄이 오면 내 다시
이모 뵙고 장모님 상경하실까

5.
누나, 우리 누나

나는 음악을 좋아한다. 청소년기 때 들었던 음악이 평생 간다는 말도 있는데, 정말 그런 것도 같다. 70~80년대 좋아했던 노래를 아직도 애청하고 있으니 말이다. 많은 가수들을 좋아했지만, 그중에서도 특히 양병집, 조동진 그리고 김민기 등의 가수를 좋아했다. 양병집의 〈아침이 올 때까지〉는 지금도 가장 애청하는 노래 중 하나다.

그리고 소중한 가족을 떠올리게 하는 노래가 있는데, 바로 김민기의 〈강변에서〉라는 노래다. 가사의 일부만 옮겨 보면…

> 서산에 붉은 해 걸리고 강변에 앉아서 쉬노라면
> 낯익은 얼굴이 하나 둘 집으로 돌아온다
>
> 아이야 불 밝혀라 뱃전에 불 밝혀라
> 저 강 건너 오솔길 따라 우리 순이가 돌아온다

라라라 라라라 노 저어라 열여섯살 순이가 돌아온다

라라라 라라라 노 저어라 우리 순이가 돌아온다

　새마을운동과 함께한 70년대 개발시대 공장에 일 나간 순이를 기다리는 비판적 서정의 노래다. 그랬다. 당시에는 초등학교만 졸업하고, 중학교도 진학 못 하고 공장에서 일하는 순이가 참 많았다.

　우리 누나도 그랬다. 어려운 가정 형편도 그랬고, 집안의 가사를 돕느라 공부도 못 하여, 시험을 거쳐 입학하는 중학교는 들어갈 엄두조차도 내지 못 하고, 초등학교 졸업 후 베를 짜는 방직공장에 취직했다. 그 어린 꽃다운 나이에 베틀 돌아가는 소리가 정상적인 대화가 불가능할 정도로 시끄러운 소음의 차가운 공장 안에서 일했다.

　누나는 나보다 나이가 8살 많다. 누나가 정확하게 몇 살부터 공장에 다녔는지는 잘 모르겠다. 위의 노래처럼 16살이나 되었는지 아니면 그 전부터 다녔는지는…. 아마도 16살 이전일 가능성도 많다. 왜냐하면 가정 형편상 초등학교도 졸업 못 하고, 공장에 취업한 아이들도 있었던 시절이었기 때문이다. 그때는 그랬다.

　아직도 생생히 기억나는 것은 내가 초등학교 다닐 때 누나 공장에 노란 양철 도시락을 갖다 주곤 했었다. 도시락을 들고 공장 안에 들어서면 윙윙하며 베틀 돌아가는 그 시끄러운 소리에 귀가 멍해지고, 나는 도저히 대화를 나눌 수 없을 정도였다. 누나가 열심히 일하다가 막내 동생인 어린 내가 오면, 얼마나 반갑게 맞아줬는지 모른다.

누나는 어릴 때 강원도 탄광촌에서 자라났으며, 초등학교 때 고향으로 전학 왔다. 나는 거기서 태어났는데, 앞서 얘기한대로 어머니가 원기소를 많이 먹고 낳은 자식이라 그런지, 외탁을 해서 그런지, 애기 때도 덩치가 커 누나가 나를 업고 다니다가 떨어뜨린 적도 있어, 어머니께 혼난 적도 많았다고 말했다.

당시 가난한 농촌 집안 살림에 누나가 그 어린 나이에 공장에서 일하며 벌어오는 돈이 집에 큰 도움이 되었을 것이다. 그런데도 불구하고 왜 그런지는 몰라도, 어머니와 누나의 사이가 아주 좋지는 않았던 것으로 기억난다. 어머니께서는 누나보다는 형을, 형보다는 나를 더 사랑했던 것 같다.

그렇게 고생한 우리 누나는 어머니께서 돌아가신 그 해에, 같은 마을의 2살 위인 자형과 연애 결혼을 했다. 그렇게 나로부터 어머니도 떠나가고, 누나도 떠나가 버린 것이다.

누나가 시집은 갔지만 먼 곳으로 가지 않고 같은 마을에서 산 것이 내게도, 우리 집에도 큰 다행이었다. 친정 집이 지척에 있으니 그냥 마실 나가듯이 하루에 한 번씩은 다녀가곤 했다. 그로 인해 아버지께서는 그 외롭고도 괴로운 삶을 그나마 견딜 수 있었는 지 모른다. 아니, 확실히 그랬다. 나도 아마 누나라는 존재가 없었 더라면 그 고교 시절을 어떻게 잘 견뎌냈을지 상상조차 못 하겠 다. 집안에 일이 있을 때마다 누나가 있어 해결이 가능했고, 그래 서 늘 의지하고 살았다.

***

1979. 5. 3. 목. 맑음

오늘은 사월 초파일 부처님이 오신 날이다. 정말 이른 아침 들판의 공 기는 이루 말할 수 없었다. 아버지께서는 앞에서 이끄시고 난 뒤에서 논 을 갈았다. 정말 나에 의해서 이렇게 논이 갈리다니 하는 생각이 머리 속에 꽉 찼다. 점심 때가 되어서야 우리는 점심을 먹으러 집으로 왔다.

집에 오니까 아무도 반겨주는 사람이 없었다. 엄마가 살아 계셨으면 얼마나 행복할까 하는 생각이 떠올랐다. 그 옛날 그 시절이….

점심을 먹고 조금 있으니까 누나가 왔다. 엄마 대신 누나가 위로 해줬 다.

점심을 먹고 또 거름을 싣고 들로 나갔다. 못자리 물을 잡고 나머지 논을 다 갈았다. 저녁 늦게 되어서 집에 돌아오니 아무도 없었다. 그러 나 누나는 저녁 준비와 빨래를 다 해 놓고 갔다. 정말 고마웠다. 정말 피 곤하고 보람찬 하루였다.

1979. 9. 27. 목. 맑음

아침 5시경. 잠이 깊이 들지 않았던 모양이다. 갑자기 부엌에서 흐느끼며 우는 소리가 들렸다. 얼른 일어나서 가보니 아버지께서 신세타령을 하고 계셨다. 그 우는 소리가 너무 구슬퍼서 나의 가슴도 금이 가는 듯하였다.

엄마도 없는 집안 거기에다가 병든 아버지께서 저렇게 우시니 정말로 비참했다. 엄마 생각이 났다. 이불을 안고 한없이 울었다. 조금 있으니 대문 열리는 소리와 동시에 누나가 들어왔다. 얼른 눈물을 닦았으나 아버지께서는 계속 우셨다.

누나는 동목이 이야기를 좀 하다 아버지에 대해 말했다. 그러나 도저히 눈물이 나 참을 수가 없었다. 누나를 안고 둘 다 엉엉 울었다. 형은 작은방에서 잠만 자고….

＊＊＊

누나는 기쁠 때나, 슬플 때나 늘 함께했다. 어머니 없는 우리 집안에서 누나라는 존재는 아버지에게나, 나에게나, 그리고 형에게도 집안의 큰 대들보처럼 엄마 같은 역할을 해줬다. 아버지께서는 일만 생기면 누나한테 가보라고 하셨다. 또한 누나는 가난한 집안 형편과 친구를 좋아하는 나의 성격을 배려하여, 기죽지 않고 꾸밈없이 고교 시절을 보낼 수 있도록, 때맞춰 적당한 용돈도 주곤 했다.

정말 우리 누나가 없었다면, 나의 정상적인 고교 시절은 불가능했을지도 모른다.

＊＊＊

1980. 1. 25. 금. 맑음

오늘 누나 얘기를 듣고 정말 가슴이 찌릿했다. 누나한테 비하면 지금의 나는 고생도 아니다. 행복에 겨운 것이다. 정말 우리 누나는 형용할 수 없을 정도로 위대한 것 같다. 집에서 그만큼 일했으면서 시집을 가서도 이렇게 일을 많이 하고 있으니…. 정말 국민학교 밖에 못 나왔지만 어디 하나 나무랄 데가 없다.

점심을 먹고 조금 있으니 누나가 진욱이를 업고 집으로 왔다. 둘은 얘기를 하느라 시간 가는 줄도 몰랐다. 누나의 눈에는 구슬 같은 눈물이 글썽글썽했다. 내 가슴도 실로 뭉클했다. 강원도 탄광촌에서 4학년 때 여기로 전학 와서 국민학교 다니면서도 너무나 고생했다. 시대와 부모를 잘못 만난 탓으로 밖에 돌릴 수 없다.

집에 약간 바쁘기만 하면 학교에 가지 말고 집안 일을 도와라, 집 봐라. 그러니 공부도 자연히 못하고…. 누나는 집안의 맏이여서 국민학교 다니면서 소를 혼자서 먹여 키웠다고 한다. 이렇게 하여 학교를 마친 누나는 집에서 너무나 설움을 많이 받았기에 방직공장에 들어가서 손발이 얼어 터지도록 열심히 일해 가족 뒷바라지를 했을 뿐만 아니라, 그 당시에는 살림이 어려웠던 은주 누나 집안도 도와줬다는 것이다. 실로 눈물

없이는 들을 수 없는 얘기들이었다. 그래서 은주 누나 집에서도 이렇게 잘해 주고 있구나 싶었다. 만약 우리 집에 누나가 없었더라면…?

81. 12. 10. 목. 맑음

오늘 밤 달은 정말 휘영청 밝다. 마치 바다에 흰 구름이 어리고 달이 순풍에 돛을 달고 서쪽 나라로 둥실둥실 떠가는 것만 같다. 청마루에 걸터앉아 둥근 보름달과 조화를 이룬 한없이 맑고 차가운 별들의 속삭임을 보노라면 우리 누나 생각이 난다.

우리 누나는 같은 마을에 시집을 갔다. 그래서 예나 지금이나 한 집안 식구나 다름없이 정답게 지낸다. 누나는 물심양면으로 우리 집을 너무 살뜰히 보살핀다. 하루에 한 번씩, 또는 그 이상 집을 와서 아버지를 돌봐 드린다. 옛날 같으면 소박을 맞아도 열 번은 더 맞았을 것이다.

이렇게 누나와 가까이 지낼 수 있는 데는 자형의 힘이 자못 크다. 우리 자형은 참 좋으신 분이다. 참으로 인간적인 분이다. 무엇보다도 누나에게 잘해 준다. 누나가 고생을 너무 많이 한다고….

***

위 일기는 고3 마지막 관문인 대입 예비고사를 치고 나의 고교 일기 거의 마지막 장일 것이다. 고교 시절 동안 나에게 끼친 영향이 그만큼이나 절대적이었기에 마지막 장을 담담하게 누나 얘기로 수놓은 것일 것이다.

누나는 시집 가기 전에는 가난한 우리 집안 때문에 고생이 많았고, 시집을 가서는 대식구 맏며느리로서 참 애를 많이 먹었다.

누나를 가장 힘들게 한 것은, 평소에는 그렇게 좋은 자형이 술을 드시면 가끔 싸움으로 번지는 경우였다. 그때마다 누나는 나를 찾았다. 내가 나서면 자형은 많이 누그러지곤 했다. 그럼에도 불구하고 가정을 끝까지 잘 지켜내고, 이제는 사이 좋게 노후를 잘 지내고 있는 누나와 자형에게 참으로 고맙게 생각한다.

지붕없는 청명한 가을하늘
바람에 물결치는 황금들판

가을 한가운데 맞는
한가위 추석이 좋다

세대가 바뀌면 세태도 바뀌듯
세월이 흐르니 풍속도 변한다

제사를 안 모시는 집안도 있고
성묘를 당겨 다녀 오기도 한다

우리도 하루전 성묘를 갔는데
뜻밖에 누님과 자형을 만난다

어린 나이부터 공장 생활한
한평생 고생밖에 모른 누님

오래동안 못보고 지냈더니
조상들이 만나게 해주는지

매년 가는 다부동 공원묘지
올해가 가장 청명해 보였다

  어느 가을 추석날, 부모님이 잠들어 계시는 칠곡 다부동 현대공원 2묘지에 성묘를 갔다가 역시 성묘 온 누나와 자형 가족을 우연히 만났다. 그리고 보니 누나와 오랫동안 잘 만나질 못 하고 있었는데, 그것을 알고 죽은 조상들이 이렇게 만나게 해주는가 싶었다.

  누나는 언제나 엄마처럼 반갑게 웃으며, 편하게 대해 주었다. 자형도 오랜만이었다. 누나의 잘 생긴 손자들은 저만치 떨어져 장난치고 있는 동안 자형을 포함한 우리 삼남매는 기념 사진을 몇 장 찍었다. 나의 어린 시절 고향 유천천에서 삼남매가 함께 처음으로 사진을 찍고는 거의 50여 년 만에 다시 찍는 사진 같았다. 가끔 만나긴 했지만 함께 사진을 찍은 적은 별로 없었다. 또다시 삼남매가 만나, 이렇게 함께 사진을 찍을 날은 언제쯤일까?

나의 고교 시절을 푸르고 건강하게 지낼 수 있도록 엄마처럼 뒷바라지해 준 우리 누나. 나의 해양대학 합격 소식을 흰 돼지들이 우리 집으로 마구마구 밀려 들어가는 꿈을 꿔, 미리 합격을 예감하고 있었다는 우리 누나. 무일푼 상태의 내가 결혼할 때 우리 집의 가구를 모두 넣어준 우리 누나. 오래 전에 내가 어려울 때, 긴요한 큰 돈을 기꺼이 빌려준 우리 누나. 시집 가기 전에는 친정을 위해, 또 시집을 가서는 시댁을 위해, 한평생 집에서 그리고 공장에서 일만 하고 살아온 탓에 온 몸이 성한 곳이 없는 우리 누나.

　누나가 이제는 편안하고 건강하고 행복한 여생을 살아가길 빌며, 지난 날 누나가 엄마 역할 대신하며 베풀어준 그 사랑과 헌신 덕분에 이렇게 잘 성장했음에 영원한 감사와 사랑을 전한다.

　참, 당시 누나가 낳은 첫 애기를 보며 눈에 넣어도 아프질 않다는 말이 정말 실감이 났었다. 그만큼 누나를 좋아했기에 조카인 진욱이도 이쁘고 사랑스러웠다. 해양대학 다닐 때는 휴가를 오면 귀여운 조카들을 달성공원에 데려가 함께 놀아주기도 했다. 누나의 그 헌신적인 삶에 보답하듯이 훌륭하게 자란 우리 조카들이 참 고맙다.

6.
형의 재발견

몇 년 전에, 1976년 학교 졸업 후 처음으로 참석하는 초등학교 반창회를 위해서 고향에 내려간 적이 있다.

대구역에서 기차를 내려 약간은 들뜬 마음으로 택시를 탔다. 대구역에서 월배까지 가려면 택시로 약 20분 정도 걸린다. 가는 도중에 고향 온 반가움과, 택시 안의 어색함을 좀 누그러뜨리기 위해 택시 기사와 대화를 시작했다. 그러다가 그 기사가 버스 회사에서 근무한 적이 있었다는 말이 나왔다. 우리 형도 버스 회사에 다녔다고 말하며, 회사명과 형 이름을 댔더니 잘 안다고 말하면서 아주 좋은 평을 해줘서 기분이 참 좋았다.

우리 형은 학교 졸업 후 공장에 다니다가 해병대에 입대했다. 군대 입대하기 얼마 전에 형은 운전면허를 따 운전 기사를 하다가 입대하여 군대에서도 운전병으로 근무했다. 당시는 운전 기사 자격증을 따는 것이 특별한 기술 자격증처럼 여겨지던 시절이었다.

운전 면허를 따면서, 필기시험 문제집에 나오는 내연 기관의 실린더 피스톤 작용에 대해 중학생인 내게 물어 설명해 준 기억이 난다.

그렇게 일찍부터 운전과 인연을 맺은 형은 그 힘든 시절의 해병대 복무를 무사히 마치고 제대하여 역시 운전을 하다가 신흥버스에 입사를 하게 되었다.

그 후 형은 노조 활동에 뛰어 들어 젊은 나이에 한국노총 산하 신흥버스 노조위원장이 되어 3선까지 하고 난 뒤 그만뒀다. 그 당시 나는 형과 가끔 대화를 나눠도 형이 하는 일에 대해 완전히는 잘 몰랐던 것 같다. 그런데 그 택시 기사는 신흥버스 노조위원장을 세 번이나 연임한 형 이름을 대니 당연히 알 수도 있었겠지만, 무엇보다도 형에 대해 좋은 평을 진심으로 해 주는 것 같아 기분이 좋았던 것이다.

형은 58년 개띠로 나보다 5살이 많다. 자라면서는 나이 차 때문인지 어떤지는 잘 모르겠지만, 형과 많은 대화를 나누거나 장난을 치거나 한 기억은 적다. 자랄 때와 마찬가지로 젊었을 때도 형에 대해서 깊이 있게는 잘 몰랐던 것 같다.

그런데 이제 형이 60 중반이 되었고, 나도 60을 바라보는 나이가 되어서야 우리 형이 얼마나 성실하고 훌륭한 사람인지 새삼 재인식하게 되었다.

나중에 더 잘 알게 된 사실이지만, 우리 형은 모든 종류의 운동을 잘 했다. 운동 신경이 뛰어났던 것 같다. 중학교 때는 달리기를 잘하여 육상선수를 했지만, 잘 못 먹고 자라, 당시는 키가 작아서 아무리 발이 빨라도 키가 크고 빠른 선수를 따라잡기에는 역부족이라는 것을 느끼고는, 그만뒀다고 한다. 배구를 포함한 구기 종목들도 잘 했다.

당시 조용한 시골 면에서 큰 행사 중 하나는 초등학교 가을 운동회 즈음에 열리는 동 대항 체육대회였다. 각 동 입장에서는 마을의 명예가 걸린 일로써 동장이 앞장서는, 면의 가장 큰 축제와 같았다. 그때마다 형은 우리 마을의 대표주자로서 맹활약을 했었다.

또 형은 나와는 비교할 수 없을 정도로 집안의 일을 많이 했다. 형은 아버지를 좀 무서워했다. 아마도 아버지께서 장남이니까 좀 엄하게 키웠던 것 같다. 형은 중학교 다닐 때도, 학교 가기 전에 거름을 한 짐씩 지게에 지고 산밭에 퍼 나른 후 학교를 가곤 했을 정도였다. 형은 아버지에게 매도 많이 맞았었는데, 나는 한 번도 그런 적이 없었다.

아직도 어렴풋이 기억나는 장면은, 누나가 공장에서 일하며 어렵게 번 돈으로 사서 형에게 선물한, 당시로는 귀한 시계를 잃어버린 일이다. 그래서 아버지에게 매를 맞을 뻔 했는데, 어머니가 형을 우물가 옆 포도나무 밑에 숨겨준 기억이 난다.

그래서 그런지 형이 학교를 졸업 후 사회에 나와서는 마음대로 하고 싶어했고, 아버지에게도 그렇게 순하게 고분고분하지만은 않았던 것 같다. 특히, 어머니가 돌아가신 후 아버지의 온갖 고생이 시작되었는데, 그런 형의 모습이 당시의 나에게는 이해가 잘 되질 않았고, 그래서 좀 미워한 적도 있었다.

*＊＊

1979. 7. 4. 수. 맑음

아버지께서 몹시 처량하시다. 별로 말씀도 없으시고…. 앞으로 여생을 살면 얼마나 오래 사실 거라고 저렇게 매일 우울하고 처량할까? 혹시 평생을 자식에게 옳은 효도 한번 제대로 받아 보지도 못 할 지도 모르는 울 아버지….

오늘도 학교 갔다 오니까 형이 저녁을 먹지 않고 나갔다고 우울하시다. 어떻게 하면 아버지를 조금이라도 행복하게 할 수 있을까? 공부! 공부가 효도의 전부가 아닌 것만은 확실할 텐데….

1979. 7. 31. 화. 맑음

아버지께서 불쌍하시다. 이 찌는 듯한 무더위 속에서도 날만 새면 들에 나가 고생을 하시고 점심 때가 되어서야 허기에 지쳐 돌아오시는 아버지. 옆에서 보기조차 민망하다. 지금 나는 얼마나 불효를 하고 있는가? 이런 아버지를 행복 아니 편안하게 해드리지 못 하고 날마다 고생만 끼쳐드리니….

형! 정말 왜 그러는지 모르겠다. 형은 왜 아버지에게 잘 못 하는지 알 수가 없다. 아니 형은 그런 것을 인식도 못 하고 있을 것이다. 효인지 불효인지…. 정말 걱정이 많다. 어떻게 해야만 하나?

*＊＊

형을 그렇게 아끼고 사랑하던 어머니가 돌아가시고, 누나도 시집을 가버리고, 남자 셋만 남은 집안의 현실에 대해서 장남으로서 형도 방황도 하고 고민도 많았을 것이다. 당시 나는 형과 나이차 등으로 대화가 많지 않았기 때문에 형 마음을 정확히 알 길이 없었다. 하지만 형은 당시 형 나름대로는 아버지에게 최선을 다했을지도 모른다. 다만 나의 눈에는 아버지의 힘든 현실이 너무나 컸었기 때문에 그렇게 비쳤을지도 모르겠다.

고교 시절 나는 친구들과 테니스를 즐겨 쳤는데, 그 테니스 라켓은 당시 형이 내게 준 용돈을 가지고 산 것이었다. 그러니까 형은 동생에게도 형으로서 나름대로 최선을 다하려고 노력했던 것 같다. 아버지 때문에 형을 좀 미워한 적도 있었지만, 그래도 형이 집안에 있었기에 의지하고 든든한 마음도 들었다.

그러던 형이 내가 고등학교 2학년을 올라가자 마자 바로 해병대에 입대했다.

＊＊＊

1979. 12. 17. 월. 맑음

방학을 했지만 오늘 내일 보충수업이 있기에 학교에 가야만 했다. 아침에 일어나니 벌써 7시. 놀랐다. 벌써부터 이렇게 게을러졌나 싶었다. 아버지께서는 그때부터 아침을 짓기 시작하고 나는 여물을 시작했다.

5교시 수업을 마치고 만순이는 <아바> 영화를 보러 가고 나는 집에 오니 아버지 혼자 계셨다. 점심을 들고 작은방에 혼자 앉아 기타를 쳤다. 기타도 오래 치니 싫증이 났다. 그래서 기타를 치우고 공부를 하려고 책을 봤다. 진도가 너무 많이 밀렸다.

저녁 때가 되어서는 아버지께서는 식사를, 형은 여물을, 나는 물을 긷는 것으로 역할을 분담했다. 형은 군대 갈 때까지는 취직을 하지 않을 모양이다. 어쩔 수 없는 것 같다.

1980. 3. 1. 토. 맑음

시내에 갔다 오니 집안의 분위기가 좀 묘한 것 같았다. 누나 혼자서 샘터에서 고기를 씻고 있었다. 매우 피곤하고 짜증스러운 듯했다. 작은방에는 진욱이가 혼자서 누워 있었다. 누나 왈 "내가 오늘 좀 늦게 왔다고 아버지께서 마음이 언짢아서 집에 있는 정종을 마시고 나가 버렸고, 또 형은 아버지를 찾으러 나갔다 와서는 아버지께서 술 드신 걸 알고 신경질이 나서 나갔다"는 것이다.

오늘 밤에 군대 가는 형 송별식이 있는데 정말 서글펐다. 하지만 나는 생각했다. 모든 일이 잘 풀리리라고. 한참 있으니 은주 누나가 내려왔다. 정말 반가웠다. 누나가 내려오자 집안에는 꼭 무슨 명절을 맞은 기분 내지는 잔치를 하는 집안 같았다. 매우 기뻤다.

그때서야 기뻐하시는 아버지 모습을 보고 소여물은 아버지께 맡기고 나는 누나와 물도 한 통 긷고 떡을 하러 마을 위 방앗간에 갔다. 누나는 집에 가서 준비할 게 있다고 먼저 내려가고, 나는 그 떡을 다 해가지고 캄캄한 밤에 내려 갔다. 집안에서는 모든 준비가 되어 있었다.

밤에는 형 친구들을 비롯해 선후배들이 참 많이 왔다. 그래서 누나들은 음식 나르는 데 바빴고 애를 많이 썼다. 정말 상다리가 부러지도록 두드리고 온동네가 떠나갈 정도로 노래 부르고 놀았다.

우리들도 뒤에 앉아 같이 좀 놀다가 나중에 고고타임이기에 친구들과 해산하고 나는 방으로 왔다. 그리고는 이내 잠들어 버렸다. 너무 피곤해서…. 아침에 일어나니 은주 누나가 내 옆에서 자고 있었다.

1980. 3. 6. 목. 흐림

오늘이 형 군대 입대할 날이지만 어제 떠났다. 어제 형과의 마지막 장면은 너무나도 조촐하고 단순했다. 형은 목욕하러 가고 나는 학교를 가고, 그래서 아침에 같은 차를 타서는 형은 월배에서 내렸다. 그게 마지막이었다. 손 한 번 잡아 보지 못 했다. 그냥 빨리 내리라고 눈웃음을 한 번 지어줬을 뿐이다.

며칠간 누나도 집에 와 있다가 오늘 저녁 시댁으로 갔다. 누나에겐 항상 감사할 뿐이다. 누나도 이제 내 곁을 떠나고, 형도 내 곁을 떠나니, 이제는 아버지와 나 둘뿐이다. 절대 굴복치 않으리라. 뚫고 나가리라. 이기리라. 그리고 성공하리라. 그때까지 아버지도 살아 계시기를 바라며 잘 모셔 보리라.

＊＊

원래부터 운동을 좋아하고 활동적이던 형이 해병대에 입대한 후로는 더욱더 성격이 거칠게 변해갔던 것 같다. 아니, 옛날의 해병대의 집단 문화가 형을 그렇게 만든 것도 같다.

당시 해병대는 휴가만 나오면 싸우는 등 사고들을 많이 치고 복귀하곤 했다. 너무나 힘든 해병대 병영 생활에 대한 일종의 보상심리도 있겠고, 또 팔각모 빨간 명찰 해병대에 대한 자부심 등으로 부대 내 선임들이 그런 것을 은근히 부추기는 문화도 있었던 것 같다. 싸우고 귀대하는 것을 큰 훈장처럼 여기는 그런 비뚤어진 문화가 오랜 세월 관행처럼….

형도 첫 휴가를 나왔을 때, 동구밖에서부터 누군가와 시비가 붙어 싸움으로 휴가를 시작하곤 했다. 휴가를 나올 때마다 한두 번도 아니고 종종 그랬다. 그래서 아버지께서는 집밖에서 누군가 싸우는 소리만 나면, 형이 아닌가 하고 나보고 나가보라고 할 정도로 노이로제에 걸리셨다.

고교 시절에 나는 두 편의 단편소설을 썼는데, 그중 한 편의 제목이 〈어떤 집안〉이었다. 바로 우리 집안의 이런 슬픈 현실에 대한 이야기였다. 당시 일기와 소설 등 글쓰기는 나에게 큰 위안이 되고 훌륭한 대화의 벗이 되어 주었다.

형은 휴가를 나오면 스트레스도 좀 풀고 폼나게 지내다 가고 싶은데, 집안의 형편이 그것을 받쳐줄 수가 없었다. 그래서 불만도 많았을 것이다. 병약한 아버지는 능력이 없었고, 가장 든든한 후원자였던 누나도 살림이 넉넉하지 않아 용돈을 마음대로 못 줬을 것이다.

그렇게 어려운 환경이었지만 아버지와 누나는 형을 위해 나름대로 최선을 다했다. 지금은 흔한 고기이지만, 당시에는 귀한 고기를 귀대 전날 형에게 해 먹이려고 고기를 사 오라는 심부름을 시켜 정육점으로 가는 나의 발길은 한없이 기쁘고 가벼웠다.

* * *

1980. 12. 1. 월. 맑음

내일이면 귀대해야만 하는 형. 그 심정은 어떨까? 아마 무진장 괴로울 것 같다. 내가 형을 위해 한 것은 아무 것도 없다. 하지만 형과 같이 있노라니 왠지 마음이 푸근하다. 나는 아버지 형제 간처럼 우애 없이는 안 지내리라. 정과 사랑을 나누며 동고동락하면서 살리라. 외로운 아버지 외롭지 않게 모시며, 누나와 자형에게도 꼭 보답을 할 테다.

내일 귀대해야 하는 형에게 고기를 볶아 실컷 먹이려고 내 보고 고기를 좀 사오라고 했다. 고기를 사러 가는 나의 발걸음은 어지간히 들떠 있었다. 추위, 벅찬 가슴, 고향의 밤 등 모든 것이 섞여 있었다. 잔치와 같은 오늘 밤. 입영전야 같은 오늘 밤. 나는 형에게 따뜻한 그 무엇 하나도 해주지 못하고…. 형, 이상하게도 내 눈에 눈물은 고이질 않네.

＊＊＊

형이 휴가를 나왔을 때, 해병대 군복이 멋져 보여 내가 입어보고 우리 집 마당에서 폼 재며 찍어 놓은 사진이 한 장 있다. 또한 많지는 않지만 형과 찍은 몇 장의 사진들이 더 있는데, 그것들을 보면 사람들은 형제가 참 많이 닮았다는 소리를 여러 번 들은 적이 있다. 형은 어릴 때는 키가 작았지만 학교를 졸업한 후 많이 커 지금은 나보다 더 크다.

형은 지금은 고향에서 장례업을 하고 있다. 얼마 전 초등학교 친구 집 부친상을 맡은 적이 있었는데, 우리 친구는 형의 이름과 외모만 보고, 혹시 강경수 형이 아닌지 조심스레 묻더라고 했다.

형과 나는 외모만이 아니라 닮은 점이 또 있다. 형은 버스회사 노조위원장을 세 번이나 했고, 나는 모 NGO(비정부기구, 시민운동 단체의 총칭)단체의 사무국장을 2년 동안 한 적이 있다. 뭔가 내가 속한 조직과 사회를 좀 더 좋은 곳으로 만들기 위한 일에 종사했었고, 그 일들이 현재의 우리의 직업과 삶을 있게 한 인생의 큰 전환점이 된 것이다.

형이 입대하기 전에 내게 준 용돈으로 나는 고교 시절 테니스 라켓을 사서 테니스를 많이 쳤는데, 형은 어른이 되어 테니스를 배우기 시작했다. 그런데 형은 선천적으로 운동신경이 발달한 데다 후천적인 꾸준한 노력의 합으로 아마추어 테니스 선수로는 전국 최상급이 되었다.

내가 서울에 살 때 형이 일산 부근으로 테니스 시합을 온다고 했다. 형이 온다고 하기에 당연히 응원도 할 겸 구경을 갔다. 그 시합은 윌슨(Wilson) 코리아에서 주최하는 전국 아마추어 동호인 테니스 대회였다. 형은 남자 복식 경기에서 지역 예선을 통과하여 본선까지 진출했다. 결승전까지 갔지만 아쉽게도 준우승에 머무르고 말았다. 형이 테니스를 잘 하는 줄은 알았지만 그렇게 정상급인 줄은, 그때 처음 알았다.

우리 형은 한 인생을 정말 열심히 성실하게 살아왔다. 물론 학창 시절에는 가난한 가정형편 등으로 공부를 많이 할 수 없었다. 또한 해병대를 나온 치기 어린 젊은 시절 사고도 많이 치기도 했다. 하지만, 그 이후에는 그 무엇이든지 소속된 분야에서 정말 열심히 하여 성취를 하고 인정을 받고 하는 모습의 형이 참으로 자랑스럽다. 사회에서뿐만 아니라, 가정에서도 성실한 가장으로서 두 아들을 잘 키워 훌륭한 사회인으로 자리잡게 했다.

물론 그 이면에는 가난한 집안에 시집와 고생한 형수의 지혜로운 내조가 있었음을 잘 안다. 존 맥스웰은 "리더십의 최고봉은 가족 리더십"이라고 했다.

나도 불혹의 나이가 되어 기업교육 강의를 시작하면서부터, 세상을 많이 다르게 바라보는 패러다임을 갖게 된 것 같다. 그런 내게 비친 형의 일상적인 모습은 늘 역지사지(易地思之)하며, 남을 충분히 배려하고, 먼저 이해하려는 모습이 참으로 아름답고 훌륭하게 보였다. 그 전에도 그러했을 터인데, 내가 부족하여 잘 보질 못 했을 뿐이다. 형의 재발견이라고 할까….

세상에 하나뿐인 우리 형을 진심으로 존경하고 사랑한다.

7.

강원도 삼촌

창가를 바라보니, 눈 덮인 우천 들판 너머 서산에 해가 떨어진다. 석양이 깔리는 저녁 풍경은 언제 봐도 아름답다. 오늘따라 붉은 해가 더욱 선명하게 묻어난다. 귀소본능을 자극하는 저녁이 되면 사람들의 선한 본성이 더욱 짙어 간다.

오래 전에 지방에 강의를 갔다가 고속버스를 타고 오면서 적은 글이 있다.

    귀소본능 그리운 저녁
    귀경버스 달리는 기사

    유유자적 흐르는 낙동강
    저녁연기 피우는 강마을

    하나둘 등불 켜는 산마을

저녁은 그리움의 마법사

사람들 맑고 선한 본성
더욱더 짙게 하는 저녁

석양이 있는 풍경
소중한 가족 생각

존재의 이유
신성한 자각

　가족이 생각나는 저녁에 지난 날을 떠올린다. 가족, 특히 대가족의 아름다운 위세를 보면 왠지 주눅이 들면서도 부러웠던 유년, 그리고 고교 시절이었다.

　우리 집의 가까운 친척은 이모와 삼촌밖에 없었다. 이모가 엄마처럼 늘 그 자리에 있으면서 따뜻하게 품어 줬다면, 강원도 삼촌은 명절 또는 특별한 날이 되면 찾아오는 늘 기다림과 반가움의 대상이었다. 우리 가족은 아니지만, 아버지께서 가장 기다리던 강원도 삼촌을 기록으로 남기지 않을 수 없다는 생각이 든다.

＊＊＊

1979. 4. 21. 토. 맑음

삼촌은 아버지에겐 없어서는 안 될 그러한 존재이시다. 작년 추석 때 작은아버지로부터 어릴 때의 얘기를 많이 들었다. 작은아버지께서 아버지께 어떻게 잘 하셨는지 등…. 정말 아버지께서는 잊을 수 없으실 거다.

목욕을 하러 가니 철희가 있었다. 둘이는 목욕을 하고 탁구도 좀 치고 군것질도 좀 하고 저녁 늦게야 돌아왔다. 아버지께 매우 죄송했다. 아버지께서 혼자 여물을 하고, 밥을 하고 계시는데…. 어쨌든 가뿐한 마음으로 집에 들어왔다. 그런데 꿈에 그리던 강원도 작은아버지께서 내려오셨다. 매우 반가웠다.

먼저 절을 올리고 좌정했다. 작은아버지께서는 지금 아버지와 함께 나와 우리 집 걱정이 매우 드시는 것 같았다. 정말 목이 메이셨다. 작은아버지께서는 이런 말씀을 하셨다. "우리 집안은 부모 복이 매우 없는 모양이다. 나도 어릴 때 고생을 많이 했는데…."

1979. 4. 22. 일. 맑음

철희 집에서 잠을 자고 아침 일찍 집에 오니 아버지께서 안 계셨다. 기계로 논을 가는데 새벽에 논에 가셨다는 작은아버지의 말씀이셨다. 작은아버지께서는 매우 피곤해 보이셨다. 얼굴이 밝지가 않으셨다. 아침이 되어서야 아버지께서 돌아오셨다. 그 사이에 나는 집 안팎 청소를 깨끗이 했다.

작은아버지께서는 양복을 입으시더니 강원도 집에 올라가겠다고 했다. 집에 있으니 마음만 불안하고 도저히 못 있겠다는 것이었다. 아버지께서는 누나에게 전하라고 했다. 자형 집에 가서 이 사실을 누나에게 알렸다. 누나가 집에 왔다. 작은아버지의 두 눈에서는 눈물이 고이셨고, 목이 메여 말이 잘 이어지질 않았다.

지금의 집안 형편, 친척, 가족형편 이러한 것들에 대해서 말씀하시면서 목이 메이셨다. 누나도 울었다. 나도 목이 메였다. 작은아버지께서도 옛날에 고생을 많이 하셨다는 것이다. 정말 가슴이 아팠다. 우리 집안은 왜 이렇게도 부모 복이 없을까? 누나는 왜 저런 고생을 해야 할까? 아버지께서는 얼마나 더 사실지도 모르는데, 저렇게 고생을 하고 계실까? 괴롭다.

* * *

삼촌이 다른 일도 겸해서 멀리 강원도 영월에서 고향까지 내려왔는지 아니면 이틀 후 할머니 제사를 모시러 왔는지는 모르겠다. 하지만 집에 온 지 하루만에 초라하고 처량한 형님과 큰집 모습에 불편해서 강원도로 올라가 버린 것이다. 그렇게 왔다가 가버린 후폭풍은 상당했다. 아버지도 그렇고, 나도 마음이 휑하니 얼마나 쓸쓸한지 그 고독을 말없이 견뎌야 할 뿐이었다.

아버지의 삼촌에 대한 믿음과 사랑은 두텁고 애틋했다. 아마도 부모님이 일찍 돌아가시고 그 가난하고 암울했던 시절을 서로 의지하며 살아오는 동안에 형제애가 남 다르게 쌓였던 것 같다. 아버지께서 일제 징용 다녀오시고, 또 귀국 후에는 강원도 탄광 생활을 한 영향으로 인해 삼촌도 한 평생 강원도 탄광에서 살았다. 키도 작고 마음도 선하고 병약한 아버지에 비해, 삼촌은 키도 크고, 선도 굵고, 목적 달성을 위해서는 물불을 가리지 않고 꼭 이루는 그런 분이었다.

삼촌도 무학이었던 것 같다. 삼촌은 글자를 몰랐는데, 경력을 속이고 결혼한 숙모는 당시 봉화에서 잘사는 정미소 집의 딸로, 중학교까지 졸업한 사람이었다. 삼촌은 숙모로부터 한글을 배웠다고 했다. 그렇게 배운 글솜씨로 일년에 몇 번은 편지를 주고받는데, 삼촌으로부터 편지가 오면 집안에 큰 경사가 생긴 듯이 아버지는 기뻐했다. 그 편지를 읽어주는 나도 얼마나 행복했는지 모른다. '강원도 영월군 상동면 구래 16리'가 아직도 기억하는 삼촌의 집 주소다.

삼촌은 무학이면서도 탄광촌에서 최고 관리책임자까지 되었다고 했다. 대학 나온 사람도 자기 밑에서 일한다면서 자랑도 하시곤 했다. 하여튼 당시 명절이 되면 우리 집의 가장 큰 관심사는 삼촌이 내려올까 못 올까 하는 것이었다. 삼촌이 내려오면 명절 분위기가 났지만, 못 내려오면 쓸쓸한 명절이 되었다. 그런데 삼촌이 내려오는 것은 반가운데 한 가지 문제가 있었다. 그것은 늘 부근에 사는 막내 삼촌과 한잔을 하게 되면 꼭 싸움으로 번지는 것이었다. 정말 그 일은 가난한 집안 형편과 함께 나의 어린 시절, 그리고 고교 시절만 생각하면 떠오르는 트라우마가 되었다.

＊＊＊

1980. 9. 22. 월. 맑음

오늘 송편을 만드느라 손가락 지문들 사이에 밀가루가 끼여 있다. 한 몫 톡톡히 했다는 증거다. 작은엄마. 아무도 없는데 혼자 수고 많았다. 작은엄마라도 없었더라면 정말 초라한… 일년에 아버지께서 제일 기다리시는 작은아버지. 나도 제일 기다리는 강원도 삼촌이 추석을 안고 오셨다. 모두들 아니 아버지, 누나 그리고 나 셋이서 누린 그 기쁨이란…. 더하여 형으로부터 날아온 편지는 형을 더욱 그립게 하고 가족의 소중함을 새삼 느끼게 한다. 형이 나오려면 아직 앞으로 추석을 3번은 더 지내야 한다. 올 것만 같던 은주 누나가 송편을 만들고 있을 때 들어왔다. 얼마나 반갑고 기쁘던지…. 내일은 은주 누나 집에서 한때를….

1980. 9. 23. 화. 맑음

참 오전에는 부진동 공동묘지에 1년에 한 번 찾아 뵙는 성묘를 가서 옛날에 할아버지 생존시에는 우리 마을에서 우리가 잘 살았었다는 전설 같은 얘기를 삼촌으로부터 들었다. 성묘 후 둘러 앉아 삼촌으로부터 그런 옛날 얘기 듣는 것이 가장 추석다운 풍경이다. 어릴 때부터 지금까지 늘 반복되는….

참으로 알 수 없는 일이다. 어떻게 명절만 되면 집안의 분위기가 시끄럽게 될까? 친척도 얼마 안 되면서…. 어떻게 해서 작은 삼촌은 술만 드시면 강원도 삼촌에게 싸우려 들까? 명절마다 한 번씩 내려오는 어려운 발걸음을 하시는 강원도 삼촌에게…. 이상하게 내가 미안한 마음이 든다. 왜 그럴까?

철희와 탁구 치고 집에 오니 아버지와 셋이서 옥신각신하고 계셨다. 참으로 보기 흉한 장면들이었다. 그래서 작은 삼촌을 이끌다시피 진천동 집까지 데려가 재워버렸다. 아버지와 강원도 삼촌은 둘이서 작은 삼촌 하나 바로잡지 못 했을까?

저녁에 은주 누나 집에 가서 기타도 치며 놀다가 오니 강원도 삼촌이 계시지 않았다. 누나와 자형이 와 있었다. 아버지께서도 술에 취해 강원도 삼촌이 언제 나갔는지 모른다고 하셨다. 우리 집안은 명절만 되면 반갑고도 너무 슬프다.

***

막내 삼촌은 젊었을 때는 안 그랬다는데, 언제부터인가 술에 너무 빠져 인생을 망쳐가고 있었다. 그 어린 사촌들이 얼마나 불쌍했는지 모른다. 결국은 술로 인해 일찍 돌아가셨는데, 죽기 전에 세배를 하러 가면 오래 못 사실 것을 예감했는지 어린 사촌 동생들을 잘 부탁한다고 말씀하시곤 했다.

그 사촌들이 지금은 모두가 건강하고 유복하게 아들딸 낳고 행복하게 잘 살아감에 참으로 감사하고도 기쁘다.

강원도 삼촌은 내가 육군사관학교 본고사 시험을 칠 때도 직접 따라오셔서 응원해 주시고, 맛있는 식사도 사 주셨다. 결국은 입학에 실패하여 면목이 없었지만 그 고마움은 잊을 수가 없다.

강원도 삼촌은 탄광에서 한 평생을 다 보내시고 난 뒤 가족과 함께 낙향을 했는데, 고향 마을로 오지 않고 좀 떨어진 성주에 집을 사 정착했다. 역시 능력이 뛰어난 삼촌은 성주에서도 잘 정착하여 성주 참외 농사를 지으며 편안하게 잘 살았다. 그런데 오랜 탄광생활의 후유증인 폐기종으로 인해, 노후에는 직업병 전문치료병원인 김천에 있는 제일병원에 몇 년 동안 입원해 계시다가 결국은 돌아가셨다.

일제시대에 태어나 해방과 6·25 전쟁을 겪으며 가장 암울했던 한국 현대사를 온 몸으로 겪으며 살아온 아버지 삼형제는 그렇게 모두 돌아가셨다.

횡성으로 이사 온 후 어느 한가한 날에, 나의 애마 전기차를 몰고 강원도 영월군 상동면 구래 16리를 찾아간 적이 있다. 그런데 티맵 등 어떤 지도상에도 그 주소는 더 이상 뜨지를 않았다. 그래도 근방까지 찾아가서 구래초등학교 바로 옆 경로당에 계시는 할머니들께 물어보았다. 그랬더니 그 마을을 알긴 하는데, 지금은 폐촌이 되어 가는 길도 없다고 했다. 하지만 그냥 돌아올 수가 없어서 차를 몰고 무작정 찾아 나섰는데, 정말 길도, 인적도 없는 깊은 산골에 저녁이 밀려오니 무서운 한기까지 느껴져 겨우 만항재를 넘어 태백으로 빠져나와 어렵게 귀가했다.

어느 명절에 삼촌댁 사촌 형들 중에서 가장 잘 통하는 둘째 승수 형에게 그 얘기를 자세히 설명했더니, 내가 길을 잘못 들었다면서 다음에는 자기와 함께 다시 한번 가보자고 했다. 정말 고등학교 여름 방학 때, 또 대학교 다닐 때 혼자서 기차 타고, 버스 타고 상동읍까지 가서 홀로 걷다가 도중에 만난 탄광 트럭을 잡아타고 올라갔던 하늘 아래 첫 동네 탄광촌이었다.

언젠가는 내가 좋아하는 승수 형과 함께 추억의 그곳을 꼭 다시 찾아가 볼 것이다. 그리고 늘 자신감이 넘치시던 그리운 강원도 삼촌의 자취를 느껴볼 것이다.

3살 위인 승수 형은, 나의 고교 시절 어느 명절 때 삼촌과 함께 내려와서 명절을 쉰 후 동구밖까지 배웅을 하는데, 용돈으로 쓰라며 거금 3만원을 내 손에 쥐어 주었다. 당시 그 3만원은 참으로 큰 돈이었고, 내게는 너무나 유용했다. 승수 형은 탄광에서 열심히 일하며 어렵게 번 돈을 사촌동생에게 준 것이다. 평생 잊을 수 없는 형의 그 따뜻한 정이 아직도 내 가슴 속에 남아 있다. 그리고 너무나도 인간적인 형을 참 좋아하고, 함께하면 지난 날의 추억들이 떠올라 늘 보고 싶고, 한잔 나누고 싶은 형이다.

아버지께서 명절이면 늘 삼촌을 기다렸듯이, 나도 가장 친척미가 나는 승수 형이 늘 보고싶다.

8

죽마고우

수구지심

首丘之心

여우도 죽을 땐 고향 언덕을 향해 고개를 돌린다

사람은

다를까

저녁이 되면 누구나 사람의 본성이 짙어 간다

본성은

다를까

석양도 호수도 나도 고즈넉한 저녁 하나가 된다

물아일체

物我一體

저녁이 되면 누구나 귀소본능(歸巢本能)이 자극되어 돌아갈 집이 생각난다. 특히 타향에서 오래 살다 보면 수구지심(首丘之心)이 일어 오늘의 나를 있게 한 고향이 생각난다. 횡성으로 이사 온후 초기에는 거의 하루에 한 번씩 횡성호수를 갔다. 호수 길을 걷다 보면, 마음이 얼마나 고요하고 평화로워지는지 모른다. 특히 저녁 호수 길을 걷다가 아름다운 석양을 마주하게 되면, 호수와 석양과 내가 말없이 하나가 된다. 그 무념무상 속에 고향이 절로 떠오른다.

나에게 고향은 어떤 곳이었을까? "온 마을이 한 사람을 키운다"고 했는데, 나를 키운 고향은 정말 어떤 곳이었을까? 나의 죽마고우 친구들이 기다리고 또 친지들이 따뜻하게 반겨주는, 그래서 늘 그립고 가고 싶은 그곳, 나의 고향!

＊＊＊

1979. 7. 19. 목. 맑음

고향! 말만 들어도 가슴 설렌다. 동구밖의 당수나무를 비롯해서 수많은 어릴 때의 추억. 그중에서도 죽마고우 고향 친구들은 그 어느 누구와 또 무엇과도 비길 수 없다. 봄이면 진달래도 따 먹으며 산에서 뛰놀고, 여름이면 수박서리 하다가 멱도 감고, 가을이면 추수 끝난 논에서 축구 야구도 하고, 겨울엔 눈싸움으로 눈두덩이 붇고 동구밖까지 도망치던 온갖 추억들이 서린 곳. 또 달이 중천에 뜨고 은하수가 짙은 밤에는 마당에 멍석을 깔아 놓고 별을 헤며 아무런 걱정도 없던 유년시절 내 고향. 경북 달성군 월배면 유천동 425.

＊＊＊

나의 고향 달성군 월배(月背)면은 왕건이 팔공산 전투에서 대패하여 후퇴 중 임휴사(臨休寺) 계곡에서 잠시 쉬다가 가는데, 등 뒤에서 달이 비쳤다고 하여 지어진 이름이라고 한다.

월배에서도 가장 끝 경계 지역에 있는 유천(流川)동은 낙동강으로 흘러가는 하천가에 위치한 전형적인 시골 마을이다. 특히 유천교 공굴에서 마을로 걸어 들어가는 동구길은 왼쪽에는 실개천이 흐르고, 오른쪽은 생활의 터전인 논밭으로 이뤄진 정말 꿈에서도 잊을 수 없는 정겨운 고향길이다.

나를 낳고 기른 것은 부모님 그리고 고향 마을이라고 해도 과언이 아니다. 모심기와 가을 추수의 대서사시가 펼쳐지던 넓은 들판과 개구쟁이들의 놀이터, 실개천 너머 앞산 전쟁놀이터, 그리고 산밭 참외 오두막…. 일요일 아침이면 새마을운동 동참한다고 빗

자루 들고 모인 또래 친구들이 쓸던 꼬불꼬불 정든 골목길, 그리고 외출 나갈 때는 어린 나에게 "TV도 보면서 집 좀 봐 달라"고 믿고 부탁하던 이웃들…. 또 전화 오면 담 너머로 "경수야 전화 받아라" 하며 큰 소리로 불러주던 인심 좋은 조합 할매, 아제…. 그래, 그 모든 것이 나를 키웠다.

함께 뛰어 놀며 어울리던 죽마고우 친구들도 나를 키웠다. 약 10리길 학교를 갈 때는 마을 입구에 모여서 함께 가기도 하고, 책보를 매고 한샘을 거쳐 들판 길을 가로질러 가기도 했다.

성수 친구는 개울가에 서서 오줌을 누고 있는 나를 뒤에서 밀쳐 물에 빠뜨리려 하다가, 내가 피함으로 인해 자기가 물에 빠져 책보의 책들이 물에 다 젖었던 적도 있었다.

또 밤마다 우리 집 앞 백구마당에 모여 임병놀이를 하던 중에 우리 어머니께서 만들어 놓은 따뜻한 식혜를 먹느라, 술래가 우리를 못 찾아 임병놀이가 끊어진 적도 있었다.

중학교 때부터는 명절 등 특별한 날이 되면, 누구 집에 모여 샴페인 술을 마시기도 했다. 그것은 마을 선배들로부터 내려오는 마을의 전통과도 같았다. 그때는 친구들이 제일 편하고 좋았고, 친구 집에 자고 오기도 다반사였다. 고교 시절 망년회 때는 마을 아랫동네 어느 가게 방을 빌려 밤새도록 술 마시며 놀기도 했다.

***

1980. 12. 28. 일. 맑음

25일 목요일. 드디어 성탄절이 왔다. 오전에 철희와 월배 올라가 탁구 1시간을 치고 오후에 집에 오니 은주 누나와 해영이 누나가 와 있었다. 형이 내일 귀대한다고 오늘 내려온 모양이었다. 반가웠다. 그런데 우편 배달부는 왔다갔을 텐데 X-mas 카드는 한 장도 없었다. 내심으로 배달부가 우리 마을에는 오지 않았나 싶었다. 저녁 때 미경이가 X-mas 카드를 직접 들고 찾아왔다. 이쁘고 좋은 동생이다.

누나들이 해준 떡볶이로 저녁을 맛있게 먹고 있으니 자형과 누나가 왔는데 그때 밖에서 누군가 부르는 소리에 나가보니 부진동의 경순이었다. 내게 선물을 하나 주는데 반가워 방에 들어와 뜯어보니 조그만 산타클로스 하나에 포장을 몇 겹으로 얼마나 해 놓았는지…. 그것도 식구들이 다 있는 데서 성탄절 웃음 선물이 되었다.

밤이 늦어 누나들을 바래다줬다. 참 포근한 밤이었다. 은주 누나와 같이 있을 때면 언제나…. 배웅을 하고 내려오면서 친구들이 모여 놀고 있는 아랫동 점방 집에 가 보았다. 술상을 벌여 놓고 담배들을 피우고 있었다. 나는 바로 끼어들어 술을 박살냈다. 우리는 이런저런 농담과 어린 시절 추억을 나누면서 성탄절 밤을 보냈다. 새벽 1시 경 점방 큰방의 이불들을 몰래 꺼내 와 덮고 그대로 잠들어 버렸다.

새벽 4시 경 주인 아줌마가 들어오더니 우리가 자는 걸 보고 큰방 이불을 마음대로 꺼냈다는 등 욕을 하는 걸 모두 듣고서 나중에 웃었다. 26일 금요일 아침에 일어난 우리들은 거길 나오려 하니 전에 외상값과

합쳐서 총 9000원이 넘었다. 수중에 돈이 없어 연말까지 갚겠다고 하고 거길 나왔다. 하얀 눈이 내려와 있었는데, 날씨가 꽤 추웠다.

*　*　*

수많은 추억들이 있지만, 70년대 새마을운동의 일환으로 조직한 새마을청소년회 활동도 잊을 수 없다. 마을 입구 2층 새마을회관에 모여 마을의 발전을 위한 월례회도 하고, 마을 선후배들과 우의를 돈독히 하기 위해 새마을청소년 축구대회를 개최하기도 했다. 음력 2월 보름에는 마을회관에 모여 조를 짜 밤새도록 집집마다 복조리를 돌리기도 했다.

정말 잊을 수 없는 마을의 좋은 전통이자 귀한 추억들이다. 그리고 우리의 손으로 마을 유천하천 중 좀 높은 곳을 돌을 들어내고 평평하게 가꿔 배구장을 만들기도 했다.

*　*　*

1979. 9. 1. 토. 비
새마을청소년회. 뭔가 모르게 향토심을 풍기고 활발한 기분이다. 옛날의 4H, 옛날의 선구자 모두 훌륭하고 빛나는 유산들이다. 당시만 해도 미개발된 우리나라로서는 4H 선구자가 할 일이 많으면서도 어려웠을 것이다.

방금 대곡동 새마을청소년회를 견학하고 왔다. 유천이나 대곡이나 그렇게 큰 차이는 없는 것 같다. 오히려 우리 마을이 더 가능성은 많은 것 같다. 앞서가는 대곡 부락은 전통과 같은 무엇이 있는 것 같다. 새마을청소년회에 잘 협조하여 달성군, 아니 전국에서 가장 건전하고 우수한 부락으로 만들어야 한다.

1980. 2. 27. 수. 맑음

아침을 들고 나서 기타를 좀 치다가 공부를 하고 있으니 욱성이와 종식이가 왔다. 그렁(마을 하천)에 배구장을 세우는데 빨리 데려오라는 것이었다. 우리들은 그저 웃고 한참 떠들고 있으니까 재욱이 형이 찾아왔다. 그래서 우리들은 나가지 않은 수 없어서 좀 씻고 나갔더니 매우 상쾌했다. 봄바람 때문인지 오늘은 실컷 놀거나 일할 것 같았다.

그래서 작업장에서 오후 3시까지 일을 하고 축구 하러 가기로 했다. 재욱이 형이 허락을 안 할 것 같았으나 3시가 좀 넘어서 들로 갔다. 나는 집에 먼저 들러 봐야 했기에 가보니 은주, 순태 누나가 막 내려왔다. 하도 일을 열심히 해서 이마에는 구슬 같은 땀이 흘렀다.

물통이 도착하면 물을 긷기로 하고는, 소여물은 아버지께 맡기고, 집 안 일은 누나들에게 맡기고 얼른 뛰어나갔다. 처음에는 후배들은 오지 않아 우리끼리 먼저 하기로 하고 시작했다. 오랜만에 뛰는 경기라 매우 힘이 들었다. 그러나 런닝 셔츠만 입고 싱그러운 봄바람을 마시며 논에서 이리 뛰고 저리 뛰었다. 한참 운동하고 있는데 아버지께서 심부름 시키기 위해 오라고 했다. 심부름을 하고 물을 길러 가야만 했다.

1980. 7. 27. 일. 맑음

오늘 무리한 건 아닌지 모르겠다. 아침도 안 먹고 축구를 하러 갔다. 오늘 유천 새마을청소년회 축구대회가 있었기 때문이다. 우리 위로 2팀 아래로 2팀, 합계 5팀이었다. 우승 후보인 우리 또래 팀은 대진표의 잘 못으로 제일 고생을 많이 하고 미끄럼을 탔다.

오후가 되어서는 도저히 허기진 배를 견딜 수가 없어 욱성이 돈으로 밖에 나가 뭘 좀 사먹었다. 고된 것은 마찬가지였다. 오전에 중고 축구 공을 사서 얼마 못 차고 공이 터져버렸다. 그래서 다툰 일. 용이 형 팀이 양보를 해서 철수 팀과 재진 팀이 맞붙어 철수 팀이 승리했다. 제일 막내 팀이다(중3). 목말을 얼마나 하고, 물을 얼마나 먹었는지 모르겠다. 축구를 마치고 모두들 유천 상점에서 뭘 좀 사먹고, 밤에 마을 회관에서 만나 또다시 놀았다.

＊＊＊

그렇게 함께 울고 웃으며 자란 죽마고우들 중 종식이는 재수하여 대건고등학교를 1년 늦게 후배로 입학했는데, 안타깝게도 2학년 여름방학 때 낙동강에서 수영을 하다가 익사를 했다. 나의 고교 시절 중 가장 가슴 아픈 일이었다. 그래서 그 친구를 위해 노래도 한 곡 작곡을 했고, 아직도 가끔 부를 때도 있다.

지금도 고향의 죽마고우들은 가장 편하게 만나 한잔 하고 또 언제나 보고 싶은 친구들이다. 초등학교 졸업 후 39년 만에 처음으로 반창회에 참석했다. 1박2일 동안 꿈같은 추억의 시간여행을 하며 얼마나 행복했는지 모른다. 오늘의 나를 있게 한 고향, 그리고 죽마고우들은 영원히 가슴 속에 살아있을 것이다.

　　어머님, 나는 별 하나에 아름다운 말 한 마디씩 불러봅니다. 소학교 때 책상을 같이 했던 아이들의 이름과 패, 경, 옥 이런 이국 소녀들의 이름과 벌써 아기 어머니 된 계집애들의 이름과 가난한 이웃 사람들의 이름과 비둘기 강아지 토끼 노새 노루 '프란시스 잠' '라이너 마리아 릴케' 이런 시인의 이름을 불러봅니다. 이네들은 너무 멀리 있습니다. 별이 아스라이 멀듯이

―윤동주, 별 헤는 밤

　고향의 밤잔치는 언제나 풍성하다
　졸업후 삼십구년 반창회 참석한다

　강의 후 대구도착 택시는 왜 느린지
　마음은 들뜨건만 행동은 안 그런 척

　어릴 적 부끄러워 말조차 못 붙여본
　동무도 벌써 와서 구석에 앉아 있고

언제나 역지사지 친구들 이롭게 한
반장도 서울서와 중간에 앉아 있네

등하고 십리길에 책가방 들어줬던
동무랑 교통정리 함께한 동무들도

한두잔 술잔돌자 위하여 합창하며
한마음 한뜻으로 노래방 황홀지경

어쩌면 노래들도 저리도 잘부를까
고향역 목로주점 오늘이 불금이네

윤동주 시인에겐 별들이 아스라이
멀지만 오늘밤엔 그별들 내려온듯

고향의 밤잔치는 새벽녘 끝나가고
휴식의 생활온천 재충전 감사하네

2부

우리들의 이야기

1.
그리운 선생님

    학창시절을 생각하면 누구에게나 떠오르는 그리운 선생님이 있을 것이다. 나도 그렇다. 가장 먼저 떠오르는 분은 강용석 국어 선생님이다. 국어는 내가 좋아하는 과목에다가, 같은 종씨이고, 무엇보다도 선생님의 강직하고 정직한 성품과 훌륭한 가르침에 처음부터 강력한 자석처럼 끌렸다.

＊＊＊

1979. 10. 31. 수. 맑음

    오늘 4교시 때 책 분실사고가 있었다. 마침 국어 강용석 선생님 시간이었다. 내가 가장 존경하는 분이다. 성품이 강직하고 곧으며 교육자로서는 정말 훌륭한 분이시다. 지식과 교양도 많으시고 좋은 말씀도 많이 해주시고 상식 등 모든 면으로…. 수업도 잘하시고, 날라리 같은 친구들에게는 지옥의 사자만큼 무서우시고, 우리에겐 더없이 사랑을 베풀어

주시는…. 우리 학교에서 이런 선생님을 모셨다는 건 정말 다행한 일이라 생각한다.

책 분실사고는 반 친구 두 명이 어제 국어 문제집을 잃어버려 오늘 국어시간에 가져오지 못해 드러나게 되었다. 선생님께서는 우리를 호되게 꾸중하셨다. 난 그걸 하나도 빼놓지 않고 다 들었다. 선생님께서는 그 범인을 찾아 내려고 하시다가 그냥 우리에게 꾸중만 호되게 하시다가 그냥 나가셨다.

난 그 범인이 누구인지 대강은 알고 있다. 집에 갈 때 잘 타일러 주인을 찾아 주도록 노력해보자고 생각하면서 화장실 가는데 책 잃어버린 친구가 괜찮다고 하여 그냥 됐다. 그 친구가 확실한지는 알 수가 없지만….

1979. 11. 2. 금. 맑음

교문에 들어서면 비록 오래된 건물들이지만 나의 눈에는 선명하게 들어온다. 본관을 비롯해서 성당건물이. 여기가 나의 교정인 것이다. 수업에 임하면 또한 여러 선생님들을 만나게 되니 기쁘다. 특히 강용석 선생님의 국어시간이. 오늘 국어시간에 헛소리를 하다가 선생님의 꾸중을 들어 친구들과 한바탕 웃었다. 비록 꾸중은 들었지만 그 꾸중 속에는 언제나 따뜻한 정과 사랑이 샘솟는다. 매를 맞아도 좋다. 국어 선생님에게는. 정말 우리 학교 선생님들은 너무 좋으시다. 그중에서도 성품이 항상 곧고도 부드러운 깡식이 국어 선생님을 가장 존경한다.

＊＊＊

    강용석 국어 선생님과 각별하게 더 친해진 데는 특별한 계기가 있었다. 1학년초 미술 시간에 국어책을 보다가 지적되어 수업 후 교무실로 끌려가 코피가 날 정도로 무자비하게 맞았다. 당시는 선생님들의 사랑의 매질이 허용되던 때였는데, 그 정도가 심해지면 폭력이 되기도 했지만 아무런 문제가 되질 않았다.

    교무실에서 코피가 나자 선생님은 남들의 시선을 의식하여 나를 미술실로 데리고 갔다. 이제 죽었구나 하는 생각이 들어 미술실에 들어가자 마자 용서를 빌어 다행히 더 맞지는 않았다. 그리고 그 미술실을 빠져나오니 국어 선생님을 만나게 되었고, 자초지종을 들으시고는 난감한 표정을 지으시며 나를 위로해 주셨다.

＊＊＊

1979. 5. 31. 목. 맑음

6교시 미술 시간이었다. 스케치북을 가져오지 않아 심심해 국어책을 잠깐 보다가 미술 선생님에게 발각되었다. 미술 선생님은 보통 선생님답지 않게 부르르 떨고 있었다. "수업 마치고 교무실로 따라와!"

덜컥 겁이 났다. 그러나 이미 엎질러진 물…. 교무실에서 모든 선생님이 바라보는데 미술 선생님은 나를 손으로 무자비하게 때렸다. 코에서 액체가 흘렀다. "씻고 미술실로 따라와." 씻고 나서는 미술실로 갔다.

두려움에 나는 용서를 빌었다. 그래서 다행히 풀려나게 되었다. 미술실 문을 나서자 눈물이 쫙~ 흘렀다. 참을 수 없었다.

교실로 걸어오는데 마주친 국어 선생님께서 물었다. 사건을 자초지종 말씀드렸다. 위로를 해주었다. 정말 고마웠다. 교육자로서 어떻게 학생을 다룰 것인가? 이건 생각해 볼 문제다. 근본적인 원인은 나에게 있었지만….

＊＊＊

그때 강용석 선생님과 우연히 마주치게 되었는지는 기록만으로는 알 수가 없다. 하지만 짐작해보건대, 교무실에서 국어책을 보다가 맞았다는 얘기가 돌았을 것이다. 거기에다 괴팍한 유명 화가인 미술 선생에게 얼마나 심하게 더 맞을지도 모른다는 걱정이 들어서 미술실로 일부러 오고 있지 않았을까 하는 느낌도 든다. 그때 정말 얼마나 고마웠는지 모른다. 어깨를 들썩이며 울었던 기억이….

사실 내가 제일 못하는 과목 중 하나가 미술이다. 그래서 아마도 무의식적으로 스케치북도 제대로 못 챙겨갔을지도 모른다. 그렇게 얻어 터지고도 그 다음에 또 스케치북을 못 챙겨간 적이 있었으니…. 그런데 신기하게도 그 후 내가 스스로 그 미술 선생님을 직접 찾아갔던 경우가 있었다.

1979. 6. 4. 월. 맑음

오늘 미술시간에 겁이 잔뜩 났었다. 스케치북을 또 안 가져왔기 때문이다. 그러나 선생님은 별 말없이 잘 봐 주셨다. 매우 기뻤다. 그때 떨었던 걸 생각하면….

방과 후 친구들과 테니스를 치면서 시간을 보내다가 교실로 들어왔다. 만순이는 오늘부터 집에서 공부를 한다고 한다. 그래서 오늘 달밤부는 종면이, 병철이와 셋이다. 너무 노는 것 같다. 내일부턴 테니스도 치지 말자. 창공에 빛난 별… 가슴에 아려…

1979. 8. 27. 월. 맑음

오늘 미술시간에 미술 선생님께서 일본 친구를 한 명 데리고 왔다. 둘이서 얘기를 하는데 부러웠다. 불현듯 이런 생각이 머리 속에 꽉 차버렸다.

사나이로 태어나서 외국여행을, 아니 세계여행을 못 하고 돌아간다면 너무 삶이 초라하다. 그러니 해양대로 가서 배를 타고 세계를 돌아다니자. 아니면 넓은 대평원 아니면 고요한 산언덕에서 목장을 경영하거나 농장을 경영하며 사랑하는 이와 둘이서 살든지. 그래서 그런 미래를 생각하기 전에 우선 현실적으로 외국 친구와 사귀어 보고 싶다.

그래서 종면이와 수업을 마치고 미술실로 찾아가니 선생님께서는 안계셨다. 일본 친구를 한 명 소개받기 위해서다. 내일은 꼭 만나보리라.

그리하여 나의 좁은 견문을 세계 무대로 더 넓혀 가리라.

1979. 8. 28. 화. 맑음

오늘도 어제와 마찬가지로 미술 선생님 친구 되는 분을 만나보려고 점심시간 때 미술실까지 가기는 했으나 들어가지 못 하고 그냥 교실로 오니, 이번 시간이 교련 시간인데 교실에서 자습이라고 하여 그냥 공부를 하려 하니 펜이 잡히지를 않았다. 부글부글 끓어오르는 이 가슴을 손으로 문지르며 다시 미술실로 찾아가니 미술 선생님께서 나를 환영하였다. 일본에서도 너 같은 친구가 있을 거라며…. 주소를 적으면 편지를 해보겠다고 하셨다. 미술실을 나서는 내 마음은 하늘을 날아갈 것만 같았다. 아~ 선생님 감사합니다.

＊＊＊

몇 년 후 미술 선생님은 학교를 그만두고 창작 활동에 전념하기 위해 뉴욕으로 건너갔다. 한국에서는 더 이상 본인이 추구하는 작품 활동을 할 수 없다고 판단했던 것이다.

내가 해양대 입학 후, 고교 및 대학 더블 동문 선배들로부터 들은 이야기가 있었다. 해양대는 대학 3학년 때 원양실습을 나가는데, 그 선배들이 원양실습차 뉴욕항을 입항했을 때, 미술 선생님이 배를 방문하여 대건고 출신을 찾아 함께 선생님의 작업실에도 가보고 식사도 했다고 말했다.

그 후 미술 선생님은 뉴욕 미술계에서 인정받고 크게 성공하여 세계적인 미술 화가가 되었다. 지금은 귀국하여 활동하고 있는 것으로 알고 있다.

***

1980. 3. 1. 토. 맑음

3학년이 된 지도 벌써 3일째. 새로 들어오는 학과 담임마다 우리에게 새로운 기분을 안겨준다. 뭔가를 하게 하고 뭔가를 불러 일으킨다. 모두들 훌륭하고 좋으신 분들이다. 영원히 못 잊을 강용석 선생님. 나에게는 별과 같은 분이시다. 밤 하늘에 반짝이는 별들 중에서도 가장 광채가 나고, 깨끗하고, 패기 있게 우리에게는 인생의 이정표를 심어 주시는 그런 별. 어찌 선생님을 잊을 수 있겠는가?

선생님께서는 교육자로서 훌륭한 자질을 모두 갖춘 분 같다. 그러나 '야마모토' '깡식이'라는 별명처럼, 노는 친구들에게는 더없이 무섭고 매서운 선생님이시다. 정말 선생님께서 우리 국어 담임을 맡게 된 것이 얼마나 기쁜지 모른다.

***

강용석 국어 선생님은 졸업 후 언젠가는 꼭 찾아가 뵐 것이라고 마음을 먹었었는데, 그 바람을 이루지 못 했다. 선생님은 예기치 않았던 사고를 당해 일찍 돌아가셨다고 들었다.

내가 좀 더 일찍 서둘러 그 전에 찾아 뵙지 못 한 것을 크게 후회한다. 아직도 졸업앨범 속에서 날쌘 호랑이 얼굴로 쳐다보고 계시는 듯한 강용석 선생님이 정말 그립다. 비록 고인이 되셨지만, 존경하는 강용석 선생님은 아직도 내 가슴 속에 카랑카랑한 목소리와 함께 영원히 빛나는 별처럼 살아 계신다.

그 외에도 특별히 기억에 남는, 그리고 기록으로 남기고 싶은 선생님은 3학년 때 담임이었던 백태현 선생님과 유치우 체육 선생님이다. 백태현 선생님은 참으로 정이 많고 자상하여 아버지처럼 느껴졌고, 유치우 선생님은 우리들에게 뭔가 민주시민의식을 심어주려고 노력한 멋진 선생님이었다.

***

1981. 4. 25. 수. 맑음

하교하는 차 안에서 나의 어깨를 한없이 부드럽고 따뜻하게 감싸주던 그 손길. 바로 담임이신 백태현 선생님의 손길이었다. "이제 집에 가나?" "예." "고달프지? 내가 다 알아…." "할 만합니다." 속으로는 '선생님과 함께 라면 어떤 곤경도 이길 수 있겠습니다'라고 생각했다. 어디서 약주를 한잔 드셨는지, 아니면 볼 일을 보고 가시는지 몰라도 그것은 따스한 나의 아버지의 손길이었다. 백태현 선생님은 진정한 교육자이시다. 감사합니다.

1981. 5. 20. 수. 맑음

오늘 체육시간의 일이다. 머리 긴 사람을 가려내어 수위실에 가서 머리를 밀려고 하였다. 수위실은 만원이어서 선생님께서는 우리 보고 좀 놀다 오라고 하셨다. 나는 왠지 운동을 하고 싶지 않아서 테니스장 옆에 앉아 있었다. 그런데 좀 있으니 선생님이 불러서 가보았다.

"왜 머리 밀리니 기분이 안 좋으니?" "아닙니다." 존경하는 유치우 선생님. 정말 진정한 교육자이시다. 우선 우리를 인격적으로 대우를 해주시는 게 너무 맘에 든다. 선생님께서 우리를 인격적으로 대우해 주시는 것이 우리나라에 진정한 민주주의가 꽃필 수 있게 하기 위해서라고 한다. 우리는 정치, 군대 등 이런저런 얘기를 나눴다. 나를 비롯하여 대부분의 친구들이 머리를 안 밀렸다. 왠지 기분이 좋았다. 훌륭하신 선생님, 존경합니다.

***

당시는 교복을 입고 두발도 짧은 단발머리를 유지해야 했는데 머리가 길면 강제로 밀렸다. 한번은 학교로 전근 온 지 얼마 안 되는 체육 선생님이 무서운 학생주임 선생님과 함께 갑자기 수업중인 반으로 들이닥쳐 전체 두발 점검 및 머리를 미는데, 거칠고도 비인격적으로 우리를 다루어 3학년들이 크게 술렁이며 데모를 할 뻔했다. 그런 야만의 시절에 유치우 선생님의 부드러우면서도 학생들을 인격적으로 대하는 모습은 너무나도 신선했고 존경스러웠다.

3학년 때 담임이었던 백태현 선생님은 내가 해양대학 다닐 때 댁으로 한 번 찾아 뵌 적이 있었다. 선생님은 늘 말씀을 털털하면서도 정감있게 해주어 부담이 적었다. 그때 술을 선물로 사가지고 방문했는데 얼마나 좋아하셨는지 모른다.

선생님께서는 냉장고에서 뭔가 기분 좋게 끄집어내며 이것은 귀한 손님 올 때만 내는 안주라고 하였는데, 그것은 바로 개고기 육포(肉脯)였다. 나는 좀 난감했다. 왜냐하면 지금도 그렇지만 개고기를 안 먹기 때문이었다. 그런 말을 할 수는 없었고, 선생님께서 귀한 사람 올 때만 내는 귀한 거라고 하니 아주 조금만 먹었던 것 같다.

그런데 그 후 백태현 선생님께서도 안타깝게 일찍 돌아가셨다.

아, 강용석 선생님의 카랑카랑한 목소리와 명필 칠판 수업, 그리고 백태현 선생님의 털털하면서도 정감 넘치던 아버지 같은 그 목소리와 따뜻한 미소가 그립다.

선생님들의 그 따뜻한 사랑으로 오늘의 경수가 있습니다. 영원히 그 은혜 잊지 않겠습니다. 존경하고 감사합니다.

2

주경야독(晝耕夜讀) I

주경야독(晝耕夜讀)은 낮에는 밭을 갈고 밤에는 책을 읽는다는 뜻으로, 바쁜 틈을 타서 어렵게 공부함을 뜻하는 말이다.

노무현 전 대통령은 낮에는 노가다를 뛰면서 밤에는 고시 공부를 하여 고졸임에도 사시에 합격하여 대통령까지 되었다. 정홍원 전 국무총리도 진주사범학교를 졸업 후 낮에는 초등교사로 근무하면서 밤에는 성균관대학교 야간 법대를 나와 사시에 합격하여 국무총리까지 되었다.

노 전 대통령이나 정 전 국무총리처럼 그렇게 치열하게 일하며 공부하여 출세한 위인들 먼 발치에도 못 따라가지만, 나의 고교 학창시절을 되돌아보면 주경야독이라는 말이 조금은 낭만적으로 와 닿는다. 낮에는 아버지 농사일을 조금이라도 돕기 위해 땀을 흘리기도 했으며, 또한 밤 늦게까지 '달밤부'라고 부르는 친구들과 때로는 홀로 학교 교실에 남아 공부에도 힘써야만 했다. 아버지를 도울 때는 효자 같은 느낌이 들기도 했으며, 밤 늦게 달빛 아래 집으로 향할 때는 뭔가 보람과 희망이 내면에 가득 차오르기도 했었다.

　우리 집에는 열 마지기(2000평)의 논과 작은 산밭이 있었다. 논은 아버지께서 탄광생활을 통해 번 돈으로 산 우리 땅이었지만, 산밭은 주인으로부터 빌려서 갈아 먹는 서너 마지기의 도지(睹地)땅이었다. 마을 실개천 너머 앞산에 있던 산밭에는 여름에 참외 농사를 한 적도 있었는데, 오두막에서 참외를 지키기도 하고 놀기도 했다. 형은 중학교를 가기 전에 매일은 아니더라도 그 산밭에 거름을 한 짐씩 져 나르고 학교를 가곤 했다. 형에 비하면 일을 한 축에도 못 끼이지만 농번기 그리고 주말에는 논과 밭에서 아버지를 도와 일해야만 했다.

* * *

1979. 4. 15. 일. 맑음

아버지께서 밭을 갈러 가자고 하셨다. 어릴 때와 같이 싫어할 수가 없었다. 그저께 갓 사온 송아지를 부렸다. 매우 힘이 드는 모양이었다. 나중에는 가지 않고 두 눈에 눈물이 괴었다. 그러고는 바라보았다. 구원의 눈초리로…. 정말 보기에 애닳고 슬펐다. 비록 말 못 하는 짐승이지만 그 두 눈에서 그의 모든 것을 알 듯하였다.

1979. 5. 27. 일. 맑음

아침 일찍 은주 누나로부터 전화가 왔다. 10시부터 동문장학회 회의라는 것이다. 아버지와 오전에 밭갈이 하기로 한 것을 오후에 하기로 하고 회의에 참석했다.

오후에 아버지와 산밭을 갈았다. 땀이 이마를 타고 흘러내렸다. 밭을 다 갈고 생각해 보았다. 엄마가 살아 계신다면 과연 내가 이렇게 일을 할 수 있었을까? 내게는 정말 좋은 엄마였다.

1979. 9. 30. 일. 흐림

오늘 은주, 순태 누나들과 철희와 시민회관에 스페인 20세기 미술 전시회에 가기로 되어 있었다. 그러나 나 때문에 못 갔다. 아침 먹은 후부터 밭에 가 밭을 갈고 파종을 하느라 힘이 쭉 빠졌다. 시간도 없었고…. 오랜만의 외출인데 정말 누나들에게 미안하다. 물론 철희에게 미안한 것은 말할 것도 없고….

1980. 3. 16. 일. 맑음

오후에는 산밭에 거름을 4짐이나 져 날랐다. 일의 즐거움. 봄. 모든 것이 즐거웠다. 산 위에서 봄바람을 받으며 발 아래 유천 그렁(개울)에서 사람들이 배구하는 걸 물끄러미 쳐다봤다.

1980. 4. 2. 수. 맑음

모두들 학교 갔는데 혼자 주민등록증 발급을 위해 집으로 오는 그 기쁨. 따사로운 봄햇살을 받아 얼굴이 활짝 피었다. 월배에 내려 신청서를 받아 가지고 집으로 걸어왔다. 나의 머리 속은 마구 울렸다. 봄 소리를 내며…. 마을에 와서 동장, 반장의 도장을 받아 가지고는 다시 읍사무소로 가서 주민등록증 신청을 했다. 금방 되었다. 모든 일을 끝내고 나오는 나의 발걸음은 마냥 가벼웠다. 오후에는 아버지와 산밭을 갈고 씨를 뿌렸다. 봄바람은 더없이 시원하게 불었다.

　1980. 6. 29. 일. 맑음

　오전에는 공부만 하다가 점심 때쯤 순선 누나가 놀러 왔다. 그래서 누나를 불러 같이 얘기를 나누다가 오후 4시가 좀 넘어서야 쟁기와 써레를 지고 밭에 가서 깨를 심었다. '모든 일에서 기쁨을 찾으려 노력하라'는 말을 생각하며 열심히 일했다.

　1980. 9. 21. 일. 맑음

　매사는 즐겁게 해야 한다. 그래야만 능률이 오른다. 하기 싫은 밭갈이. 기어이 부러지는 쟁기. 땀에 뒤범벅이 된 신경질적인 부자의 얼굴. 글을 쓰고 있으면 차분히 가라 앉은 성질이, 하고 싶지 않은 일을 할 때는 꼭 우물가의 망아지 같다.

＊＊＊

아버지 농사일을 돕는다는 보람도 있었지만 몸을 쓰며 땀 흘리는 노동의 기쁨도 느꼈던 것 같다. 어머니께서 돌아가시기 전에는 일을 하고 있는데 어머니가 늦게 오거나 또는 내가 많이 힘들 때는 어머니께 투정도 부리곤 했었다. 하지만 아버지에게는….

그리고 밭일은 논일보다는 땅 면적도 적었지만 일 자체도 힘이 덜 들었던 것 같다. 특히 모심기, 가을 추수와 같은 농번기 때는 정말 큰 일이었다. 학교에서 조퇴를 맡아 일찍 집에 와야만 하기도 했다. 지금은 모든 것을 기계로 하지만 당시는 일일이 손으로 해야만 했기에 일손이 정말 부족했다.

＊＊＊

1979. 12. 9. 토. 맑음

연탄불이 꺼져 아침을 10시 경에 먹었다. 늦었지만 아침을 지어 우리들에게 먹이는 아버지의 그 사랑. 실로 위대하다. 이런 것에 비하면 아버지의 잔 신경질은 아무것도 아니다. 어떠한 경우라도 참아야 된다. 아침을 들고는 형이 논에 짚 남아 있는 것을 실어 올리자고 했다.

그래서 명희 집에서 리어카를 한 대 빌려 형 한 대, 내 한 대 이렇게 거름을 한 수레씩 싣고 들로 갔다. 정말 들바람은 시원했다. 이마엔 땀이 났다. 정말 이런 농촌에 살고 있는 것이 좋다. 짚을 한 리어카씩 싣고 오면서 혹시나 지금 집에 은주 누나가 와 있을까 싶은 기대에 더 빨리 왔다.

1980. 8. 2. 토. 맑음

오늘 나는 일한 후에는 기쁨이 온다는 것과 매사에 의욕을 가지고 일
하면 쉽게 능률적으로 할 수 있다는 것을 체험했다. 아버지께서 오늘 논
에 약을 치자고 했다. 하지 않고는 도저히 견딜 수가 없지 싶어서 아침
일찍 아버지와 들에 내려 갔다.

언제쯤 끝나리라는 예상도 없이 약을 치고는, 또 넣고 치고…. 약
1000평을 치려 하니 처음에는 암담했다. 무의식적으로 발을 옮기니, 푸
른 물결들이 이리저리 나를 헤치며 지나갔다. 어깨가 아프고 목이 막 쑤
셨다. 그러나 끝까지 해냈다. 그때의 그 안도감, 만족감이란 이루 헤아
릴 길이 없었다.

집에 오니 1시가 넘었다. 그러나 지겨운 줄 몰랐다. 마침 은주, 순태
누나가 내려와 청소를 깨끗이 해놓고 있었다. 그렇게 반갑고 고마울 수
가 없었다. 아버지께서는 오늘은 집안에 사람 사는 맛이 좀 난다고 했
다. 떡도 해먹고, 얘기도 나누며 즐거운 하루를 보냈다.

＊＊＊

내가 아버지 농사일을 도와 일한 것 중 가장 기억에 남는 일은
고3 시절 가을걷이 때였다. 대학 입시 시험을 몇 주 밖에 안 남았
을 때였다. 농사는 때를 놓치면 안 된다. 서리가 내리기 전에 추수
를 끝내야만 한다. 그렇지 않으면 1년 동안 애쓴 농사를 다 망치

기 때문이다. 그렇게 엄중한 시기의 입시반 3학년들인데도 불구하고, 친한 친구들이 가을걷이를 돕기 위해 왔다. 평생 잊을 수 없다.

그런데 그 친구들이 평생 끄집어내곤 하는 추억담이, 그 추수하는 들판에 식사를 준비해 나르던 사람이 바로 당시 중학교 3학년 학생이었던, 지금의 아내다.

＊＊＊

1981. 11. 1. 일. 흐림

오늘은 들판의 나락을 걷었다. 그런데 나의 마음은 어릴 때의 감정은 아니었다. 솔직히 시험준비는 잘 되어 있지 않는데도 시험날짜는 점점 다가오고⋯. 병드신 아버지 혼자서 고생하시는 모습을 지켜 보노라면, 너무 큰 불효를 하는 것만 같고⋯. 하여튼 그런 갈등 속에 괴로운 날이었다.

점심을 해주러 나오기로 한 이모가 10시가 넘어도 오질 않아서 누나가 은주 누나 집에 전화해 은희가 내려왔다. 그때부터 내 마음은 밝아졌다. 은희는 나에게 가장 큰 웃음과 기쁨을 주는 천사이기에⋯. 은희가 너무나 이쁘고 고마웠다. 이루 말로 헤아릴 수 없을 정도로⋯.

참으로 사랑이란 우리 생활에 최선을 다할 수 있도록 도와주는 거룩한 마음이라는 것을 나 같이 저속하고도 평범한 인간도 느낄 수 있었다. 아니, 사랑은 모든 것을 가능게 하는 마법과도 같은 것이다. 사랑과 우정.

은희와 같이 점심을 해가지고 들에까지 갔다 오곤 했다. 은희가 나에게 그렇게 큰 힘을 줄 줄이야. 참으로 착하고 이쁜 나의 사랑하는 동생이다. 은주 누나만큼…. 저녁 늦게 되어서야 일을 끝냈지만 나락을 모두 한 곳에 발을 쳐 놓지는 못 했다.

저녁을 마치고 나는 은희를 바래다 주러 갔다가 거기서 밤 10시 넘게까지 놀다가 왔다. 해영 누나, 은주 누나, 은정이 모두들 너무 좋다. 은희와 같이 음악을 들으며 이런 저런 얘기를 나누고 있으니 집에 가기가 싫었다. 피곤하면서도 기쁘고 벅찬 하루였다. 은희 때문에 더욱더…. 그리고 대입 시험을 코앞에 둔 신분임에도 불구하고 오늘 기꺼이 추수를 도와주러 온 회목이 등 학교 친구들에게도 너무 고맙다. 영원히 잊지 못할 추억의 한 페이지로 남을 것이다.

＊＊＊

아마도 이때가 우리 집의 마지막 가을 추수였을 것으로 생각된다. 이듬해 나도 대학에 입학하였고, 병세가 더 깊어진 아버지 혼자서 농사일을 계속 하는 것은 힘에 부칠 뿐만 아니라 무리라고 판단되어 논을 판 것이다. 그리고 내가 고3때 나의 고교 시절의 큰 버팀목 이상의 역할을 했던 은주 누나는 졸업 후 사회로 나가면서 만남이 줄어들었고, 대신에 그 동생이었던 은희와의 만남이 자연히 늘어나기 시작했다.

그 후 참으로 이쁘고 사랑스러운 동생이던 은희와는 해양대학 4년과 승선생활 3년간의 연애 끝에 결혼에 성공했다. 그리고 은주 누나는 나의 처형이 되어, 고교 시절 바람대로 영원한 가족 친척으로 함께하게 되었다.

3.
주경야독(畫耕夜讀) II

집안의 농사일을 도우면서도 학교 생활을 열심히 해야 했다. 왜 냐하면 첫째는, 나의 장래를 위해서이기도 하지만, 어쩌면 그보다 더 우선한 것이 아버지께서 그렇게 고생하시는 것에 대한 보람을 찾아 드리기 위해서라도 열심히 해야 된다고 생각했다.

학창시절 나의 모습은 대체로 긍정적이고 때로는 상당히 주도 적이었던 것으로 기억되는데 일기장을 봐도 그렇다. 집안에서는 아버지에게 걱정을 최대한 끼쳐 드리지 않으려고 노력했고, 학교 에서는 친구들과 잘 어울리며 운동도 좋아하고, 공부도 열심히 하 려고 노력했던 것 같다.

정규 수업을 마치고는 가까운 친구들과 스스로 교실에 남아서 밤 늦게까지 공부했다. 우리 친구들은 그것을 '달밤부'라고 불렀 다. 밤의 달빛을 받으며 하교한다고 그렇게 부른 것 같은데, 교실 과밀로 인한 2부제 학교의 야간부와는 다르다. 요즘으로 치면 방 과 후 수업일 것이다. 차이점이라면 강제적으로 하느냐 자율적으로 하느냐일 것이다. 정규 수업을 마치면 다른 친구들이 하교하는 시각에 우리는 운동장에서 운동을 하며 좀 놀다가, 다시 교실로 들어와 밤 늦게까지 공부하고는 달빛을 받으며 학교를 나서는데, 그렇게 뿌듯할 수가 없었다.

＊ ＊ ＊

1979. 5. 24. 목. 맑음

화창한 5월의 햇빛을 받으면서 하얀 란닝구만 입은 학생들이 이마에는 구슬과 같은 땀방울을 흘리면서 농구를 하고 있다. 2반 대 3반 농구 경기. 저번에 축구, 배구에서 모두 패한 우리 3반은 농구만은 이겨 보리라 열심히 뛰고 있다. 완승이다.

64 대 14. 정말 통쾌했다. 6월 안으로 축구, 배구도 모두 꺾으리라. 모두 밖으로 나가 하드를 먹었다. 역시 내기이니까. 저녁을 먹은 대건 달밤부들은 야간교실로 갔다. 공부를 하려고 하니 병철이가 떠들어서 도저히 공부를 할 수가 없었다. 그래서 한마디 충고 비슷하게 던지고 옆반으로 갔다. 정말 친구에게 이럴 때는 그대로 침묵을 지켜야 될지, 적당한 충고를 해야 할지… 지금도 의문이다.

1979. 6. 26. 화. 비

오늘부터는 대건 달밤부가 나 혼자만 남게 되었다. 종면이도 오늘부터 일찍 오라는 집으로부터의 지령이 떨어졌다는 것이다. 한편으로는 쓸쓸하고 섭섭했지만, 한편으로는 잘된 일인 것도 같다. 사실 친구들과 같이 있으니까 너무 얘기가 많아 공부가 안 된다.

그러나 혼자 있으면 첫째, 부담이 없어 좋고 둘째, 조용해서 좋다. 나에 관해서 좀 더 깊이 성찰할 수 있다. 이게 내 취미, 글쎄 성격에 맞는 것 같다. 조용하고 쓸쓸하고 또 더 나아가서는 고독이라는 단어까지….

1979. 6. 27. 수. 맑음

지금 이 순간을 나는 영원히 추억으로 만들 것이다. 수업이 끝나면 야간교실에 남아 공부를 하는 이 추억을…. 저녁용으로 점심을 꼭 남겨 먹거나, 혹은 라면을 사 먹거나 하여 저녁을 때우고, 친구들과 연못이나 나무 아래 앉아서 무한히 넓은 우리들의 내일의 꿈들을 아무 꾸밈없이 또 숨김없이 서로 얘기를 나눈다.

그러다가 교실에 들어가 열심히 공부한다. 밤 10시가 되면 혼자서 혹은 친구와 하늘에는 별빛과 달빛이 우리의 앞길을 비춰주는 교문을 나설 때, 그 마음이란 고달프면서도 희망차고 담담하다. 장래 꼭 성공을 해서 주위의 은혜에 보답하자. 그러기 위해서는 지금은 아무 잡념 말고 공부를 할 것이다.

＊＊＊

달밤부 멤버 중 친한 친구로는 종면이와 만순이가 있었다. 종면이는 1학년 때 3반으로 같은 반이었는데, 종면이가 1학기 회장을 하고, 내가 2학기 회장을 했다. 그래서도 친했고 또한 통하는 부분이 많았다.

만순이는 월배초교 동기인데, 초등학교 다닐 때는 잘 몰랐지만 고등학교를 같은 학교 다니면서 3년 단짝으로 지낸 나의 절친이다.

만순이와는 고교 시절 3년 동안 거의 함께 붙어 다녔다. 만순이는 3학년 2학기 대입 시험을 앞두고 오토바이를 타다가 큰 사고를 당했다. 참으로 불행한 일이었다. 종면이는 2학년 때 문과로 가면서 만남이 뜸해졌지만, 만순이와는 3년 동안 함께…, 특히 3학년 때는 6반 같은 반, 같은 짝까지 되었다.

＊＊＊

1979. 10. 11. 목. 맑음

나는 공부를 그렇게 괴로운 것으로 여기지 않는다. 장래를 생각하면 아니할 수 없는 것이다. 오늘도 여전히 학교서 늦게까지 남아 공부를 하고 가려고 하니, 친구들이 "내일은 즐거운 행군대회(소풍)이니 일찍 집에 가자"고 했다. 그러나 남아서 늦게까지 공부했다.

별이 총총한 밤에 달무리를 쳐다보며 집으로 가는 나의 마음은 즐거웠다. 밤늦게 혼자 집으로 돌아가는 나의 마음은 정말 뿌연 안개 속을 걷는 것만큼 좋다. 이런 생각 저런 생각을 하다 집으로 돌아오면, 아버지께서는 병환이 더욱 악화되어서 정말 보기 안쓰럽다.

1979. 10. 23. 화. 맑음

집에 갈 때 종면, 석윤, 영찬이와 남아서 여러 가지 얘기를 밤 9시까지 나눴다. 조용한 가운데 정말 흥미롭고도 진지했다. 석윤, 종면 정말 좋은 급우들이다. 밤 늦게까지 얘기를 나누니 내 마음이 한결 가벼웠다. 모두들 돌아가고 하교를 하는 사람들 중 내가 맨 마지막이지 싶었다. 노래를 부르며 하교했다.

1980. 6. 18. 수. 맑음

우리는 점심을 먹고 얘기를 나누다가 만순이는 먼저 집에 가고, 나중에 온 현진이와 저녁 나절까지 배구와 핸드볼을 했다. 핸드볼 슈팅 치기를 해서 하드 내기를 했다. 둘 다 한 번씩 덮어썼다. 우리는 교문 밖으로 나가 시원한 하드에 식빵까지 곁들여 먹었다.

배가 불렀다. 돌아와 밤 늦게까지 공부할 수 있었다. 너무 놀아서 국토지리를 한 번 밖에 못 봤다. 참, 창수와 우리는 칠판에다 <학창시절>이라는 제목을 가지고 글을 썼다.

＊＊＊

나의 드림 리스트 중 하나는 '만나보고 싶은 사람 다 만나보기'가 있는데, 그 만나보고 싶은 사람들 중 아직도 못 만나고 있는 사람들 중 하나가 2학년 때 반 회장을 한 친구 창수다. 2학년 때 창수와 나와의 관계는, 1학년 때 종면이와 나와의 관계와 비슷하다. 종면이는 대건고등학교를 1등 성적으로 들어와 머리도 좋았을 뿐만 아니라 팔방미인인 친구였다. 그래서 1학년 때 반 회장을 한 것도 당연했고…. 그런데 종면이가 1학기만 하고 반 회장을 무슨 이유인지 스스로 그만뒀다. 그리고 나를 추천했다고 한다. 그래서 내가 1학년 2학기 때 회장을 하게 되었다.

나는 2학년 때 9반이었던 것으로 기억한다. 2학년이 되니 1학년 때 회장을 한 전력 때문이었는지 몰라도, 반 회장을 맡아 달라고 담임선생님께서 여러 차례 부탁을 했다. 그 당시 나에게 많은 영향을 끼치고 있던 같은 마을에 사는 철희라는 친구가 있었는데, 그 친구가 집안의 고생하시는 아버지와 나의 장래만을 생각하여 동문장학회든, 학교든 회장 같은 직책을 절대 맡아서는 안 된다고 충고를 했고, 그렇게 하겠다고 약속을 한 터였다. 그래서 끝까지 고집을 하여 회장을 맡지 않게 되었고, 그 대신에 내가 설득하여 회장으로 추천한 친구가 바로 창수였다. 안경을 낀 참 선한 친구였는데, 졸업 후에는 한 번도 본 적이 없다. 보고 싶다.

＊＊＊

1980. 10. 3. 금. 맑음
오늘 우리 학교에서 대구 성당 배구 대회가 열렸다. 만순이는 성당 사

람들과 같이 모두들 집으로 돌아가고, 아무도 없는 어둠만이 깔린 운동
장을 가로 질러 야간 교실로 가서 책을 잡았다. 오늘은 공휴일이라 교실
에는 나 밖에 없었다. 평시와 같이 밤공기를 마시며 학교를 나섰다.

1980. 10. 6. 월. 맑음

오늘부터 주번인데도 늦어 주번 조회도 참석 못 했다. 집에 갈 때는
나도 모르게 만순이 가는 대로 정류장까지 따라 나갔다. 우산을 씌워주
고 그리고는 되돌아왔다. 철희와 만순이를 위해서라면 모든 것을 바칠
수 있겠다. 오늘도 야간 교실에서….

* * *

정말 만순이와는 고교 학창 시절 3년 동안 그렇게 살뜰하게 잘
지냈다. 월배에서 대구까지 거의 항상 같이 등교하고, 같이 하교
할 정도로…. 내가 달밤부에 남아 공부를 하고 만순이가 먼저 갈
경우에는 정류장까지 바래다줄 정도로….

3학년 때는 입시반이었기 때문에 각자 모두 열심히 하지 않을
수 없었다. 모두가 자발적 달밤부가 되었기 때문에 1,2학년 때와
같은 나만의 특별한 차별화의 느낌은 별로 없었다. 다만 1,2학년
때는 달빛을 받으며 귀가시에는 희미한 안개 속을 걷는 것 같았지
만, 그래도 밝은 미래와 희망의 느낌이 더 강했다.

하지만 3학년 때는 부족한 실력으로 인한 성적표 결과에 실망도

하며, 쫓기는 시간 스케줄에 많이 괴로워했다. 그래도 잘 하든 못 하든 공부는 계속해야 했다.

그리고 3학년 때는 달밤부의 아주 특별한 추억이 남아 있다. 학교도 밤 10시 또는 11시가 되면 불을 끄고 귀가를 해야 하는데, 나는 형도라는 월배 친구와 함께 교실에 남아 밤새도록 공부하기로 작정했다. 그렇게 하기 위해서는 학교 수위의 야간시찰을 극복해야 했는데…. 그때 우리는 불을 끄고 교실 창문 너머 난간에 숨어 수위의 야간시찰을 피했다. 정말 웃음이 묻어나는 낭만적 추억이다.

* * *

1981. 7. 31. 금. 맑음

수위가 갔다. 하마트면 들킬 뻔했다. 낮에 사뒀던 식빵을 형도와 경선이와 셋이서 나눠 먹고, 이제 모두 책상 앞에 앉아 책과 씨름 중이다.

지금은 8월 1일 새벽 1시경…. 피곤하다. 눈이 무겁다. 어제와 같지 않다. 그러나 이 밤도 나의 내일을 위해 밑거름으로 쓰리라.

아침에 학교 와서 밤 11시 되어서 집에 가는데, 별로 공부를 많이 못했다. 지금 국영수만 보는데… 그렇게 하니 영수 밖에 볼 수가 없어 고민했는데…. 우연히 형도와 같이 우리 학교에서 이렇게 학교 수위 눈을 피해가며 남아서 밤새도록 공부하기로 한 것이다. 어떤 친구들은 마음이 잘 맞지 않기도 하는데, 형도와는 잘 맞는 것 같아 좋다.

이 밤을 지새고 나면 내일은 만순이의 포도회 시화전 하는 데도 가보기 위해 집에 나가봐야 한다. 정말로 재미있다. 그 스릴…. 수위 아저씨께서 교실에 불을 비출 때면, 우리는 창문 너머 난간에 눕는다. 좀 위험하긴 하지만 오히려 시원하고 잠이 확 깨인다. 수위 아저씨께 너무 미안하다. 하지만 먼 훗날 아름다운 추억이 되리라 믿는다. 무엇보다도 내가 원하는 육군사관학교에 들어가는 것이 나의 최대 급선무다.

* * *

그렇게 나름대로 주경야독을 흉내라도 내듯이 열심히는 했건만, 나는 그해에 원하던 육군사관학교 시험에 실패하고 일반대학에 진학을 했다. 그런데 3학년 때 같은 반이었던 친구 상길이가 해양대학에 입학하여 하얀 제복을 입고 내 앞에 나타났다. 너무나 눈부시고 멋져 보였다. 그 후 대학축제기간 때 친구들과 부산을 놀러 갔고, 나는 태종대 옆 조도 긴 방파제 끝에 있는 하얀 건물의 해양대학에 상길이 면회를 갔다. 그런데 고등학교 3학년 때 한 반이었던 윤호도 해양대학에 입학해 있었고, 함께 카키색 근무복을 입고 면회에 나왔다.

푸른 부산 앞바다 하얀 포말이 부서지는 조도 해변가에서 두 친구들을 만나 사진도 찍고, 대화를 나누는데 그렇게 부럽고 멋져 보일 수가 없었다. 가슴 속에 푸른 파도가 치며 알 수 없는 감정이 마구 일어났다. 심리학자 매슬로우(Abraham Maslow,

1908~1970)는 그런 것을 절정경험(Peak Experience)이라고 했다. 그때 나의 무의식 속에 잠자고 있던 해양대학에 대한 꿈이 다시 깨어났다.

그리고 여행을 마치고 귀가 후, 나는 여름방학부터 학원과 독서실만을 다니며 선택과 집중을 하여, 이듬해 나는 한국해양대학교 항해과에 입학을 했다. 그 후 나의 인생은 많이 달라졌다.

4

수학여행

학창시절 하면 가장 기억에 남는 것이 어떤 것이 있을까? 순수한 시절이기 때문에 많은 것들이 남겠지만, 그중의 하나가 수학여행이 아닐까 싶다. 지금은 교통편도 발달하고 생활면도 여유로워 여행을 자유롭게 다닐 수 있기 때문에 수학여행의 가치가 덜 할 수도 있겠지만, 못살던 그 시절엔 참으로 대단했다.

수학여행은 초등학교 때는 주로 가까운 경주로 갔었고, 중학교 때는 좀 더 먼 해운대로 갔었다. 그리고 고등학교 때는 아주 먼 설악산으로 가는 것이 대구지역 초중고 학교들의 거의 정해진 코스와 같았다. 세 곳 모두 나는 수학여행 때 처음 가봤다.

고교 수학여행은 2학년 5월초에 갔었다. 1학년은 중학교와 달리 성숙한 청소년으로서 고등학교라는 새로운 환경에 적응하기 바쁘고, 3학년은 입시생으로 공부하기에 바쁘기 때문에 2학년 때 가는 것이 적당하고, 2학년 시절의 꽃과 같았다. 수학여행 날짜가 다가오면 마음이 붕~ 들뜨기 시작했다. 나도 그랬다. 우리 반에서는 수학여행 가서 놀 준비를 하면서 돈을 좀 걷기로 했는데, 문제가 생겼다.

* * *

1980. 4. 25. 금. 맑음

학교에서 일이 벌어졌다. 수학여행 할 때 선생님 대접 비용 겸 우리들 노는데 필요한 돈을 좀 거두는데, 1인당 2000원씩 거두는 게 너무 많다고 누군가가 교육청에 전화를 한 모양이었다. 그래서 학교로 전화가 날아와 그런 일이 있으면 당장 금하라고 하였다.

그래도 돈을 영 거두지 않으면 안 되겠기에 수업 마치고, 다시 반 자치회를 열어 자율적으로 내기로 결정을 봤다. 회의가 끝나고, 빨리 청소를 마치고 일찍 집으로 돌아왔다.

* * *

지금은 수학여행 가는 데 부모가 돈만 내주면 끝나지만, 당시는 김밥도 싸주는 등 챙겨줄 것이 많았다. 나도 수학여행 가기 전날, 우리 누나와 은주 누나가 우리 집에 와서 김밥을 싸주었다. 시집 간 누나가 친정에 와서 엄마 없는 동생의 수학여행을 챙겨주는 마음은 충분히 이해되지만, 은주 누나까지 내려와 따뜻한 마음 내어

주고, 잘 다녀오라고 축하해 준 것은 정말 아직도 고맙고 잊을 수 없다. 우리 누나와 은주 누나의 따뜻한 사랑과 세심한 보살핌이 없었더라면, 나의 고교 시절은 정말 삭막했거나 아마도 제대로 못 견뎠을지도 모른다. 평생 고맙다.

＊＊＊

1980. 5. 6. 화. 맑음

환한 전등불 아래에서 철희가 기타를 치고, 부엌에서는 은주 누나와 누나가 지금 김밥을 싸느라 한창이다. 무엇이 즐거운지 누나의 목소리가 크게 귓전에 다 들려오고 있다. 오늘의 주인공은 누구? 글쎄, 내가 아닌가? 그러고 보니, 내가 내일 수학여행을 떠나는구나.

오래 전부터 학수고대한 학창시절의 마지막 여행이 될지도 모르는 고교 수학여행. 기대가 크면 실망도 크다고 하여, 한없이 내 마음을 억누르고 있다. 정말 알차고 가장 아름다운 추억으로 한번 꾸며 보리라. "추억은 미래에 심는다"던 최홍간 신부님의 말씀이 새삼 떠오른다.

이 따뜻한 나의 모든 가족 이웃 친지들에게 감사한다. 무엇보다도 은주 누나. 고마워. 순수한 나의 누나. 영원히 못 잊을 누나. 헤어질 때는 그만큼 더 아름다울 우리. 아니, 헤어진다고 하기가 싫다. 뭐라고 해야 할지…. 철희야 고마워. 너의 기타 뜯는 소리가 나를 더 즐겁게 하는구나. 그냥 좋은 나의 친구, 철희. 나는 잊지 않고 영원히 간직할 테다.

1980. 5. 9. 금. 맑음

친구들이 들어오기 시작한다. 이제 다 논 모양이다. 밖에서 춤추는 동안 잠시 들어와 몇 글자 적어보려 하는데, 친구들이 들어오려 하니 이 글을 끝맺지 못 할까 걱정이다. 노트 앞에는 카라멜과 봉지들이 너절하게 널려 있다. 용성, 동원 등 친구들의 그림자가 노트를 덮으려 하다가 내 마음을 알아줬는지 방금 비켜선다.

그런데 글을 써 가기는 하지만 전날 일들이 머리에 떠오를지는 의문이다. 하지만 한 장의 아름다운 추억으로 남기기 위해 열심히 추억을 만들어 보겠다. 희미한 전등불 아래서 갈겨대는 이 글이 꼭 먼 훗날 추억으로 남으리라. 밖에서 또 놀기 시작하는 모양이다.

전날 누나가 싸준 김밥 등을 꾸리고, 아침에 누나의 따뜻한 전송을 받으며 부푼 마음을 가방 속에 가득 담고 동대구역 광장으로 출발했다. 만순이와 우리는 그렇게 큰 기대를 가져서는 안 된다는 것을 억지로 한 번 되새기면서 친구들과 동대구역 광장에 도착했다.

친구들의 그 들뜬 마음. 수학여행은 절대 우리를 실망시키지 않을 듯했다. 양 옆에는 비밀 속에 가리워졌던 신비체가 자태를 나타낸 듯 대구여고와 남산여고가 우리를 감싸 주고 있었다. 모두들 2:1이라는 그런 우월감을 가지며, 부푼 마음을 한층 더 높여줬다.

기차를 타면서 "늦게 오면 기차 바퀴 속에 집어넣겠다"던 선생님의 말씀이 생각났다. 모두들 기차를 이끌고, 밀고 들고 갈 수 있을 듯한 힘을 가지고 떠들어 댔다. 정말 이게 젊은 청춘의 특권이 아닐까? 우리 열차 칸에서도 예외는 아니었다. 모두들 신이 났다. 글쎄 기차 안의 광경을 어떻게 묘사해야 좋을지 모르겠다.

아침 8시 30분 경에 기차를 타서 오후 4시 30분 경에 강릉에 도착했으나 지루하지 않은 여행이었던 것만은 분명하다. 기차가 동해안을 지날 때 푸른 대양이 시선에 들어오니, 은주 누나와 언젠가는 이 곳을 둘이서 여행 한번 해야 되겠다고 다짐은 했지만 그게 잘 되질 않았다. 그러나 아직 젊고 푸르기에 이 희망을 절대 저버리지 않으리.

기차 안에서 친구들과 분위기를 살리느라고 앞에 나가서 좀 설쳤더니 너무 무리했던 것 같다. 여관 방에 오니 말을 할 수 없을 정도였으니까…. 아 또 생각나는 게 있다. 기타를 내가 쳤는데 너무 힘껏 쳤기에 피크를 4~5개 부러뜨렸다.

차창 밖으로 여러 즐거운 광경들을 바라보면서 우리들을 설악산 산호여관에 도착했다. 여러 현대식 건물이 이웃하는 여관에서 딴 학교 학생들이 우리를 환영하는 것 같기도 하고, 시비를 거는 것 같기도 했다. 그러나 나는 노래를 힘주어 부르며 걸어 갔다. 아~ 즐겁다. 잘까? 어쩔까? 내일 일출을 보기 위해서는 자 둬야 하는데….

＊＊＊

약 40여 년 전의 일인데 아직도 그 소중한 추억의 장면과 설레던 느낌이 묻어난다. 기차 안에서부터 시작하여 아마도 하루 종일 떠들고 즐거웠을 것이다. 처음 가보는 설악산 그리고 아직도 사진 속에 생생한 산호여관, 그날 밤 정말 온 가슴을 두근두근 뛰게 한 멋진 드럼 소리로부터 시작하여 벌어진 젊은 열기들의 디스코 파티, 다음날 처음 가보는 동해 바다, 설악산 울산바위 그리고 친구들과 사진 찍기 등 정말 잊을 수 없다. 꿈 같은 3박4일의 수학여행을 보내고 동대구역에 도착하니 마중 나온 친구들…. 그렇게 마중까지 나올 정도로 수학여행은 고교 시절 큰 행사였다. 사정상 수학여행을 함께 못 간 석륜이도 나와 있었다.

* * *

1980. 5. 10. 토. 맑음

모두들 곤한 상태에서 동대구역 도착. 선배들과 선생님들께서 마중 나와 주셨다. 모두들 아쉬운 마음과 기쁜 마음이 겹쳐 있었다. 역 대합실로 올라오니 많은 사람들이 마중을 나와 있었다. 오석윤도 있었다. 반가웠다.

동원이와 용성이 셋이서 문 밖으로 빠져나가 앉아 있으니, 용성이는 부모님이 마중 나와 먼저 갔다. 만순이는 숙자, 경수 그리고 'J'가 마중을 나왔다. 우리는 모두 버스를 탔다. 난 동원이와 얘기를 나누다가 도중에 동원이가 내렸다.

월배에서 모두 내려 분식점에서 만나기로 했는데, 난 사진관에 들른 후 가니 아직 오질 않았다. 그래서 먼저 집으로 와 버렸다. 아버지 혼자서 저녁을 짓고 계셨다. 정말로 반가웠다. 저녁밥이 그렇게 맛있을 수가 없었다. 저녁 때는 은주, 순태 누나로부터 전화가 걸려 왔다. 뭔가를 생각할 겨를도 없이 피곤하다. 자야 되겠다.

＊＊＊

수학여행은 끝났지만 우리들에겐 설레는 미팅이 기다리고 있었다. 수학여행을 마치고 돌아올 때, 기차 안에서 기내 간식거리를 팔며 열차 칸을 오가는 판매원 아저씨를 통해 다른 칸에 타고 있는 불특정 여학생에게 쪽지를 전해달라고 부탁했다. 장난 삼아 시작한 일인데 그런데 남산여고로부터 답신이 왔다. 야호~! 얼마나 기뻤는지 모른다. 그 후 승무원을 통해 쪽지를 몇 차례 더 주고받다가, 드디어 월요일 18시에 로얄제과점에서 만나기로 약속을 잡았다. 그래서 동원, 용성 그리고 만순이와 함께 수업 후 시간에 맞춰 나갔다. 그런데…

＊＊＊

1980. 5. 12. 월. 비

아침에 비가 봄비답게 조금씩 흩날리고 있었다. 오늘 피곤한지라 오전수업만 했다. 수학여행에서 돌아오던 날 기차간에서 기내 판매원을 통해 편지를 주고받은 남산여고 애들이 혹시나 약속 장소에 나올까 싶어 우린 약속 장소로 가 보기로 했다. 그래서 청소를 마치고 시립 도서관에서 시험 준비를 한다는 명목 하에 시간을 때웠다. 노상 잠이나 잤다.

약속 시간이 되어 용성, 동원, 만순이와 같이 로얄제과점으로 갔다. 저녁 6시가 약속 시간이었는데, 6시 10분쯤 우리 옆 테이블에 남산여고 애들이 두 명 앉아 빙설을 먹고 있었다. 혹시나 싶어 가까이 가서 얘기를 건네 보니, 편지를 한 장본인들은 아닌데 반 친구들이라고 했다. 자기네들은 거기 그냥 놀러 나왔다고 했다. 이것도 인연이다 싶어 이번 토요일날 4명씩 만나자고 하고는 집으로 왔다.

1980. 5. 17. 토. 맑음

오후 종례시간. 각 반 선행학생을 선정하라는 것이다. 실장이 앞에 나가고 제각기 추천을 하는데 시간이 그렇게 더딜 수가 없었다. 선행학생으로는 회목이가 선정되었는데, 앞 열의 친구들의 불평이 대단했다. 마냥 인기 있는 뒷 열의 친구를 선정했다는 이유로….

여기서 시간을 많이 끌었는데 또 동원이와 용성이가 청소였다. 우리들은 청소를 마치고 로얄제과점으로 갔다. 약 15분 가량 늦었다. 남산여고 애들이 모두 나와 있었다. 아~ 그런데 기대했던 것과는 달리, 내파트너가 그중 제일 못한 것 같았다.

우리들은 각자 다음에 만나기로 하고 나오려고 하는데, 아~ 빵 값이 모자랐다. 7400원. 그래서 아이스크림 값은 여자들이 내주었다. 빵 값 5000원도 호주머니를 탈탈 떨어 4900원을 만들어 주고 지하를 나왔다. 아~ 정신이 아찔했다. 그러나 뭐 내가 오래 사귈 것도 아닌데 싶어 마음을 편히 먹고 만순이와 집으로 왔다.

1980. 5. 28. 수. 맑음

동원이가 관절염으로 꼼짝 못 하고 집에 있는 모양이다. 그래서 용성이와 창수와 셋이서 가보기로 했다. 수업을 마치고 남산여고 애들을 만나기로 되어 있어 난 들떠 바삐 걸었다. 그러나 친구들은 천천히 걸었다. 결국엔 4분 늦게 도착했더니 남산여고 애들이 밖으로 나오고 있었다. 그리고는 인사만 간단히 하고 헤어져 버렸다. 친구들이 미웠다. 얼마나 욕을 많이 했을까? 지난번에도 늦었었는데…. 진심으로 사과한다.

우리는 딸기를 사 들고 동원 집으로 찾아 갔다. 용성이가 길을 잘 몰라, 찾느라 애를 먹었다. 동원이가 참 반가워 했다. 잠깐 머문다는 게 너무 오래 있어서 저녁까지 먹고 나왔다. 몸 조리를 잘해서 일찍 나아, 학교에 빨리 나오라고 말을 건네고는 집을 나왔다.

＊＊＊

아~ 남산여고. 난 아직도 대구 남산여고가 어디에 있는지 잘 모른다. 그러나 우리들에게 학창시절의 소중한 추억을 남겨준 그 친구들에게 참으로 고맙다. 본의 아니게 늦게 나가 미안하다는 말도 전하고 싶다.

그렇게 우리들의 수학여행은 끝났다. 그러나 우리들의 얘기는 오랫동안 계속되었다. 시간이 갈수록 빛 바랜 앨범 속 사진들과 함께 더욱더 그리운 추억으로 되살아난다.

5.

싸움

해양대학 1학년 때 존경하는 4학년 선배가 있었다. 참으로 잘생기고 멋진 정말 'Man of Man'다웠다. 더욱더 매력적인 것은 작은 키인데 불구하고 싸움을 참 잘 했다. 당할 자가 없다고 들었다. 그런데 그렇게 멋지고 건강하던 선배가 안타깝게도 오래 전에 불치병으로 돌아가셨다. 얼마나 슬펐는지 모른다.

나는 싸움을 해본 적이 손가락에 꼽을 정도로 거의 없다. 싸움에 대한 최초의 기억은 유년 시절로 거슬러 간다.

우리 집 앞에는 백구마당이 있었다. 거기서 어둑한 저녁 무렵에 마을에 1살 위인 좀 어수룩한 선배와 싸웠다. 시골에서 자랄 때 1살 차이는 친구와 같이 놀았다. 그런데 몇 살 위인 형들이 양쪽을 요리조리 꼬드겨 싸움을 붙였다. 누가 이기고 지고도 없었던 것 같다. 어차피 형들이 장난으로 싸움을 붙인 거였으니까⋯.

그렇게 싸운 적이 거의 없다 보니까 고교 시절의 싸움은 특별히 더 기억에 남는다. 왜 싸웠을까?

$$* * *$$

1979. 5. 11. 금. 맑음

ㅇㅇ이. 그와 나 사이에는 긴장의 경계선이 있었다. 될 수 있는 한, 아니 참을 수 있는 한 나는 많이 참았다. 성질을 죽였다고 할까? 침착했다고 할까? 오늘 우리 학교에는 행사가 많았다. 경북사립중고등학교장회의, 또 오후부터 효성여고 교련검열이 있었다. 6교시가 끝나자 친구들은 복도로 나갔다. 나도 거기서 서성이는데 ㅇㅇ가 나를 밀었다. 나도 신경이 날카롭게 반응을 보였던 것 같다. 이렇게 해서 둘은 말다툼이 벌어졌다.

그런데 ㅇㅇ가 나에게 선빵을 놓았다. 그러나 난 참았다. 왜냐하면 다음 시간이 체육 시간인데, 선생님이 바로 복도에 계셨기 때문이었다. 어쩔 수 없이 자리에 앉아 집에 갈 때 남기로 했다. 그런데 집에 갈 때 ㅇㅇ는 없었다. 내일 한번 두고 보자. 꼭.

1979. 5. 12. 토. 맑음

아침에는 굉장히 기분이 나빴다. 어제 일 때문에. 그래서 그 빚을 톡톡히 갚아 주리라 생각하고 내가 먼저 ㅇㅇ에게 갔다. 그러나 ㅇㅇ는 싸움을 피하면서 사과했다. 정말 이럴 때는 어찌해야 될지를 몰랐다. 싸움은 나쁜 거다. 그래서 그 사과를 받아주었다.

나는 가끔 생각을 많이 하는 편이다. 이게 옳은 건가, 저게 옳은 건가? 또 이렇게 많이 생각하는 나는 옳게 성장하는지 어떠한지…. 그러나 어떠하든 좋은 길, 보람찬 학창시절의 길을 걷고 싶다. 나라에도 충성하고 부모에게도 효도하는….

* * *

○○와의 싸움은 그렇게 싱겁게 끝났다. 만약 그때 ○○가 사과를 제대로 안 했다면 분명히 싸웠을 것이다. 그리고 ○○는 나보다 덩치도 작았으므로 많이 맞았을 것이다. 약삭빠르게 상황 판단을 잘 한 것이다. 아니면 진짜로 잘못을 알고 사과했는지도 모른다. ○○가 선빵을 놓았을 때 참은 것도 그렇고, 사과를 했을 때 받아준 것도 그렇고, 모두 잘했던 것 같아 대견스럽다.

그런데 정말 싸움으로 벌어진 경우도 있었다. ㅁㅁ와 싸운 것인데… 모두 1학년 때 벌어진 일이다.

* * *

1979. 10. 10. 수. 맑음
아~ 왜 이렇게 내 생활이 괴롭나? 정말 시끄럽고 깨끗하지 못 한 내 주변. 언제부턴가 나는 벌써 조용한 걸 찾게 되었다. 혼자 생각도 하고…. 정말 모든 걸 걷어 치웠으면 좋겠다. 더군다나 반 친구들이 협조를 안 해줄 때는 더욱더 그러하다. ㅁㅁ이 친구 정말 때려주고 싶다. 그러나 직책상 정말 참는다.

1979. 11. 12. 월. 흐림

둘째 시간 시험을 마친 뒤 ㅁㅁ가 시비를 걸었다. 평소부터 눈에 좀 걸리던 바였다. 언젠가는 한번 본때를 보여주려 했는데 오늘 잘 걸렸다. 윤리시험마저 모두 망쳐서 약이 바짝 올랐는데 시비를 걸어와 여태까지 참았던 울분이 치솟았다.

그러나 다음 시간도 시험을 쳐야 하기에 집에 갈 때 보자고 그냥 눌러 앉아 시험을 쳤다. 약이 바짝 오른 나였기에 시험은 아는 대로 대충 쳤다. 시험이 끝나고 선생님 종회가 끝났다. 선생님이 나가자 마자 ㅁㅁ 자리를 보았으나 벌써 없었다. 복도에 나가니 운동장에 뛰어가고 있었다. 얼른 뛰어내려갔지만 교문까지 가니 벌써 보이질 않았다. 내일 어디 두고 보자, ㅁㅁ.

시험은 비록 잘 못 쳤지만 고민만 하고 있을 수 없어 마음을 풀어 버리려고 만순이와 월배에 내려서 탁구장으로 가 1시간 동안 탁구를 치고 혼자 걸어왔다.

1979. 11. 13. 화. 맑음

ㅁㅁ아, 미안하다. 왜 꼭 너를 그렇게 해야만 했을까? 도저히 그렇게 하지 않고는 나 자신이 용기가 없는 놈이란 자괴감이 들어서 견딜 수가 없어서 그랬다.

아침에는 정말 추웠다. 교실에 들어서니 훈훈했다. 친구들은 모두 추위에 벌벌 떨고 있었다. 자리에 앉자 마자 ㅁㅁ 자리를 보았다. 아직 오지 않았다. 과연 손봐야만 옳은가? 아니면 그냥 내버려둬야 하는가? 그냥 두자고 하니 앞으로도 계속 이런 관계가 될 것이고, 말로 하려고 하니 듣지 않을 거고…. 말로 타일러보고도 안 될 때는 손 대기로 했다.

5교시 마치고 점심시간에 일을 벌이려고 하다가 너무 추워서 집에 갈 때까지 기다리기로 했다. 하루 종일 아무 말도 하기 싫었다. 집에 갈 때 ㅁㅁ를 잡아서 체육관으로 데리고 갔다. 만순이는 먼저 농구장에 가 있으라고 했다. 미안하다고 사과만 하면 그냥 보내기로 했다. 그러나 말을 듣지 않았다. 약만 바짝 더 올랐다. 이성을 잃은 나는 ㅁㅁ를 밑에다 두고 실컷 때리고 밟고 찼다. 조금 있으니 곧 잘못했다고 빌었다. 살이 벌벌 떨렸다. ㅁㅁ 입술이 터지고 왼팔을 꿈쩍거리지 못했다. 좀 다친 모양이었다. 한참동안 나도 울고 달랬다. ㅁㅁ와 같이 체육관을 나오다 청소를 하고 돌아가는 반 친구들을 만났다. 우리는 분식점으로 들어가 라면 하나씩 먹으면서 서로의 마음을 풀어버렸다.

＊＊＊

ㅁㅁ와 왜 그렇게 싸워야만 했을까? 첫째는 이제 고교생이 되긴 했지만 아직 인격적으로 성숙한 자아관을 갖추고 있지 못 했기 때문일 것이다. 남이 나를 화나게 한다고 반사적으로 반응을 하는 것은 나를 통제할 수 없다는 반증이다. 자극은 우리가 선택할 수

없지만 반응은 선택할 수 있는 힘과 자유가 내면에 존재하는데, 당시는 그런 것을 몰랐을 뿐만 아니라 알았다 하더라도 수양이 안 되어 있는 상태였다.

둘째는 반장이라는 의식과 책임감도 작용했을 것이다. 그러고 보니 중학교 3학년 때도 반장이었는데 비슷한 경우로, 싸울 뻔한 적이 있었다. 화장실에 데려 갔었는데 다행히 그 친구가 사과를 하여 잘 넘어갔었다.

중3 때는 선생님이 수업 들어오기 전에 학생들 눈을 다 감고 있게 하고는, 선생님이 들어오면 차렷, 경례 인사 후 수업을 잘 시작할 수 있도록 면학 분위기도 반장이 조성해야만 하기도 했다.

고1 때는 그 정도는 아니었지만 ㅁㅁ가 뭔가 학급 일에 비협조적이면서 비꼬는 듯한 태도를 취해 평소 감정이 쌓였을 것이다.

어찌되었든 싸움은 평소 나의 비폭력 가치관과도 어긋나는 것으로 나의 부족한 인격 탓이었음을 고백하고 반성한다. 그리고 벌써 40년이 더 지난 일이지만 ㅁㅁ에게 진심으로 사과한다.

＊＊＊

1979. 11. 22. 목. 맑음

아침 차 안에서 은주 누나를 만났다. 정말 오랜만이고 반가웠다. 그저 웃기만 했다. 차창을 보며 이런저런 생각에 잠겼다. 난 누나를 말할 수 없을 정도로 좋아한다. 물론 누나로서. 누나만 내 옆에 항상 있어주면 정말 이 세상은 행복한 세상으로 변할 것 같다. 그러나 그럴 수는 없다. 1주일에 한 번씩 내려오는 것도 누나에게 부담이 안 가는지 모르겠다. 내려오면 고생만 하다 가니 내려오라는 말이 입에서 떨어지지를 않는다.

지각 5분 전 보슬비를 맞으며 또 뛰어야 했다. 점심시간 때는 승철이와 영진이 사이에서 싸움이 벌어졌다. 싸움을 말리려고 YH와 친구들이와 올라탔다. 이로 인해 승철이 머리가 터졌다. 친구들은 승철이를 데리고 병원으로 갔다. 선생님께서는 이 사실을 알고 8교시가 시작되기 전에 나를 불러 어떻게 된 건지 얘기를 해보라고 했으나 어떻게 된 건지 알 수가 없었다. 그래서 반장이 싸움이 일어났는데 어떻게 해서 일어났는지도 모른다는 것이 말이 되는 것이냐며 호되게 꾸중을 들었다.

8교시가 마침 영어 시간이었는데 잔소리로 한 시간을 보냈다. 영진이의 집안 사정이 그리 좋지 않은 편이다. 또 영진이가 승철이 치료비를 모두 부담하자고 하니 너무 억울하다. 영진이가 때린 것도 아닌데…. 내일가서 친구들의 자선기금을 모아 치료비를 부담하도록 해봐야 되겠다.

1979. 11. 23. 금. 맑음

승철이와 영진이의 싸움이 결과를 보긴 봤는데 잘된 건지 잘못된 건지 모르겠다. 승철이와 영진이는 아무 일이 없으나 YH와 같이 올라탔던 친구들이 모두 정학을 먹었다. 일이 어떻게 잘못 풀려서 YH와 그의 친구들이 학생과에 넘겨져 그들이 '수정파'를 형성하고 있다는 것이다. 얼마 전에 한창 시끄러웠던 폭력배 조직인 '뗏목파' 등으로 말이 많았다.

그런데 YH가 그 수정파의 장(長)이니 학교로서는 가만히 있을 리가 없었다. 이제 생각하니 YH와 그의 친구들이 엄지와 집게 손가락 사이에 'SJ'라고 새긴 것이 다 뜻이 있었구나 싶었다. 수정파의 두목이 내 짝이었다. 그 두목은 그렇게 나쁜 친구만은 아니었다. 우리 선생님께서는 이제 그 친구들은 무사히 졸업하기란 아마 힘들 것이라고 말했다.

YH는 교무실에서 교실로 와서 너무나 분해서 막 울었다. 사실 많이 분할 것이다. 괜히 싸움을 말리려고 하다가 정학을 당했으니 말이다. 석이도 곧 퇴학을 당할 것 같다. 그렇게 되면 우리 반은…. 여태까지 전학 1명, 자퇴 2명, 퇴학 2명으로 상태가 너무 안 좋다. 이들이 우리와 함께 1학년을 못 마치는 것을 안타깝게 생각한다. 반의 이러한 일로 인해 7교시 강용석 국어 선생님께 꾸중을 호되게 들었다. 죄송하기도 하고, 훈계에 가슴이 뭉클하기도 했다.

* * *

이것은 내가 한 싸움은 아니지만 내가 반장으로 있던 1학년 3반에서 일어난 일로써, 일기장을 보니 되살아난 기억이다. 일기장의 기록이 없었더라면 아마도 기억을 못 했을 일이다. 역시 기억보다는 기록에 의존해야 한다.

YH는 그때 퇴학 얘기는 나왔지만 그때 퇴학을 당하진 않았고, 2학년 때도 같은 반이 되어 서로 잘 지냈었다. 그런데 결국은 안타깝게도 학교는 졸업을 못 하고 말았다. 그 후에도 학교에서 SJ파를 계속 유지했었고 결국은 싸움 때문이었다. 인생에서 얼마나 중요한 시기였는데… 그런데 그런 것을 몰랐던 철부지 시절이었다.

괴테는 "가장 중요한 일들이 별로 중요하지 않은 일들에 의해 좌우되어서는 안 된다"고 말했다. 그런데 우리 삶 속에서는 그런 일들이 얼마나 많이 일어나는가? 특히, 그 예민하고도 아름다운 청소년기에는….

지각

서울에서 30여 년 살다가 횡성에 이사 온 후 경험한 이상한 일 중 하나는 사람들이 약속을 잘 안 지키는 것이었다. 뭔가 서비스 신청을 하면, 알았다 가보겠다고 약속을 했지만 그 날짜에 나타나지 않는 것이었다. 정말 당황스럽고 이해가 안 되었다.

그런데 마을 사람들에게도 유사한 일들을 몇 번 더 경험하고 나서는 이해가 된 부분이 있었다. 내가 옛날에 시골에 살 때도 그랬던 것이었다. 친구들에게 나중에 보자고 말 해놓고도, 안 가도 서로 아무런 문제가 없었다. 그것은 그냥 헤어질 때 하는 의례적인 인사였다. 또한 회의시간이나 약속시간에 좀 늦는 것도 일반적이었고, '코리안 타임'이라고 하며 그냥 수용되었다.

코리안 타임(Korean Time)은 약속시간에 일부러 늦게 도착하는 행동이나 그 버릇을 이르는 말이다. 이 말은 한국 전쟁 때 주한 미군이 한국인과 약속을 한 뒤 약속시간보다 늦게 나오는 한국인을 좋지 않게 생각하여 '한국인은 약속

시간에 늦게 도착한다. 이것이 한국인의 시간관이다'라고 하여 코리안 타임이 라는 말이 생겨난 것이다. -네이버, 위키백과

코리안 타임은 한국이 후진국일 때의 사회상을 상징하는 말 중 하나다. 나라가 후진국인 것은 국민들이 아직 깨어나지 못 했기 때문이다.

해운업을 할 때 선진국을 출장가면 이해가 안 되는 것들이 여럿 있었다. 그중 하나는 후진국들은 왁자지껄 시끄럽고 바쁜데도 못 살고, 거기에 반해 선진국들은 조용하면서도 여유롭게 잘 사는 것 이었다. 옛날 한 유명 광고에 "용각산은 소리가 나지 않습니다"라 고 했는데, 시스템이 작동되는 2사분면(Q2 on Time Matrix)의 삶 을 사는 선진국은 조용하면서도 생산성이 높은 것이 당연함을 나 중에 알게 되었다.

그 후 또 알게 된 것은 성공자들은 필기를 잘 하고, 시간약속을 잘 지킨다는 것이었다. 사람들의 행동은 그 사람의 정신에서 비롯 된다. 시간 맞춰 가기보다 좀 늦게 가는 것이 당연하거나 우월한 사람이라는 이런 잘못된 정신을 갖고 있는데, 어떻게 제 시간에 갈 수가 있겠는가?

지난 날을 돌이켜보면 정말 부끄러운 것이 많다. 그중 하나가 시 간약속을 잘 못 지킨 것이다. 그런데 그런 습관이 학창시절부터 잉태되어 있음을 일기장을 통해 발견했다.

* * *

1979. 6. 18. 월. 맑음

학교 수업에 충실하려면 출석에 충실해야 된다고 생각한다. 그래서 이 고교 시절만은 지각 결석 없이 지내려고 마음먹고 있었는데…. 오늘 그 약속이 깨어지고 말았다.

1979. 10. 4. 목. 맑음

오늘 아침에 지각을 했다. 선생님께서 나에게 이상한 눈초리를 하신다. 나도 모르게 선생님께 지적된 점이 많은 것 같다. 영어시간에 선생님께서는 나를 보고 왜 명찰을 안 달았느냐고…, 머리는 왜 그렇게 기냐고 꾸중을 들었다. 대의원 회의를 할 때도 주임 선생님으로부터 지적을 당했다. 내가 왜 이럴까?

1979. 10. 8. 월. 맑음

오늘 학교에 가니 분위기가 조용한 것 같았다. 집에서 꾸물거리다 지각을 했다. 아침 햇살을 온몸으로 받으며 운동장을 가로질러 총총히 현관으로 걸어 갈 때, 선생님께서 "경수 빨리 안 뛰고 뭐해" 하며 고함치시면서 3층에 선생님께서 계신 걸 보고 뛰어올라 갔으나 선생님께서는 아무 말씀도 않으셨다.

1979. 11. 19. 월. 맑음

아침을 일찍 먹었으나 꾸물거리다 공굴까지 뛰어갔어야 했고, 차를 두 번 갈아타야만 했고, 학교까지도 단숨에 달려 가야만 했다. 교문을 들어서자 선생님들께서 계단을 오르는 모습이 눈에 보였다. 정말 젖 먹을 힘까지 다했다. 100M를 약 0.1초 정도로. 선생님보다는 늦었으나, 다행히 지각은 아니었다. 악착같이 뛴 보람이 있었다. 기뻤다.

* * *

물론 지각의 요인은 많이 있었다. 우리 집안의 특수한 아침 사정도 있었고, 버스를 타기 위해 또 내려서 걸어가야 하는 구간, 그리고 당시만 해도 버스가 제 시간에 잘 오지 않는 불규칙성 등 수많은 환경적인 요인이 있었다. 하지만 가장 큰 요인은 내 안에 깃든 좋지 못한 습관 때문이었다. 그런 모든 불안한 요인들을 알아차렸으면 충분히 사전에 준비해 일찍 나섰어야 했는데, 그러하질 못했다. 거기다 꾸물대는 습관도 있었다.

학창 시절, 선생님들도 습관의 중요성에 대해 좋은 말씀들을 많이 해 주셨다. 좋은 습관은 성공을 향해 열려 있는 큰 창문과도 같고, 나쁜 습관은 실패를 향해 열려 있는 큰 창문과도 같다. 그러니 아침에 눈뜨자 마자 바로 일어나는 습관만 들여도 성공할 수 있다… 등등.

성공은 습관이다. 좋은 습관은 만들기가 어렵지만 살아가는 데 아주 편리하고 이로운 반면에, 나쁜 습관은 쉽게 만들어지지만 살아가는 데 아주 불편하고 불리하다. 처음에는 내가 습관을 만들지만, 나중에는 습관이 나를 만들어간다.

〈성공하는 사람들의 7가지 습관〉 과정을 가르치는 나에게 습관이 얼마나 중요한지는 너무나 잘 알고 있다. 그때는 그 중요성을 잘 몰랐다. 어렴풋이 알고는 있었더라도 좋은 습관으로 체화되어 있지를 못 했다.

아래 일기를 보면 당시 나에게 너무나 소중한 은주 누나에게도 쉽게 약속을 하고, 그러고는 그 약속을 잊어버리고 실컷 놀다가 아차 한 경우도 있었다.

＊＊＊

1979. 11. 24. 토. 맑음

오늘 아침에는 그렇게 꾸물거리지도 않았는데 딴 날보다 늦는 것 같았다. 차를 탈 때부터 벌써 지각하리라 예상했다. 차 안에서 은주 누나를 또 만났다. 얘기를 하고 싶었지만 손님들이 많아 할 수가 없었다. 누나는 "오늘 일찍 오나?"라고 물었다. 그냥 나는 무심코 "토요일이니까, 그래." 해버렸다.

그러나 사실은 오후 스케줄이 잡혀 있어 좀 늦게 올 것으로 예상되었다. 누나와 작별인사 하고 차에서 내리니 벌써 8시 30분이라고 했다. 8

시 30분까지 등교를 해야 하는데, 이젠 뛰어 본들 영락없이 지각이겠구나 싶어 그냥 걸어갔다. 그런데 이게 웬일인가? 첫째 시간이 영어 시간인데, 선생님께서 오시지 않은 것이었다.

오늘은 주말이고 해서 만순이와 월배에 내려 탁구장으로 가서 탁구를 신나게 쳤다. 사진관의 형님을 만나 더욱 재미있게 쳤다. 생각 외로 많이 쳐서 집에 오니까 벌써 해는 서산에 기울어 저녁 노을이 벌겋게 타고 있었다. 집에 들어서니 부엌에 누군가가 있는데, 은주 누나 같아서 부엌에 가보니 역시 은주 누나였다. 너무 기뻤다. 아침에 한 말이 생각났다. 그러나 나는 일찍 온다고 해놓고 늦게 와서 미안한 마음이 많이 들었다. 누나가 옴으로 해서 아버지의 그 기뻐하시는 모습. 누나가 정말 반갑고도 고마웠다. 밖에 날씨가 매우 차다. 모두 안녕.

* * *

그렇게 부족한 나였는데도 은주 누나는 정말 한결같이 나에게 온 정성과 사랑을 다 줬다. 은주 누나가 고등학교를 졸업할 때까지는 거의 주말이면 내려오길 기다려졌고, 또 실제로 내려온 경우가 많았다. 남자 밖에 없는 우리 집안에 은주 누나가 내려오면 정말 따뜻한 가정의 분위기가 느껴졌다.

나도 좋았지만 무엇보다도 아버지께서 기뻐하시는 모습에 더 행복했다. 세상 그 누구보다도 좋아하고 사랑했다. 정말 가족보다 더 좋은 가족이었다. 은주 누나가 내려와 있는데도 마을 친구들을 밖에서 만나고 있기도 했으니…. 그래, 가족과 똑같이 생각했다.

그런데 지각 때문에 담임선생님에게 회초리까지 맞은 사실을 일기장을 보고 알게 되어 적잖이 놀랐다. 정말 지금까지 누구에게도 얘기해보지 않은 부끄러운 치부다. 사실 나도 그 동안 몰랐으니까…. 그 당시 아버지께서 이 사실을 알았더라면 얼마나 가슴이 아팠을까? 나 때문에 결과적으로 함께 지각하게 된 만순이에게도 미안하다.

＊＊＊

1979. 12. 10. 월. 맑음

토요일로써 나는 지각 3번으로 결석 1번이 된 것 같다. 그래서 보통 날 같으면 빨리 가야 되겠다는 마음에 뛰었겠지만 오늘은 푸근한 마음으로 등교를 했다. 성당 주차장에서 만순이를 만났다. 거기서 버스를 갈아탔다는 것이다. 차에서 내려 만순이가 뛰자고 했으나, 나는 그냥 빨리 걷자고 했다. 그러나 그 결과는 나에게는 엄청난 것이었다. 지각인 것은 말할 것도 없고 영어시간에는 종아리를 맞았다. 회초리 줄이 쫙 섰다.

정말 가슴 아팠다. 아버지께서 이 사실을 알면 얼마나 가슴 아파할까? 그러나 아버지 잘못은 하나도 없다. 그렇게 일찍 일어나 조반을 지어 주시는 아버지를 어떻게…. 사실 선생님이 좀 미울 뿐이다. 아니다.

결과적으로 내가 나쁘다. 아침으로 조금만 덜 꾸물거리면 되는 걸 가지고…. 아버지 죄송합니다.

＊＊＊

1학년 마지막 때 담임선생님께 회초리까지 맞은 영향 탓일까? 2학년 1학기에는 지각이라는 단어가 전혀 검색이 안 된다.

요즘은 회초리 사용이 금지되어 있지만 당시에는 교육적인 회초리는 허용이 되었고, 또한 그 효과성도 이렇게 있었던 것은 아닐까? 아버지한테도 한 번도 맞아보지 않았던 회초리였는데….

정균이라는 대학 절친이 있다. 정말 해양대학 4년 동안 붙어 다녔다. 대학 졸업 후에도 같은 회사에서 배를 탔고, 하선 후에도 서울에서 서로 따라다니며 같은 마을에서도 오래 함께 살았던 친구다. 대학 다닐 때는 그 친구로부터 "경수, 니 시간 좀 잘 지켜라"라는 말을 들은 적이 있었다. 그 친구는 확실히 나보다는 시간약속을 더 잘 지켰다.

그런데 그 친구로부터 오래 전에 "경수, 달라졌네"라는 말을 들은 적이 있다. 왜냐하면 약속시간보다 그 전에 내가 먼저 가서 기다린 경우가 많아졌기 때문이었다.

강의 중 많이 인용하는 『강점혁명』이라는 책이 있다. 그 책에 의

하면, 성공은 자신의 강점을 활용하여 타인과 차별화해 가는 것이다. 즉, 강점을 키워야 성공한다는 것이다. 그런데 대부분의 사람들은 강점 강화보다 약점 보완에 더 많은 에너지를 쏟고 살아가고 있다.

약점 없는 사람이 있을까? 없다. 누구에게나 약점이 있고, 무너진다면 그것은 바로 그 약점 때문이다. 다시 말하면, 성공은 강점 때문이며 실패는 약점 때문이다. 그래서 약점은 문제가 되지 않도록 관리만 잘하면 된다. 더하여, 약점은 아무리 관리를 잘한다 하더라도 강점까지 되기는 힘들다.

교육을 하면서 이런 사실을 알게 되었고, 그것이 나의 약점이라는 것을 알고 잘 관리하고 있었던 것이다. 관리란 어렵지 않다. 그것이 약점임을 분명히 인식하고 있고, 약속시간 충분히 전에 씻고, 입고, 나갈 준비만 잘 하고 있으면 된다. 현관 밖으로 첫발을 내디디고 나면, 대중 교통이 잘 발달된 도시에서는 약속 장소까지 가는데 5분도 차이가 나질 않는다.

그것이 자신의 약점임을 제대로 인식하지 못하고 있을 뿐만 아니라 사전에 준비가 안 되어 있기 때문에 약속시간을 못 지키는 것이다. 강사가 시간약속도 잘 관리 못 하면서 어찌 신뢰를 얻을 수 있겠는가?

7.

사색

늦둥이가 바다가 보고 싶단다

시간반 걸려 지척인 동해간다

푸른 파도와 하얀 포말

역시 동해는 살아 있다

주문진 들러

겨울철 별미

양미리와 꽃게 사와

금복주 소주 한잔에

답답했던 일상이

순식간에 바뀐다

꽃게라면 국물
진한 가족사랑

감사
행복

　내가 가장 좋아하는 시인이자 고교 친구인 오석륜 교수는 가끔 "경수는 늘 시심(詩心)이 가득해 좋다"고 칭찬하고 격려해 준다. 칭찬과 격려는 영혼에 따스한 햇살이 비치는 것과 같다.

　시인들은 참으로 대단하다. 어떻게 그렇게 다른 시각으로 사물과 주변을 바라보며 또 아름답게 표현해낼 수 있을까? 타고난 선천적 재능일까? 각고의 노력의 결과일까? 나는 늘 시인이 부러웠다. 특히 어렵지 않으면서도 공감이 가는 서정시를 쓰는 시인을 보면 더욱 그랬다. 시를 쓸 수 있는 타고난 재능도 없고, 글쓰기 지도도 받아본 적이 없는 내가 어떻게 오랫동안 글을 쓰다 보니 짧은 2행시처럼 스케치하듯 표현하게 되었다.

　물론 처음부터 그러했던 것은 아니다. 오늘 날의 이런 운문 글쓰기는 돌이켜보건대 고교 시절 일기쓰기 산문에서부터 비롯된 것 같다. 내게는 고교일기가 참으로 귀한 보물단지 같이 느껴진다. 물론 나의 학창시절 삶과 사건의 기록도 중요하지만, 내가 어떤 사람이었는지, 어떻게 현재와 같은 성품을 갖추게 되었는지 실마리를 찾게 해준다. 그때 내가 어떤 생각들을 했는지를 반추해 보는 것도 의미가 있겠다 싶어 또 일기장을 들춰본다.

＊＊＊

1979. 4. 13. 금. 비

집을 막 나서니까 빗방울이 뚝뚝 떨어졌다. 비를 맞으면서 학교를 갔다. 6교시 종교시간을 마치고 창가로 가 앉았다. 비 온 뒤의 봄 날씨라 아주 상쾌하였다. 싱싱한 나무들과 파릇파릇한 초목들이 눈에 선명하게 묻어났다.

잇달아 의문이 일어났다. 신이란 정말 존재하는 것일까? 나란 도대체 어디서 왔을까? 저 신비로운 것들은 누가 만들었을까? ……. 그러나 나의 생각으로는 도저히 그 경지까지 도달할 수가 없었다. 하나를 해결하면 또 하나가 연이어 꼬리를 물고 일어났다.

종교 선생님께서는 '신이란 존재한다'는 것을 설명하시다가 종이 울리자 가셨다. 의문을 남긴 채…. 정말 모든 것이 경이요, 신비!

1979. 5. 10. 목. 맑음

중학교와 고등학교의 차이가 이렇게 큰 것일까? 고등학교 이 말은 뭔가 모르게 나를 깊어지게 하고 있다. 무엇이든 깊게 생각 해보고…. 자기의 갈 길, 친구의 사귐 또 여자에 대해서도…. 그중에서도 특히 꿈 많은 학창시절을 어떡하면 좀 더 알차고 보람차게 보낼 수 있느냐? 또 인생

최고의 목표는? 그리고 왜, 무엇을 바라보며 사는가? 모든 게 의문 부호다. 정말 중학교로부터 1년, 불과 1년밖에 차이가 없는데 이렇게 변할 줄이야.

나는 많은 사람들을 도와주며 살고 싶다. 그런 것을 내가 지금 잘 경험하고 있기 때문이다. 누구 하고라도 얘기를 나누고 싶다. 그래서 좀 더 나은 경지로 나를 이끌어, 좀 더 보람찬 삶을 보내고 싶다.

1979. 5. 28. 월. 맑음

모두들 하교를 하고 난 뒤에 혼자 교실에 앉아 있는 고독. 고독이기보다는 희열. 학창시절의 꿈과 이상이 여기서 길러지는…. '나는 왜 여기 남아 있는가?' 이런 질문쯤 대답할 수 있다. 내일의 좀 더 보람찬 생활을 즐기기 위해 오늘의 이 고생쯤 참고 지내는 것.

대를 위해서 소를 희생시키고 있는 나. 집에서는 아버지께서 혼자 고생을 하고 계신 걸 생각하면 가슴이 뜨끔하지만. 그러나 그런 핑계 삼아 나의 공부를 그르칠 수는 없다. 내가 훌륭한 사회인이 될 때 아버지께서는 보람을 느끼리라.

* * *

아직도 생생히 기억나는 중학교 때 나의 두 가지 큰 의문이 있었다. 첫째는, 죽음의 문제가 해결 안 되고는 삶의 어떤 문제도 해결되지 않겠구나 하는 의문. 둘째는, 지구상의 절반은 공산주의인데, 그들은 그들의 체제가 우월하다고 생각하니까 공산주의를 하는 것이 아닐까? 하는 의문.

이 얘기를 강의 또는 대화 중 가끔 말하면 "중학교 때 많이 성숙했네요"라는 반응들을 보낸다. 아마도 어머니께서 일찍 돌아가신 충격의 영향도 있지 않았을까 싶다. 그런데 고등학교 입학 후에는 1년 차이 밖에 안 되지만 중학교 때와는 확연히 다를 만큼 더 성숙해져 갔던 것 같다.

대건고등학교는 전국에서 대구, 인천, 논산 세 군데 있는데, 내가 나온 대구 대건고등학교는 효성여고와 함께 당시에는 대구시 중구 남산동 가톨릭대구대교구에 붙어 있었다. 그러다 보니 교실 창문만 열면 대교구 성모당 숲이 바로 눈앞에 펼쳐졌다. 학교 교정도 그렇고 주변 환경이 얼마나 좋았는지 모른다. 김대건 신부를 주보로 모시며 "언제나 어디서나 양심과 정의와 사랑에 살자"는 교훈 속에 학생들의 온화한 성품이 절로 길러질 수밖에 없는 그런 최고의 환경이었다.

창밖 성모당 숲 덕분에 계절의 변화를 너무나 생생하게 잘 느낄 수 있었다. 더불어 계절에 따라 나의 감성적 사색도 절로 깊어 갔다.

＊＊＊

1979. 10. 18. 목. 맑음

모두들 하교를 하고 난 후의 교실. 정말 너무너무 괜찮다. 발걸음은 저절로 창문가로 옮겨져 사색에 잠긴다. 10대의 가을. 벌써 성모당에서 가을을 창조하여 뿌리는 것 같다.

우뚝우뚝 솟은 고층 빌딩 사이에서 어떻게 가을의 공기를 맛보며 느낄 수 있다는 말인가? 성모당의 풍성한 가을은 또한 나를 풍성하게 살찌운다. 정말 노을이라도 지려면 벅찬 감동과 감탄이 유리알에 배인다. 이대로 영원히 있고 싶지만, 어쩔 수 없이 발길을 돌려 2학년 교실로 옮겨 공부를 한다.

공부를 마치고 별빛과 달빛이 반겨주는 밤에 희망이라는 벅찬 단어를 새기며 집으로 발길을 돌리는 나의 마음은 가뿐하기만 하다.

1979. 11. 5. 월. 맑음

창문을 활짝 열어 젖히니 성모당 숲이 벌겋게 물들어 정말 아름다웠다. 그런데 노랗게 빨갛게 물들어 떨어지는 낙엽을 보니 이 학교에 입학할 때가 어제 같은데… 이제는 단풍이 들어 떨어지다니…. 세월의 빠름에 새삼 놀랐다. 내일이 예비고사. 아직 2년의 여유가 있는 것 같지만 현실은 그렇지 않을 것 같다. 이 성모당 숲이 교훈으로 보여주지 않는가?

1979. 11. 28. 수. 흐림

선생님께서는 늘 말씀하셨다. 시간은 빨리 지나간다고. 특히 우리 학교 뒤 바로 성모당 대자연을 대할 수 있기 때문에 계절의 감각을 더욱

절실하게 느낀다고…. 정말 그렇다. 강용석 선생님으로부터 <신록예찬>을 배우며 창문으로 그 싱그러운 자연을 맞이하던 때가 엊그제 같은데, 벌써 그 신록들은 다 시들어서 단풍이 들어 겨울 한 바람에 다 떨어지고 이제 앙상한 가지만이 남았다. 새삼 세월의 빠름을 한번 더 실감한다. 이제는 곧 매서운 바람이 불어오는 한 겨울을 아버지와 형과 훈훈하게 보낼 수 있을지….

＊＊＊

창문만 열면 파노라마처럼 펼쳐지는 성모당 숲 등 좋은 학교 환경 때문인지, 아니면 타고난 열정 때문인지는 몰라도 고교 시절엔 참 하고 싶은 것이 많았다. 공부도 잘하고 싶었고, 운동도 많이 하고 싶었고, 여행도 자주 가고 싶었고, 그리고 글도 많이 쓰고 싶었다. 그래서 달밤부로 남아 공부도 하고, 방과 후 친구들과 열심히 운동도 하고, 일기도 매일 썼건만 여행은 여건상 많이 할 수는 없었다. 모두 다 열심히 하는 척은 했으나, 아주 잘하지는 못 했던 것 같다.

그래도 그중에서 학창 시절에 가장 기억에 남는 두 가지 추억이 있다. 첫 번째로, 음악을 좋아하여 자작곡을 2곡 만들어 친구가 만든 자작곡과 함께 다방을 빌어 자작곡 발표회를 한 적도 있다. 두 번째로는 단편소설을 두 편 쓴 적이 있다. 두 편 중 하나는 은주 누나와의 애틋하고도 순수한 사랑에 관한 소설이었고, 또 한 편은 우리 집안의 슬픈 이야기에 관한 것이었다. 글쓰기 지도를 받아 본 적도 없는 내가 그냥 열정으로 쓴 소설이었다. 다 쓰고는 친구 들에게 읽어보라고 돌리니, 친구들이 문고판으로 책 낼 수 있도록 어딘가 보내 보라고 말하기도 했었다.

* * *

1980. 6. 9. 월. 맑음

글을 쓴다는 것은 정말 아름다운 게 아닐까? 그것이 훌륭한 글이든 단순한 추억 글이든…. 자기만 만족하면 되지 않을까? 가슴 속에 숨은 얽히고 얽힌 얘기들을 글이라는 매개체를 통해 하나하나 뽑아낸다는 것은 정말 힘들기도 하지만 즐겁다.

글을 쓰는 것도 여러 가지가 있지 않을까? 시, 소설, 수필, 산문 등. 이 것들 중 어느 것이 가장 자기 마음에 드느냐는 것은 개성에 따라 다를 것이다. 내가 시를 잘 못 써 그런지, 시보다는 소설을 더욱 즐겨 쓰고 싶 은 편이다. 그러나 시, 소설 모두 다 좋아한다.

1980. 6. 28. 토. 맑음

시험이 1주일밖에 남지 않았는데도 왜 그렇게 떠드는지 정말 이해할 수 없다. 그러나 나는 아랑곳없이 원고를 썼다. 소설로 하나의 작품을 만들고 있는 중이다. 창수는 "이렇게 바쁜 중에서도, 그런 글을 쓸 여유가 있다니 정말 부럽다"고 했다.

청소를 마친 맑은 오후에 혼자서 교실에 남았다. 책을 잡았으나 활자들이 자꾸만 튕겨 나가 책상 위에 누워 잠을 청했다. 깊은 잠은 아니었으나, 오후 5시에 일어나 공부를 하니 현진이가 왔다. 공부는 않고 자꾸만 창가에 기대어 생각하고 고민하는 것 같았다. 그래서 오늘 우리 집에 가자고 했으나, 늦었다고 다음에 가자고 했다.

＊＊＊

청춘은 인생의 황금시기라고 말한다. 그중에서도 특히 고교 시절이 가장 순금이 아닐까 싶다. 대학입시 결과로만 평가 받는 고교 시절이 아닌, 그 순수하고도 예민한 감성과 성장통을 위한 고민들, 그리고 넘치는 지적인 충동의 푸른 시절. 오늘의 나를 있게 만든, 한정할 수 없는 가치를 지닌, 다시는 돌아갈 수 없는 푸른 청춘의 고교 시절. 정말 시리도록 가슴 아린 그 시절이 너무나도 그립다.

그 당시에, 나는 "배워야 한다. 왜냐하면 '영적인 성장과 행복'을 위해서…"라고 적었다. 지금 나는, '삶의 목적은 인간의 영적인 성장과 자아완성에 있다'고 믿고 있다. 지난 날의 사색의 파편에서 오늘날의 실마리를 찾게 되다니….

그 후 40여 년의 세월이 흘렀다. 젊은 날 항해사일 때 수일이나

지속되던, 앞이 보이지 않던 북태평양 무중항행(霧中航海)가 떠오른다. 오로지 레이더만 쳐다보고 가야만 했다.

그 동안 그런 안개 속을 지나온 느낌이다. 오로지 꿈과 이상만을 쳐다보며, 두렵고도 막연한 현실 속의 삶을 여기까지 헤쳐온 것 같다. 그런 목적지를 찾아가는 항해를 하면서도 늘 지금 여기, 현재 속에서 많은 의미를 찾고, 존재의 기쁨을 누리기 위해 노력했다.

＊＊＊

1981. 6. 11. 목. 비

J.D. Souther의 〈You're only lonely〉가 흐르는 지금, 테이프가 없어 녹음할 수가 없다. 어떤 친구가 자기 친구의 생일을 위해 방송국에 띄운 노래. 참으로 순수하고, 밤하늘 별처럼 맑고 티 없이 아름다운 나날들이며, 천금으로도 바꿀 수 없는 친구 간의 우정이다.

오랜만에 내리는 비라 메마른 내 가슴을 흠뻑 적셔 보고자, 나는 창문에 기대어 운동장 너머로 비친 세상을 들여다보며 속세의 먼지가 빗물에 씻겨 가듯이 내 감정도 깨끗해지길 바랐다. "내가 왜 여기에서 공부를 하고 있는 걸까? 대학 때문에? 글쎄, 인간의 궁극적인 목적은 행복에 있지 않을까? 행복은 각자의 마음 속에 들어 있다. 그렇다. 자기 마음먹기에 달렸다. 그러면 공부는 왜 하지? 배우지 않은 사람도 자신의 마음 속의 행복을 찾고 누릴 수 있지 않을까? 그렇다. 하지만 나는 인간이다. 그리고 인간의 행복은 다른 동물과의 행복과 다르고, 그래서 나는 배울 필요가 있는 것이다. 나의 '영혼의 성장과 행복'을 위해서⋯."

1981. 11. 16. 월. 흐림

밤의 술잔 속에 흠뻑 취해버리고 잠들지 못 하고 있는 나. 지금이 가장 행복한 순간이다. 여기가 유토피아 이상향이다. 음악에는 확실히 마약이 흐르고 있는 것이다. 사람을 흠뻑 취하게 하는⋯. 몸이 꼼짝 못 하고, 다리에 쥐나게 걸상에 앉아 있어도 책상을 떠날 줄을 모른다. 이대로 아침까지 생각하며, 글을 쓰고, 음악을 들으며 호흡하고 싶다.

하지만 지금이 1시 20분. 앞으로 10분만 더 있으면 라디오를 꺼야만 한다. 자정부터 1시 20분까지는 정말 나에게 소중한 시간이다. 낮의 그 분주하고도 때묻고 흥분된 내 자신을, 고요함과 음악과 사색 속으로 자신을 이끌고 간다. 이때쯤 세상은 참으로 아름다운 법이요. 니코틴이 부족해 흐느적거리던 박제가 되어버린 천재 이상을 찾는 것도 이맘때고요⋯.

The Alan Parson's Project의 〈Time〉은 내가 역사의 한 순간에 호흡을 할 수 있도록 분위기를 만들어 준다. 앞으로 1주일. 11월 24일이여 빨리, 빨리 오너라. 빨리 치고 보내고 싶구나. 그리고는 마음대로 날고 싶다. 밤하늘의 이 별, 저 별을 왔다 갔다 하면서 날아다니다가, 다시 책상 앞에 내려 앉고 싶다.

3부

내 삶의 소중한 보석들

1.

나의 절친, 이만순

만순이는 나의 고교 절친이다. 3년 동안 월배에서 대구까지 등 하굣길뿐만 아니라, 내가 있는 거의 모든 곳에는 만순이가 있을 정도로 우리는 꼭 붙어 다녔다.

만순이는 월배초등학교 동기인데 초등학교 때는 잘 몰랐다. 대 건고등학교를 같이 다니면서 알게 되었다. 3학년 때는 한 반에 같 은 짝까지 되었다. 거기다 월배에서 만순이는 '포도회'라는 서클 (동아리)를 다녔고, 나는 '동문장학회'라는 서클을 다녔다. 눈에 보이지 않는 경쟁을 하면서도, 또 서로 관심과 도움을 주기도 하 며 조화롭게 잘 지냈다.

오랜만에 만나는 어떤 고교 친구들은 나를 보면 만순이 안부를 묻곤 한다. 그렇다. 만순이와 나는 서로 떨어질 수 없는 수어지교 (水魚之交)와 같은 사이였다. 나의 고교 시절 하면 가장 먼저, 많 이 떠오르는 친구가 바로 만순이다.

고향 마을은 서로 달랐지만, 등교시 버스를 타면 거의 만나게 되는 경우가 많았고, 하차 후에는 학교까지 골목길을 함께 걸어가며 아침 대화를 시작했다.

차분하면서도 열정적인 만순이를 만나면 늘 기분이 좋았다. 학교에서 반이 달라도 수시로 만났을 뿐만 아니라 하교시에는 꼭 함께 만나 같이 걸어 나왔다. 운동도 함께 하고, 달밤부에 남아 공부도 같이 했다. 서로에게 청소 등 일이 있을 때는 기다리기도 하고, 또는 그것을 함께하기도 했다.

달밤부에 남아 늦게까지 공부 후 하복을 맞추러 갔다가 밤차 시간을 놓쳐, 다시 그 맞춤집에 가서 맡긴 선금을 도로 찾아, 그 돈으로 택시를 타고 귀가를 했던 일기를 보고는 잃어버린 황금을 다시 찾은 마냥 얼마나 기쁘고 행복했는지 모른다.

＊＊＊

1979. 4. 18. 수. 맑음

만순이는 오늘 아니 이번 주 청소다. 그래서 만순이가 청소를 마칠 때까지 기다려야 하는데, 시간적 공간이 생긴다. 그래서 테니스장으로 가서 기형이와 같이 테니스를 치고 있었다. 조금 있으니까 동수도 집에 갔다 왔다. 만순이는 청소를 마치고도 내가 테니스를 치고 있으니까 기다렸다. 좀 미안한 감이 들었다. 한참 후 둘이는 친구들과 작별하고 집으로 돌아왔다.

1979. 5. 14. 월. 흐림

오늘도 여전히 수업을 마치고 종면, 병철, 만순이와 같이 야간교실로 가서 공부를 했다. 공부를 하긴 했으나 이상하게도 머리에 쏙쏙 들어오지를 않았다. 밤 10시 10분 경 되어서야 학교를 나와 만순이와 하복을 맞추러 갔다. 기한이 너무 짧아 안 된다는 것이었다. 우린 여러 군데 돌아다니다 경북공고 앞에서 맞추게 되었다.

하복을 맞추고 나오니 밤 11시가 넘어섰다. 버스를 기다렸으나 버스가 오지 않아, 우린 그 맞춤집에 다시 가서 맡긴 선금을 도로 찾아 택시를 탔다. 그 택시 운전수는 매우 친절히 편의를 봐 주었다. 그래서 우리들은 무사히 집에 왔다. 집에 오니까, 아버지께서 애타게 기다리고 계셨다.

1979. 6. 2. 토. 맑음

오늘은 즐거운 토요일. 방과 후에 1반과 배구 경기를 하기로 했으나 사정 때문에 하지 못 하고, 친구 만순이, 병철이, 종면이, 종열이 등과 같이 테니스를 쳤다. 3학년 형들과 내기 시합을 하는데 만순이와 둘이 한 조가 되어서 이겨 빙설을 얻어먹었다. 또 심판도 봐주고…. 친구들과 모두 학교 앞 장미 분식점에서 라면을 끓여 먹고 교실로 들어왔다.

만순이와 종면이는 한참 동안 합창을 하더니 잠이 들어버렸다. 창문 옆에서…. 그러나 나는 잠이 오질 않았다. 창밖을 내다보면 신록으로 덮여 쌓인 성모당과 주교관이 나의 눈을 즐겁게 해주었다. 언제까지나 밖만 내다볼 수는 없는 일. 그래서 책을 꺼내어 독서를 했다. 밖에서는 여학생들이 오가며 떠드는 소리와 모습이 눈에 선했다.

* * *

만순이와 종면이는 한참 동안 합창을 하더니 잠이 들어버렸다. 알코올은 안 마셨지만 이보다 더 자유로운 젊음이 또 있을까?

만순이는 운동신경이 발달했다. 발이 빨라 달리기도 잘했고, 구기 종목도 거의 다 잘했다. 학교에서 함께 여러 가지 운동도 많이 했지만, 학교 밖에서도 탁구와 테니스를 함께 치며 우정을 다졌다. 탁구와 테니스 실력은 비슷했다. 그래서 더 경쟁도 되고, 재미있었다. 어떤 날은 여기저기 다니며 하루 종일 치기도 했다. 참, 핸드볼도 만순이는 초등학교 때 선수를 했고, 나는 중학교 때 선수를 했다.

함께 운동 후에는 학교 앞 장미분식점에 가서 라면도 끓여 먹고, 빙수도 사 먹었다. 장미분식점 주인은 참으로 인정이 많은 좋은 분이었다. 언젠가 내가 학원에 가서 강의를 들어보니 너무 좋아서 수강등록은 하고 싶은데 돈은 없고, 그래서 장미분식점 주인에게 부탁했더니 기꺼이 빌려줘, 그 돈으로 등록을 한 적도 있다.

나는, 내가 하고 싶고, 해야만 하는, 맞다고 생각되는 일은 꼭 해보는 그런 용기와 주도성을 좀 키워왔던 것 같다. 만순이와 함께 뛰어 놀던 그 장소들을 둘러본다.

＊＊＊

1979. 7. 15. 일. 맑음

만순아 오늘 정말 즐거웠다. 꿈 많은 학창시절의 너와 나. 영원히 변치 말자. 우리의 우정을. 아침부터 테니스를 치면서 오전에는 유쾌한 시간이었다. 수위에게 꾸지람을 들으면서도 다져지는 우리의 우정.

오후에는 집안 분위기가 좀 부드러웠다. 누나를 비롯해 은주, 순태 누나랑 친구들이 집안에 모여 화목한 분위기를 맛보았다. 지금도 누나가 내 옆에 있다. 누나가 내 곁에 있으면 어떠한 어려움도 고독도 물리칠 수 있을 것 같다.

1979. 8. 15. 수. 맑음

오늘은 광복절이기에 공휴일이다. 오전에는 집에서 성근이와 둘이서 보내고, 오후에는 밭에 약을 쳐 놓은 다음에 달성중학교에 만순이와 테니스를 치러 갔다. 땀방울이 물이 되어 흘러내렸다. 저녁 6시가 넘어서야 운동장을 나왔다.

집에 오니 아버지께서 저녁을 짓고 계셨다. 미안한 감에 무엇이라도 할 게 없나 두리번두리번 살폈다. 아버지께서는 아이들로부터 공으로 볼을 맞았는 모양이다. 위로를 해드렸으나 신경질만 내신다. 그래서 얼른 낫을 들고 자전거를 타고 나와 교습소 근방에 풀을 하러 갔다. 풀을 약간이나마 해가지고 들어서니 아버지께서는 낫을 오그렸다고 또 야단이시다. 나는 아무 말도 할 수 없었다. 집에 있기가 싫어진다. 외롭다.

1979. 11. 21. 수. 맑음

오늘도 만순이와 집으로 가려고 현관을 나오니 기형이가 농구를 하자고 했다. 그래 하자면서 8반 친구들과 했다. 어제도 깜깜해질 때까지 하고 돌아갔는데 오늘 또 해가 지고 깜깜했다. 집에서의 슬픔은 아랑곳없이 마냥 놀기만 했다.

농구가 끝나자 만순, 기형 등 친구들과 테니스장으로 가서 세수를 하고 손을 씻으면서 서로 농담하고 얘기를 나눴다. 해는 져서 깜깜해도 친구들의 우정은 더욱더 어둠을 향해 달렸다. 어둠을 헤치며 걸어가는 앞에 아버지의 모습이 어렸다.

1979. 12. 14. 금. 맑음

오늘부터 학교에서 장학지도를 하기 때문에 오전 수업만 하고 보내줬다. 그래서 꼭 토요일 같은 기분이었다. 시간도 한가하니까 또 우리 반과 만순이 반과의 농구시합을 하기로 했다. 여태까지 만순이 반은 우리 반을 한 번도 꺾지 못했다. 3전 3패.

오늘은 막상막하였다. 2학년들이 농구를 하려고 기다리기에 우리들은 연장전을 하지 못 하고, 3점을 먼저 따내는 팀이 이기기로 하여 정효가 내 대신에 들어가 우리 반이 3:1로 이겼다. 정말 8반은 운이 없는 걸까?

친구들과 헤어지고 만순이와 같이 시내에 나갔다. 볼 일을 마치고 집에 오니 시간의 여유가 좀 있어, 우리들은 달성중학교에 테니스를 치러 갔다. 만순이가 좀 늦게 오긴 했지만, 우리들은 그런대로 재미있게 치다가 집으로 돌아왔다.

1980. 9. 30. 화. 맑음

오늘 오전 수업을 하고 오후에는 체력장을 했다. 체력장을 마치고 9반과 5반의 핸드볼 경기가 있었다. 게임은 일방적이었다. 도저히 상대가 안 되었다. 목표는 5반도 아니고, 다른 반도 아닌 우승이다. 내 예상에는 A조에서는 우리 반이, B조에서는 만순이 반인 8반이 올라올 성싶다. 우리 반은 비교적 팀워크가 잘 짜여 있다. 선수들도 좋다. 연진, 영호 그리고 나. 분명 우승하리라.

집으로 오면서 만순이와 결승전에서 한번 붙자고 했다. 참 만순이는 초등학교에서 나는 중학교에서 핸드볼 선수였다. 분명 짜임새 있는 경기가 되리라. 만순이도 8반 선수다. 요새는 공부를 너무 안 했다. 공부를 해야 할 텐데…. 학교에 남아서 공부를 하고 오고 싶다. 그러나 아버지 걱정이 되어 도저히 그럴 수가 없다.

＊＊＊

만순이와는 공부, 운동만 함께한 것이 아니라 가장 들뜨고 소중한 명절 때도 함께했다. 친구가 우리 집에 와서 자고 가기도 하고, 내가 친구 집에 가서 놀고 오기도 했다. 만순이 집과 우리 집 사이에는 넓고 큰 들판이 있었다. 어릴 때 그 들판을 바라보며 꿈을 키우기도 했었다. 뿐만 아니라 내가 심부름 등 특별한 일이 있을 때도 함께 따라갔다. 우리는 그렇게 늘 함께 다녔다. 하기야 고만할 때는 친구와 함께 있는 것이 제일 편하고 행복한 법이지.

지금은 아내가 된 당시의 동생 은희 병문안도 함께 갔고, 이모 집에 심부름 가는 데도 여러 번 따라갔었다. 다시 생각해 봐도 참으로 고마운, 정말 멋진 친구였다.

＊＊＊

1979. 5. 2. 수. 맑음

집으로 올 때 종면, 병철, 만순이와 탁구를 치며 재미있게 시간을 보내다가, 은희가 병원에 입원했는데 병문안을 갔다. 꽃을 사가고 싶었지만 그러질 못 했다. 만순이도 따라갔다. 은희는 은주 누나 동생으로서, 중1이지만 굉장히 크고 이쁘다. 은주 누나 식구는 모두 인간성이 좋다. 은희도 좋은 동생이 될 것 같다. 그에 앞서 훌륭한 오빠가 먼저 되어야 하겠지.

1979. 10. 24. 수. 맑음

오늘은 수업을 마치고 일찍 하교를 했다. 이모 집에 심부름을 가기 위해서다. 만순이는 오늘 자기네 나락을 걷는데도 불구하고 나와 행동을 같이 했다. 이모 집에 가니 아무도 없어서 두류산을 넘어 차를 타러 왔다. 우린 또 지서 앞에서 같이 내렸다.

사진관 문을 나서니 숙자를 만났다. 한참 얘기를 나누는데 숙자가 만순이가 기다리니까 빨리 가보라고 하여 아차 싶었다. 만순이가 나를 따라다니느니라고 너무 늦은 것 같아 미안하다. 정말 좋은 친구. 만순이와 헤어져 나는 집까지 걸어왔다. 가을 바람이 살랑살랑 불어오는 게 참 좋았다. 집에 오니 아버지께서는 골목에 나와 계시고, 집안에서는 누렁소만이 나를 반겨줬다.

1979. 12. 2. 일. 맑음

밤에는 그렇게 춥지 않았던 모양이다. 만순이와 둘이서 서로의 몸을 녹이면서 밤을 포근하게 보내고 아침에 눈을 떠보니 창호지가 훤하게 밝아 있었다. 아버지가 없는 집안을 아침부터 맛보았다. 아침은 먹어야 하기에 조합에 가서 라면을 사와 끓였다. 만순이가 우리 집에 와서 놀다 가는데, 라면 밖에 내놓을 게 없어서 너무 미안했다. 어쩔 수 없었다.

라면을 끓여 먹고 오전에는 만순이와 달성중학교에서 테니스를 치면서 시간을 보냈다. 그렇게 잘 치진 못 했지만, 재미있고 유쾌하게 시간을 보냈다. 1시부터는 동문장학회 집회가 있기에 각각 헤어져 집에 오니 서글펐다. 집안이 지저분하고 어수선했다.

1980. 2. 18. 월. 눈

오늘 아침에는 만순이를 만나지 못 했다. 하교시에는 둘이 만나 교문을 나오는데 하늘이 꼭 눈이 올 것만 같았다. 곧 눈이 조금씩 뿌리기 시작했다. 만순이와 포근하게 쏟아지는 눈 속을 걸으면서 정류장까지 걸어왔다.

월배까지 오니 만순이가 시간 있으면 탁구 1시간 치고 가자고 하였다. 더군다나 오늘은 보충수업을 하지 않아 6교시만 하고 왔기 때문에 다른 날보다 2시간이나 시간이 더 있었다. 놀라웠다. 만순이의 실력이 나를 능가할 정도였다. 내가 이기긴 이겼지만 정말 만순이는 실력이 잘 느는 것 같았다.

한 시간 치고 나니 열이 났다. 탁구장 문을 나서니 눈이 내리고 있었다. 나는 기뻤다. 눈을 많이 맞고 싶었다. 고독을 즐기고 싶었다. 그래서 차를 타지 않고 혼자서 걸어왔다. 집에 오니 물도 긷고, 소여물까지 모두 형이 끝내 놓았다. 형이 군대 갈 동안만이라도 형에게 신세를 져야 되겠다 싶었다. 형, 고마워!

1980. 9. 24. 수. 맑음

이렇게 해서 추석은 끝났구나. 간밤에 아버지께서 매우 아프셔서 나는 작은방에서 자다가 큰방으로 건너가서 함께 잤다. 오전에는 집안이 온갖 담배꽁초들로 지저분해서 집안 청소를 깨끗이 해놓고, 점심 때 만순이 집에 갔다.

들판을 가로질러 기타를 들고 따사로운 햇빛을 받으며… 처음 가보는 만순이 집. 첫 인상이 참 좋았다. 간밤에 만순이는 포도회 선배 집에서 외박을 한 모양이다. 우리들은 기타를 치며 놀다가 오후 5시반 경에 집을 떠나 월배 들러 탁구를 2시간 쳤다. 어제도 철희와 2시간 오늘은 만순이와 2시간. 이틀 연속으로.

* * *

  당시에는 학교마다 또 서클마다 곳곳에서 시화전이 많이 열렸다. 그런 곳도 함께 다니며 시를 감상하며, 또 서로 시평도 주고받으며 나름대로 즐겁고, 의미 있는 시간들을 보냈다.

  한편, 월배에서 나는 동문장학회, 만순이는 포도회 활동을 하면서 좀 심각한 지경까지 갔던 갈등들도 있었다. 하지만 절친인 만큼 원만하게 잘 풀어냈다. 만순이와 둘이서 여행도 계획은 했으나 실행을 하지 못 한 것이 좀 아쉽다.

  만순이 집안은 월배에서 좀 부유한 편이었다. 그래서 그런지 집에 오토바이가 있었던 모양이다. 만순이가 3학년 때 추석날 오토바이를 타다가 큰 사고가 났다. 대학 입시를 코앞에 두고 일어난 불행이었다. 1달 동안이나 병원에 입원해 있어야 했다. 가족들은 죽은 줄로 알았던 친구가 살아난 것만 해도 큰 다행이었지만, 그 후유증이 심각했다. 참으로 안타까운 일이었다.

* * *

1981. 10. 28. 수. 비
그 사이에 내 주위에는 너무도 큰 변화가 많았다. 추석날 오토바이를 타다가 넘어져 1달 동안 병원생활을 하지 않을 수 없었던 만순. 너무도 중요한 시기에…. 참으로 안타까운 일이 아닐 수 없다. 또 은희와도 많이 가까워져 내 마음의 중요한 일부를 차지하게 되었다. 앞으로 나는 다시 시작하는 것이다. 덕현아, 정말 고맙다. 너의 편지 한 장이 나에게 이렇게도 큰 위안이 될 줄이야. 그래 네 말대로 이건 하느님이 나에게 내려준 시련으로 알고 앞으로도 절대 굴하지 않고 항상 나의 최선을 다 하리라.

1981. 11. 4. 수. 맑음

그런데 요새는 반성할 게 많다. 만순이에게는 전과 같이 다정다감하게 대하질 못 한 것 같다. 만순이의 무뚝뚝하게 변한 듯한 마음씨도 있겠지만, 나의 너그럽지 못한 마음씨가 더 크게 작용하는 것만 같다. 만순이에게 미안하다. 가장 가까운 친구인데…. 이전만큼 진실하게 못 대하는 것만 같은 이 마음. 신이여, 용서해 주십시오.

＊＊＊

그 후 우리 사이는 많이 멀어졌다. 친구의 사고 후유증, 나의 해양대학 입학과 3년간 승선생활, 그 후 서울에서 직장생활 등의 이유로…. 그래, 멀어졌다기보다 끊어졌다는 표현이 더 적절하겠다. 그렇지만 가슴 한구석에는 늘 미안함과 그리움이 공존했었다.

그러고도 한참의 세월이 더 지나고, 내가 기업교육 전문강사로 전업하여 전국으로 강의를 다닐 때 만순이의 흔적을 찾았다. 경주로 교직원 연수 강의를 갈 때, 경산에서 큰 맛집 식당을 운영하고 있던 만순이 집을 방문했다.

얼마나 반가웠는지 모른다. 그래서 그 식당에서 밤 늦게까지 술을 마시고 잤다. 그 동안의 이별의 그리움이 그 하룻밤에 다 풀린 듯했다. 왜 우리가 그 동안 만날 수 없었는지에 대해 몰랐던 사실도 알게 되며, 모든 것이 이해되었다.

이제는 고향을 가면 가장 만나보고 싶은 절친으로 정상화된 나의 친구 만순이를 어느 날 만난 후 SNS에 올린 글로 마무리 짓는다. 내 친구 만순이의 건강과 영원한 우정을 만유(萬有)에게 빈다.

옛 친구 만나러
일찍 집 나서니

상기된 마음에
아내가 웃는다

뚜아에 무아의
음악과 책한권

푸른날 함께한

우리들의 약속

야끼우동 베갈
막창과 참소주

둘째라 고생한
친구의 가정사

동문회 포도회
활동과 첫사랑

지천명 나이에
끝없는 추억담

서울 부산 사이
친구 있어 좋다

2.
둔한 천재, 한철희

다윈은 "이 세상에 변하지 않는 유일한 진리는 세상 만물은 다 변한다는 것이다"라고 했다. 변하는 것이 당연하고 좋은 것도 있지만, 세월이 흘러도 변치 않는 것이 더 좋은 것도 있을 것이다. 그중의 하나가 바로 '우정'이 아닐까 생각해 본다.

그런데 요즘은 우정이라는 말이 사라지고 있는 듯한 느낌이다. TV, 라디오, 영화뿐만 아니라 개인 SNS에서도 우정이라는 말을 잘 찾아보기가 힘들다. 안타까운 일이 아닐 수 없다. 옛날에는 그렇게 흔하고 귀하게 여기던 우정이 왜 사라지고 있을까? 그리고 나는 왜 그렇게 친구와 우정에 집착했을까?

물론 어릴 때부터 친구를 좋아하던 타고난 천성(天性)도 있었겠지만, 아마도 가난하고 불우한 가정에서의 결핍을 밖에서 그렇게 대신 채우려고 했던 것은 아닐까? 그래, 그럴지도 모른다.

철희는 확실히 나의 그런 결핍을 참 많이도 채워줬다. 나의 고교 일기의 시작도 철희가 고등학교 1학년 나의 생일 때 선물한 일기장 덕분이었다. 철희는 나이가 나보다 1살 많고 초등학교 1년 선배지만 한 마을에서 절친으로 허물없이 잘 지냈을 뿐만 아니라, 고교 시절 가장 많은 대화를 나누며, 가장 크게 의지하고, 힘이 되었던 친구였다. 고교 시절 철희가 내 곁에 없었다면 어쩌면 나의 인생은 많이 달라졌을지도 모른다.

＊

1979. 3. 26. 월. 맑음

어제가 나의 생일이었다. 아휴~ 깜박했다. 그저께 토요일이 내 생일이었다. 많은 축복을 받았다. 철희와 동문장학회 회원들의 축복 속에 나의 생일을 보다 아름답게 보냈다. 지금 내가 쓰고 있는 일기장도 철희에게서 선물로 받은 것이다.

철희! 영원히 잊지 못 할 친구다. 어려울 땐 서로 돕고, 기쁠 때는 함께 하며, 철희가 나에게 준 이 선물을 아름답게 가꾸고 영원히 보관하기 위하여, 나는 정성을 다해 학창 시절의 꿈과 이상을 여기에다 아름답게 옮겨 볼까 한다.

철희, 우리 둘의 우정은 영원히 변치 않을 거야. 약속해. 도시에서 자란 시내의 친구들과는 달리 둘의 마음 속에는 언제나 순수함이 남아 있다. 순수함이라는 단어가 얼마나 순박하면서도 또 굳세게 보이는지 몰라. 내가 아무리 불행하게 되더라도, 철희만은 절대 잊지 못 할 거야. 철희, 철희, 철희…. 안녕 철희.

1979. 4. 8. 일. 맑음

꿈 많은 학창시절. 하루하루를 뜻있게 보내야 하겠다. 어젯밤 잠은 철희 공부방에서 잤다. 공부를 하고 새벽 1시쯤에야 잠이 들어 아침에 일찍 일어났다. 집에 할 일도 없을 것 같아서 오전 내내 철희 집에서 공부를 했다. 시험준비, 예습, 복습 등….

오후에는 철희와 시내를 갔다. 서로가 미술 도구를 사기 위해서. 대구백화점 5층 화랑에 갔다. 마침 사진전시회가 열리고 있었다. 감상을 마치고 앞 화랑에서 미술도구를 사가지고 나왔다. 마침 나에게 돈이 좀 있었다. 형이 운동하라고 준 돈. 이 돈을 가지고 운동용구점에 들어가 라켓을 하나 사가지고 나왔다. 정말 기쁜 순간이었다.

집에 오자 마자 철희와 달성중학교에 테니스를 하러 갔다. 거기에는 코트가 하나 있었는데, 마침 사람들이 운동을 하고 있었다. 그래서 우리는 화원국민학교로 발길을 돌렸다. 거기에도 코트는 하나였으나 운동하는 사람이 없었다. 철희와 같이 테니스장에 들어갔다.

해가 저물고 날이 어두웠다. 그래서 우리는 발길을 집으로 돌렸다. 오면서 그 기쁨…. 이루 말할 수가 없었다. 오늘 하루는 비교적 알찬 하루였다고 생각한다.

1979. 6. 3. 일. 비

오늘은 아버지와 논을 갈기로 했다. 그러나 새벽부터 비가 내리기 시작했다. 한편으로는 기뻤으나 한편으로는 우울했다. 그래서 철희 집에 가서 음악과 노래로써 시간을 보내고, 오후 1시까지는 동문장학회의 집회가 있어서 그곳으로 갔다. 비록 회원들이 다 나오진 않았지만, 모두 진지하게 토론을 하는 것 같았다.

그 동안 보고 싶었던 누나와 형들도 만나보고, 회의가 끝나고 철희와 미토스 탁구장에서 탁구를 1시간 치고 집으로 돌아왔다. 마을에서는 새마을청소년회 월례회가 마을회관에서 밤 8시부터 열린다. 아버지와 목욕을 갔다 온 후 회의에 참석하니 시간이 마침 딱 맞았다. 회의를 마치고 철희 집에서 잠을 이뤘다.

*＊＊

이렇게 철희와는 실과 바늘처럼 거의 같이 붙어 지냈다. 한 마을에서 집도 서로 가까이 살다 보니 마음만 움직이면 몸은 절로 거기에 가 있었다. 철희 집은 아버지가 마을 동장을 했을 뿐만 아니라 월배 새마을금고 전무까지 하여 다소 부유하고 여유로웠다.

또한 철희 집에는 음악 LP가 천 장 이상 있었다. 철희 형이 대구 시내 유명 음악감상실 DJ를 하고 있었기 때문이다. 그래서 철희도 음악을 좋아했고, 또 전문적으로 많이 알았다. 당시 나는 팝송에 대해서 아는 바가 전무했는데, 철희 덕분에 체계적으로 배워 마니아가 되어 갔다. 더불어 기타도 스스로 배우게 되었고, 결국에는 철희와 함께 자작곡 발표회도 하게 되었다.

절친 만순이와는 학교에서 거의 함께 지냈다면, 마을에서는 철희와 찹쌀궁합처럼 거의 함께 지냈다. 수시로 서로 집을 오가며 공부도 함께 하고, 음악도 함께 듣고, 잠도 함께 자고, 운동도 함께 하며 정말 혼자 있는 시간을 제외하고는 거의 함께 호흡할 정도였다. 동문장학회, 새마을청소년회 활동까지 함께 하며, 또 여가시간에는 탁구와 테니스를 함께 치며 정말 둘도 없는 절친 사이였다. 미토스 탁구장은 우리가 정말 수시로 뻔질나게 드나든 우리들만의 천국이었다.

철희와 가까워지게 된 것은 철희가 고등학교 진학에 1년 재수를 했기 때문이다. 중학교 때까지는 나이 차이도 있고 가까이 지내지 않았는데, 고등학교를 같은 해에 입학하면서 철희가 나에게 다가온 것 같다.

철희는 또래 친구들보다 나와 함께 지내는 시간이 절대적으로 더 많았다. 그러다 보니 고교 1학년 봄 어린이날 연휴를 이용하여 마을의 내 또래 친구인 욱성이와 함께 셋이서 청송 주왕산 1박2일 여행도 다녀왔다. 거기서 욱성이 친형들을 우연히 만나 얼마나 더 즐겁고, 여행다운 행복한 시간을 보냈는지 모른다. 아직도 그때 욱성이 형이 고난이도 기술로 찍어준 특별한 사진 한 장이 신비롭고도 귀하게 앨범에 고이 보관되어 있다.

＊＊＊

1979. 5. 6. 일. 흐림

토요일 아침 6시 30분까지 철희 집에 모였다. 준비는 이제 다 해뒀기 때문에 지금 떠나면 된다. 그러나 철희, 욱성, 성근이와 같이 가려던 약속이 깨어졌다. 성근이 아버지께서 도저히 성근이가 가는 것을 허락하지 않았다. 정말 가슴 아팠다.

그러나 서운한 발길을 남기면서 동대구역으로 떠났다. 역에서는 사람들이 매우 많았다. 어린이 날이라 더욱더…. 여기서 특히 철희가 손님들에게 우리들의 남은 기차 승차표를 팔던 일이 기억에 남는다. 기타를 가지고 기차를 탈 수 없었기 때문에 우리는 할 수 없이 동부정류장으로 가서 직행버스를 탔다. 시내 만원버스보다 더 복잡했지만, 주왕산으로 여행 간다는 부푼 희망을 안고 그래도 참고 견뎠다.

(중략)

버스는 지루하게도 갔다. 그러나 산등성이를 넘고 또 넘는 버스는 정말 멋있었다. 발 아래는 수백 미터의 낭떠러지…. 가슴이 조마조마했다. 청송에 들어서니 '푸른 숲 맑은 물 깨끗한 청송'이라는 푯말이 군데군데 꽂혀 있었다. 정말 푸른 숲, 맑은 물이 이루 말할 수 없을 정도였다. 대구 시내와는 완전 대조적인….

5시간이나 지나서 청송 주왕산에 도착했다. 우리들은 짐을 보관소에 맡기고 산으로 들어갔다. 온통 바위 투성이었다. 주왕굴, 무장굴, 연화굴, 폭포 그 외에도 모든 것이 아직도 눈에 선하다. 곳곳에 노는 어른들을 보니, 아버지께서 생각이 나 정말 불효하는구나 하는 생각이 머리 속에 꽉 찼다.

우리들은 산을 다 돌아다니고 내려왔다. 보관소에 맡겼던 짐을 찾아 개울가에다 텐트를 쳤다. 등산 온 사람이 아주 많았다. 텐트를 다 치고 밥을 지으려 하니까 마을의 욱철이 형과 욱창이 형이 왔다. 정말 이런 데서 이렇게 서로 만난다는 게 얼마나 기쁜지 몰랐다.

우리들은 밥을 짓고 형들은 라면을 삶았다. 정말 그런 경험은 견문을 넓히고 우정을 더욱 두텁게 하는 데 매우 좋은 것 같았다. 우리들은 모닥불을 피워 놓고 노래를 부르며 놀았다. 정말 거기에서의 갖가지 얘기들…. 추억에 남을 거다.

(중략)

영천까지 버스를 탔다. 역시 복잡했다. 영천에서 내려 우리들은 기차를 탔다. 복잡했지만 버스 속보다는 훨씬 재미있었다. 여학생들의 가방을 받아준 일, 열차표를 끊을 때의 일, 동대구역에 내리니 부슬부슬 비가 왔다. 우리를 맞아 주듯이….

＊＊＊

철희와 나는 둘만이 통하는 은어를 갖고 있었다. 그것은 바로 '똑똑한 박야와 둔한 천재'였다. 철희가 지어낸 말이었는데 '박야' 는 정박아(정신박약아동)를 뜻하는 말인데 우린 그냥 그렇게 불렀고, 통했다. 누가 똑똑한 박야고 누가 둔한 천재인지는 구별이 없었다. 그냥 그렇게 우린 한 묶음의 듀엣이었다. 우린 그냥 만나기만 하면 웃음부터 나왔다. 특별한 말이 필요 없었다. 그렇게 좋았다.

당시 나에게는 은주 누나가 참으로 소중하고 용기와 희망을 주는 수호천사 같은 존재였는데, 은주 누나는 주말에 가끔은 순태 누나와 함께 우리 집에 내려오곤 했다. 그런데 은주 누나와 순태 누나와 철희는 모두 초등학교 동기로 나보다 1년 선배였다. 그리고 모두 동문장학회도 1대 선배였다. 그래서 은주 누나와 순태 누나가 우리 집에 내려오게 되면, 철희는 특별한 일이 없는 한 우리 집에 왔다. 그리고 우리는 맛있는 떡볶이를 해먹기도 하고, 조합에서 과자를 조금 사와 나눠 먹으며 얘기도 하며, 기타도 치고 노래도 부르며 즐거운 시간을 보냈다.

* * *

1979. 6. 10. 일. 비

지금 농촌에서는 농번기다. 그래서 일손이 매우 부족하다. 나도 오늘은 일요일이기도 해서 아버지와 들에 나가서 논을 갈았다. 그때의 아버지 모습…. 정말 어떻게 대해야 할지 몰랐다. 12시쯤 되어서 올라오니 비가 내리기 시작했다. 그러나 아랑곳없이 외양간의 거름을 또 쳐냈다.

저녁때쯤 은주, 순태 누나를 만났다. 우리 집에 내려가는 길이라 했다. 정말 반갑고 좋았다. 그래서 같이 집에 와서 저녁을 해먹었다. 철희도 우리 집으로 왔다. 마을금고를 다녀와서 밤 10시쯤에야 집으로 돌아

갔다. 철희와 함께 집까지 배웅해 주었다. 정말 좋은 누나들이다. 누나 고마워….

1979. 10. 21. 일. 맑음

오늘 벼를 벤다고 아침부터 분주했다. 그런데 일손이 모자랐다. 오곡이 무르익은 들에서 찬바람이 쌩쌩 불었다. 매우 추웠다. 들에는 갔으나 난 벼를 벨 수가 없었다. 학교 축구시합에서 팔을 다쳤기 때문이다. 그래서 논에서 하는 일 없이 앉아 있으니 아버지께서 올라가라고 하셨다. 아버지께 미안한 감이 들었지만 어쩔 수 없이 올라왔다.

집에 오니 은주 누나가 왔다. 정말 반가웠다. 누나는 식사 준비를 했다. 누나 정말 고맙다. 아버지께서도 늘 말씀하신다. 그 은혜에 보답해야 한다고…. 추수가 끝나면 누나와 여행을 했으면 좋겠다. 누나도 좋아할 거야.

오늘 누나가 여기 내려오는 바람에 동문장학회 모임에도 참석 못 했다. 물론 나도 참석 못 했다. 저녁때쯤 되어서야 철희가 사진기를 들고 집에 왔다. 우리들은 마을 아래 고속도로 부근으로 가서 자동차의 불빛을 이용하여 사진을 많이 찍었다. 철희와 또 누나와 사진을 모두 찍고 우리는 집으로 올라와 누나를 바래다 주었다. 그리고는 철희와 탁구를 1시간 치고는 아버지께서 기다리실 것 같아서 빨리 집으로 왔다.

＊＊＊

그 시절에는 사진기가 귀했다. 지금은 스마트폰으로 언제든지 사진을 찍을 수 있지만…. 그때 철희가 사진기를 어떻게 구해 와서 밤에 은주 누나와 함께 고속도로 부근까지 내려가서 찍은 사진이 내게는 너무 소중하다. 왜냐하면 은주 누나가 그렇게 집에 많이 내려왔었지만, 함께 찍은 다른 사진이 거의 없기 때문이다.

그나마 일기에 이렇게 흔적이 남아 있어 소중한 추억을 마음에 다시 희미하게라도 호출할 수 있어서 얼마나 다행인지 모른다. 철희에게 감사할 일이 한두 가지가 아니지만, 이것 역시 얼마나 감사한지 모른다.

고등학교 2학년이 되어서 철희와 나는 영어공부를 좀 더 심도 있게 잘하기 위해 『성문종합영어』 카세트 테이프를 공동의 비용을 들여 함께 마련했다. 그것을 장만하는 데도 쉽지는 않았지만 어렵게 구한 후에도 난관이 또 있었다. 왜냐하면 우리 집에는 그 테이프를 들을 수 있는 카세트가 없었기 때문이다. 그래서 철희가 자기집 카세트를 들고 우리 집으로 와서 함께 공부하다가 다시 집으로 가져 가곤 했다. 철희가 굉장히 불편했을 것이다. 우리가 보통 사이가 아니었기에 가능했을 것이다. 그런 불편함 속에서도 공부를 잘 해보려고 노력했으니, 지금 생각하니 참으로 가상하다.

＊＊＊

1980. 2. 25. 월. 맑음

월배 시장에서 숙자를 만났다. 동문장학회 사정에 관한 얘기를 잠깐 들었다. 좀 미안했다. 잘 되기만을 바랄 뿐…. 시장에서 나와서는 또 만순이를 만나 누나 혼자 은주 누나 집에 가게 하고, 나는 만순이와 얘기를 하다가 포도회 회원들과 같이 있기에 헤어져 시내로 갔다. 성문종합 영어 테이프 녹음을 하기 위해서.

서문시장에서 내려 시내까지 걸어 들어갔다. 대부분 9만원이었다. 집으로 돌아오는 길에는 철희 집에 들렀다. 둘이는 공동으로 테이프 장만하는 것 때문에 고민이 컸다. 그러나 어려울 때마다 우리는 그것을 잘 극복해냈고, 또 앞으로도 극복해낼 것이다. 하여튼 하나 장만하기는 해야 되겠다.

집으로 오는 발걸음이 무겁기만 했다. 저녁 때에는, 아니 밤에는 옆집 미수가 왔다. 새마을청소년 회의에 가보니 아무도 없어 그냥 왔다고 했다. 미수는 이미지가 청순하고 순수하다.

1980. 4. 15. 화. 흐림

아 괴롭다. 철희야 미안하다. 사실 철희가 고생이다. 돈을 합해서 산 영어 테이프. 우리 집에는 카세트가 없기 때문에 철희가 매일 가지고 다녀야 한다. 내가 철희 집에 갈 수 있으면 좋을 텐데…. 그렇게 되면 아버지께서 혼자 집에 계시고….

8시 정각에 철희가 가방을 들고 집에 왔다. 그래서 카세트를 틀어 놓고 공부를 하고 나서는 12시경에 내가 그만 잠들어 버렸다. 눈을 떠 보니 아침. 철희는 물론 없었다. 마음이 개운치가 못 하다. 이렇게 해서는 안 되는데, 하는 마음이 들지 않은 것은 아니다. 오늘부터는 절대 새벽 2시까지는 자지 않겠다.

꼭 나의 이 의지를 철희에게 보여 주고야 말겠다. 우리 모두 대학에 들어가야만 한다. 잠을 6시간 잔다는 것은 말도 안 된다. 분명히 4시간 으로 줄이겠다. 철희야, 미안해.

* * *

고등학교 2학년이 되면서 철희가 나에게 끼친 영향력은 더욱 커져갔다. 우선은 나를 위하여 진심 어린 충고를 하기를, 동문장학회와 학급에서 절대 회장을 맡지 말고 가정과 공부에만 전념하라는 것이었다. 그렇게 하겠다고 약속을 했다. 그리고 학교에서는 그 약속을 지켰다.

그런데 동문장학회에서는 처음엔 맡지를 않았지만 회장을 맡았던 친구가 몇 개월 만에 못 하겠다고 사임을 하여, 결국은 책임감 때문에 내가 맡아버렸다. 인생의 중요 갈림길이 몇 개 있다면 이것도 하나의 갈림길이 되었을 것이다.

여기에 대해서는 마지막 장인 동문장학회 편에서 다시 설명하겠다.

앞서 언급했듯이 철희 덕분에 음악을 알게 됐고, 스스로 기타도 익혀 자작곡까지 만들게 되었다. 고등학교 시절 가장 잊을 수 없는 것이 내가 동문장학회 2대 회장으로 제1회 동문장학회 동문전을 다방을 빌려 개최하면서 그 속에서 우리가 자작곡발표회를 한 것이었다.

정말 철희와 둘이서 머리를 맞대며 주도적으로 앞장서 진두지휘해 나갔다. 그렇게 큰 행사를 한 번도 개최해 본 경험이 없던 우리였지만 최선을 다해 준비하여 성공적으로 잘 해냈다. 하지만 그후 나에게 찾아온 정신적 후유증이 좀 있었다. 그렇지만 곧 잘 극복해냈다.

철희는 대학에 들어간 후 당시 대학가에 유행했던 〈MBC 대학가요제〉 대구경북지역 본선에까지 출전했다. 나는 해양대학에서 음악을 좋아하는 이유로 MBS 대학방송국에 들어가, 4학년 때 실무국장을 하며 영남지역 대학생들을 위한 〈MBS 해변가요제〉를 해양대학 축제기간에 주최했다. 철희와의 인연이 없었다면 절대 일어날 수 없는 일이었다.

철희는 은주 누나만큼 고교 시절 내 인생에 절대적 영향력을 끼친 가장 소중한 존재였다. 철희는 지금 사업차 남미에 있다고 얘기를 들었다. 그런데 가족들도 연락이 쉽지 않은 모양이다. 안타깝지만 무탈하게 잘 지내고 있길 바라며, 또 그렇게 믿는다.

난 지금까지 내가 보고 싶고 그리운 사람들은 거의 다 만나고 살아온 편이다. 그런데 꼭 만나야 할 사람 중에 아직까지 유일하게 못 만나고 있는 사람이 바로 나의 고교 시절 절친이었던 철희다. 매력이 넘치는 철희는 누구에게나 호감을 주었고, 그래서 그를 좋아하는 사람들이 많았다. 나 만큼이나 철희를 보고 싶어 하는 사람들도 참 많을 것이다.

철희를 언제 어디서 어떻게 다시 만나게 될지 정말 궁금하다. 내 여생의 가장 기대되는 신비로움 중 하나다. '똑똑한 박야와 둔한 천재'는 다시 그렇게 만나도, 먼저 웃고부터 시작할까?

3.

신비로운 별, 정회목

고교 시절에 공부했던 『성문종합영어』 독해문 중에 이런 구절이 기억난다.

사람은 태어나 살면서 여행을 하다가 어느 한 낯선 장소에 이르러, 그곳이 문득 자기의 고향인 것처럼 강하게 느껴지는 그런 곳에서 정착하여 여생을 보내게 된다는 것이었다.

그 문장이 참 낭만적으로 느껴졌고, 오랫동안 내 가슴 속에 남아 있었다. 아마도 내 안에는 역마살이 좀 있는 것이 아닌가 하는 생각이 들 때가 많다. 그래서 해양대학을 가서 전 세계를 돌아다니고, 직업도 여러 가지로 전전한 것이 아닌가….

친구관계도 좀 닮은 구석이 있는 것 같다. 어릴 때는 마을 친구들과 어울려 잘 지냈고 또 고교 시절 절친은 만순이와 철희였다. 그런데 지금 가장 부담 없이 자주 만나고 있는 편하고 가까운 친구 그룹은 고등학교 2학년 때 한 반이었던 친구들이다. 그중에서도 핵심이 신비로운 별과 같았던 회목이다.

나는 우리 친구 그룹을 당시 좀 유명한 광고의 의류 브랜드 이름을 본 따 '하이 파이브'라고 불렀는데, Hi Five(High School Five Friends) 즉 다섯 명의 고등학교 친구들이란 뜻이다. 그들은 회목, 동원, 경식, 병수 그리고 나였다. 경식이를 제외하고는 모두 2학년 9반으로 한 반이었다. 경식이는 회목이의 구미 고향 절친이었다.

그런데 2학년 1학기에는 서로 호감도 있었고, 교실 뒤편에서 어울려 잘 지냈지만, 친구들 이름이 일기에 많이 등장하진 않는다. 1학기 때에 동원이와는 친하게 지냈다. 수학여행 때 사진도 가장 많이 찍고, 그 후 남산여고 애들과 함께 미팅도 하며 일기에도 자주 등장한다. 회목이는 1학기 때는 교련검열 할 때, 딱 한 번만 등장한다.

***

1980. 5. 30. 금. 맑음

6월 4일 교련검열이 있다. 그래서 오늘부터 본격적인 연습으로 들어갔다. 5교시를 마치고 6,7교시 연습을 하였다. 나는 중대 기수를 맡았다. 하고 싶어서 한 것이 아니라 1학년 때 해보았기에 어쩔 수없이. 날씨는 한여름 삼복더위 같았다. 연습하는 도중에 코에 열이 터졌다. 원래 코에 열이 잘 터진다. 회목이와 바꾸고 나서 곧 끝났다. 고된 모양이다. 집에 와서 밤에 잠자리에 들어 자는 동안 저절로 코피가 나의 얼굴을 덮었다. 코에 무슨 병이 있는 건 아닌지?

1980. 11. 6. 목. 맑음

회목, 상운, 창수와 같이 이렇게 교실 내 한 동네가 되었다. 너무 재미있다. 참 좋은 친구들이다. 회목이와는 전부터 가까워지고 싶었는데 이제 내 짝이 되었다. 이상하게도 나에게 그러한 자석이 있는 걸까? 마음에 두면 끌려오는…. 하여튼 아름다운 추억으로 남을 것임에 틀림없다. 꼭 서부의 사나이 같은 회목이, 머리 숱이 작아 애먹는 상운이, 그리고 볼펜 때문에 애먹는 창수. 우습다. 모두 좋은 친구들이다.

1980. 12. 3. 수. 맑음

수학 선생님이 바뀐 지 얼마 지나지 않았다. 그런데 선생님에게 우리 반 인상을 별로 좋지 않게 심어준 모양이다. 한참 설명을 하시다가 분위기도 좀 시끄럽고, 시간도 좀 남아서 학생들이 필기를 하나 어쩌나 교실 뒤쪽으로 한번 시찰 나왔다.

그 전에 우리는 상운이가 가져온 사과를 먹으면서 놀다가 필기는 거의 모두 다 하질 못 했다. 나는 창문 쪽. 단짝인 회목이는 통로 쪽. 선생님께서 우리에게로 오기에 나는 황급히 필기하는 척했다. 그런데 선생님의 시선은 회목이의 노트에 꽂혔다. "너 커서 만화가 될라 카나? 왜 이리 낙서를 많이 했어?" "네." "뭐야? 너 이번 시간 마치고 교무실로 따라와." 공포 분위기 조성.

깡식이 시간에 돌아온 회목이의 얼굴은 벌개져 있었다. 눈에는 눈물이 글썽글썽했다. 자기가 태어나고 슬피 울기는 두 번째라고 했다. 회목이의 아픔은 나의 아픔처럼 느껴졌다. 별 것도 아닌 걸 가지고 교무실로 호출해 그렇게 때리는 선생님을 원망하고 싶었다. 나는 별 말없이 회목이의 허벅지만 쓰다듬어줬다. 회목이.

*＊＊

회목이 하고는 2학기 때, 그것도 짝이 되면서부터 급속히 가까워졌다. 1학기 때도 호감은 많았지만, 내 성격과 환경상 쉽게 다가서기가 여의치 않았다.

당시 일기에도 "서부의 사나이 같다"고 표현했듯이 회목이는 정말 남자답게 잘 생기고 고교생치고는 한참 성숙하여 밤하늘 별처럼 신비로운 존재였다. 회목이는 태권도 유단자로서 싸움도 잘했다. 학교에서 일진처럼 노는 친구들도 회목이는 못 당했다.

지금도 만나면 당시의 싸운 추억담을 안주 삼아 얘기하곤 한다. 병수도 공부보다는 일진 그룹에 속했지만 괜찮은 멋진 친구였는데, 회목이의 그런 매력에 빠져 서로 가까운 친구가 되었다.

더 시간이 지나면서 안 사실이지만 회목이는 초등학교, 중학교 때 공부를 아주 잘하는 뛰어난 학생이었다. 집안에서뿐만 아니라 학교에서도 촉망 받는 수재였다. 그러니까 구미에서 초등학교 때 대구로 유학을 보낸 것이었다. 그런데 중학교 때 너무 성숙하여 앞서가다 보니, 정신세계에 심취하여 공부 같은 것은 하찮게 보여 내려놓아 버렸다. 참으로 안타까운 일이 아닐 수 없다.

정말 고등학교 때 회목이가 보던 『우파니샤드』 같은 책들은 당시의 나에겐 도저히 이해할 수 없을 정도로 어려웠다. 나는 범생이었다면 회목이는 이미 그런 것을 초월한 상태였다. 회목이는 그냥 가만히 있기만 해도 친구들이 빨려 들게 하는, 그런 마력을 지니고 있었다. 실제 사귀어 보면 더했다.

∗∗∗

1980. 12. 3. 수. 맑음

회목이가 병수와 가깝게 지내는 이유가 무엇일까? 회목이는 병수를 어떻게 생각할까? 오늘 병수가 회목이에게 한 말. 노는 애들 세계에서는 흔히 있을 수 있는 일이라고 생각한다. 하지만 회목이에 대한 그 고결함이 죄다 없어지는 것만 같았다.

나는 회목이를 진실로 대해주고 있다. 진실은 가장 강한 설득력을 갖는다. 내가 회목이를 설득하려고 한 것은 아니다. 그냥 얘기해 보고 싶었다. 회목이의 생각이 어떠한지…. 아 그런데 회목이의 생각은 너무나 우리들의 테두리를 벗어난 그런 생각을 하고 있었다. 칭찬을 해줘야 할지 어떨지….

둘의 생각을 수업시간 마칠 때까지 나눴다. 시간이 모자랐다. 거기서 해결될 문제가 아니었다. 언제 한번 조용한 때가 오면 다시 얘기 나눠

보리라. 한없이 빠져들어가 보리라.

1980. 12. 8. 월. 맑음

오늘은 1교시 때부터 온 몸에 한기가 들고 추웠다. 그래서 상운한테 부탁해 3교시 교련시간부터 위생실에 가서 누워 쉬었다. 위생실에는 벌써 두 번째. 한기는 좀 가신 것 같았으나 머리가 빠개질 듯이 아파왔다. 완전히 감기가 든 것 같았다.

점심시간에 상운이가 왔다. 점심을 먹을 수 없었기에 우리는 찹쌀 모찌를 사다가 먹으면서 웃었다. 그리고는 같이 교실로 들어왔다. 햇빛이 들어와 여느 때보다 따스했다. 회목이는 어디 나갔다 오는 모양이었다. 책상 한 개를 가운데 두고 셋이서 또 둘러앉았다. 또 삿대질이었다. "맡겨 놨나? 맡겨 놨나?" 상운이가 퍼트린 이 말이 우리들 사이에는 이제 유행어가 되어버렸다.

1980. 12. 9. 화. 맑음

"갱수야! 밖에 눈이 많이 내렸구나!" 어릴 때 듣던 아버지 목소리와 꼭같이 내 귓전에 울렸다. 눈을 뜨자 마자 난 곧 내가 환자라는 걸 알았다. 하지만 방문을 확 열어젖혔더니 집안 온 구석구석이 하얗게 눈에 덮여 있었다. 아버지께서 마당을 쓸려 하고 계셨다. 얼른 옷을 주워 입고 나가 마당을 쓸었다.

학교에 들어서니 창문 가에서 반 친구들이 눈 장난을 하고 있었다. 조회하러 들어오는 선생님은 눈 세례를 받았다. 하지만 장난으로 잘 받아

주셨다. 요새 나는 회목이에 대해 매일 한 번씩 생각하지 않는 날이 없다. 나의 다정한 연인보다 더. 역시 우정은 사랑보다 더 깊은 것인가?

＊＊＊

회목이에게 점점 빨려 들던 내가 친구와 본격적으로 더 가까워지게 된 계기는 2학기말 성탄절 카드를 함께 만들기 시작하면서부터인 것 같다. 회목이는 수학시간에 그림을 그리다가 교무실로 끌려가 맞고 왔듯이, 그림도 잘 그리고 재능이 참 많았다. 그런 재능을 알아보고, 내가 그 위에 기름을 부은 격이었다.

돈도 없었다. 하지만 나는 맞다 싶으면 대부분 행동으로 옮겼다. 성공은 행동하는 자의 것이다. 그래서 우리는 사업성을 보고는 사업자금을 친구들에게 빌렸다.

사업자금이 마련되자 곧바로 재료를 준비하고 제작에 돌입하였다. 처음에는 우리 집에서 시작했으나 잘 되질 않았고, 결국은 회목이 자취방에서 모두 다 했다. 그렇게 하여 1980년 나의 고등학교 2학년 시절은 성탄절 카드 제작으로 갈무리되어 갔다. 그 속에서 회목이와의 우정도 성탄절 카드 그림처럼 점점 의미 있고, 아름답게 채색되어갔다.

카드는 만들어지자 바로 다 팔려 나갔고, 우리는 원하는 바를 성취했다. 그리고 성공과 우정의 축배를 들었다.

***

1980. 12. 10. 수. 맑음

회목이와 무언 중에 통한 대화. 약속같이 X-mas 카드를 한번 만들어 보기로 했다. 돈이 없었기에 우리는 반 친구들의 돈을 빌려 갖고(병수 2000, 창수 1000, 대영 500, 주봉 500), 대충 계획을 짜서 집에 갈 때는 회목이와 같이 시내 아루스 화방에 들러 물감과 봉투와 붓을 사고, 지업사에 들러 종이를 샀다.

그 후 회목이와 처음으로 우리 집으로 왔다. 집에 도착하니 아버지께서 편찮으신 모습이라 누나한테 가보았다. 내일이 아버지 생신이라 떡쌀을 담가 놓았던 모양이었다. 우리는 자전거를 타고 월배에 올라가 같이 머리를 깎고 떡을 해가지고 내려왔다. 밤 늦게 자형과 누나가 왔다. 차마 아버지 생신 때만은 아침을 직접 짓지 못 하게 하려던 누나의 효심이었다. 그래서 같이 우리 집에서 잤다.

회목이와 그림을 그려보았으나 잘 되질 않았다. 우리 방에 있으니 왠지 불안하고, 그림이 안 된다고 하여 내일부터 회목이 집에서 만들자고 했다. 회목이는 아무 곳이나, 누구에게나 막 정을 붙이지는 않는, 그러나 한번 정을 붙이면 영원히 사귈 수 있는 친구 같다.

1980. 12. 11. 목. 맑음

오늘부터 우리는 본격적인 카드 만드는 작업에 들어갔다. 처음에는 다소 서글픈 마음도 들었다. 비록 회목이 자취방이었으나 진정한 친구가 있고, 따뜻하고 포근한 인정이 서려 있었다. 밤 늦게까지 만들다 보니 하는 수없이 자취방에서 자야만 했다.

조합에 전화를 걸고 가만히 생각해 보니, 오늘이 아버지 생신인데 과연 내가 이래도 되는가 싶었다. 죄송했다. 하지만 밖에서 추위에 떨며 하던 생각도 방에 들어오니 모두 녹아버렸다. 새벽 3시까지 우리는 만들었으나 18장 밖에 못 만들었다. 회목이와 이렇게 함으로써 매우 가까워지고 있는 것 같다.

1980. 12. 12. 금. 맑음

학교에 가서 X-mas 카드를 내놓으니 금방 다 팔려버렸다. 기뻤다. 성공적이었다. 처음 만든 것인데 이리도 인기가 좋은 줄은…. 사실 회목이는 그림 그리는 데 뭔가 특별한 재능이 있다. 장차 훌륭한 만화가가 되리라. 고우영씨 같은. 우리는 배가 고팠다. 2교시 마치고 식당으로 갔다. 튀김을 사서 국물에 말아먹었다. 추위가 좀 풀렸다.

1980. 12. 13. 토. 맑음

우리가 만든 카드들은 학교에 오니 속속들이 팔렸다. 피곤했다. 날씨도 매우 추웠다. 수업을 마치고 회목이 자취방으로 갔다. 조금 있으니 경식이도 왔다. 경식이는 회목이와 친한 친구다. 어릴 때부터 함께 자라 온 구미의 친구들이다. 좋은 친구다. 요새는 온통 회목이 판이다. 내 일기장이….

1980. 12. 27. 금. 맑음

12월 20일 토요일 방학을 했다. 학교 친구들이랑 인사를 나누고, 동원, 한필이랑 회목이 집으로 왔다. X-mas 카드를 좀 더 사기 위해서였다. 그 동안 만순이와 같이 못 다닌 게 미안해서 분식점에 들어가 우동 한 그릇씩 먹고 헤어졌다. 그 후 한 번도 만난 적이 없다.

21일 일요일은 동문장학회에서 고아원 방문을 가기로 한 날이다. 그래서 20일날 회원들로부터 쌀을 모두 거둬 떡을 하고 모든 준비를 마쳐야 했는데, 그날 회목이, 경식이와 셋이서 그 동안 시작한 X-mas 카드도 마감 후, 한잔 하기로 했다. 그래서 하는 수없이 형도한테 장학회 일을 부탁하고 나는…. 그런데 오후 4~5시 되어 월배 나가려던 예정이 어쩔 수 없이 자고 가게 되었다. 카드는 많이 팔았으나 돈이 들어온 게 얼마 안 되어 맥주를 한 병씩 밖에…. 하지만 양이 문제가 될까?

이튿날 아침 걱정이 되어 형도한테 전화하니, 22일날 가기로 했다고 했다. 집에도 전화하니 아버지께서 야단이셨다. 우리들은 아침 늦게 일어나 점심을 해먹었다. 그리고는 내가 쓸 카드를 모두 만들고 나니 오후 3~4시가 되었다. 참 좋은 친구들이다.

＊＊＊

회목이를 포함한 하이 파이브 다섯 친구들이 본격적으로 함께 하며 가까워진 것은 아이러니컬하게도 3학년 때부터였다. 3학년으로 올라가면서 회목이는 이과반에서 문과반으로 전과를 했다.

그쪽이 본인의 성격에 더 맞다고 생각한 것 같다.

2학년 때는 그렇게 친하지 않았던 병수와는 3학년 때 6반으로 한 반이 되었고, 동원이는 5반으로 헤어졌다. 경식이는 한 번도 한 반이 된 적도 없었고, 그렇게 친하지도 않았지만 회목이 친구로서 가끔 함께 어울리는 정도의 좋은 사이였다. 함께 있을 때보다 다 헤어지고 나니 더욱더 보고 싶고, 또 다시 만나니 예전의 용사들이 뭉친 듯 정말 순수한 아이들처럼 즐거워했다.

그랬다. 우리들은 오히려 3학년이 되어서야 더욱더 친해지게 되었다. 가끔씩 복도에서 번개미팅처럼 함께 모여 웃으며, 정과 짧은 얘기들을 나누고는 또 헤어지곤 했다.

가장 큰 역할을 한 것은 바로 회목이 자취방이었다. 회목이는 초등학교 때 구미를 떠나 중학교 때부터 자취를 하였다. 청소년 시절 자취방 같은 자기만의 공간은 정말 자유롭고 좋은, 최고의 선물이었다.

당시 뻔질나게 드나든 회목이의 남산동 자취방 주인을 우리는 '마골패'라고 불렀다. 그곳에서 친구들은 술도 마시고, 담배도 피웠다. 나도 술은 마셨지만, 담배는 아직도 피우질 않는다. 3학년 때 우리들의 모습은 또한 회목이에 대한 나의 생각은 어땠을까? 회목이 자취방은 우리들에겐 우정의 낙원이었다.

＊＊＊

1981. 3. 7. 토. 맑음

3학년이 되자 헤어져 버린 2학년 친구들. 정말 2-9반 좋은 친구들이었다. 회목이, 동원이 정말 말로써 다 표현 못 할 정도의 친구들이다. 그 외에도 창수, 용성, 현진, 상수 등. 상련, 경식이도 모두 나에게는 다정한 벗들이다.

1981. 5. 19. 화. 맑음

나는 지금 회목이, 동원이, 병수, 상련, 경식이와 같이 듣고 싶다며 음악을 방송국에 띄웠는데, 지금 기다리고 있는 중이다. 오늘은 아니 지금은 기분이 우울하진 않다.

친구들의 공부하는 모습이 이렇게도 나를 만족하게 만드는 것은 왜 그럴까? 왜 나는 울어야만 했을까? 회목이의 숨결 하나하나까지 나는 두렵고 슬펐다. 답답했다. 나도 그러했는데…. 공부하긴 해야 되겠는데 마음대로 되지 않는 친구의 마음은 어떠했을까?

서로의 불꽃이 마음 속에서 타오르고 있었다. 회목이 자취방에서 라면을 끓여 먹고 경식이와 학교로 오는 중, 경식이도 처음에는 회목이의 그러한 행동을 걱정했으나 이제는 별로 걱정 안 한다고 했다. 경식이는 회목이의 고향 친구로서 가장 친한 친구다.

어둠은 온 대지를 덮고 내 마음도 덮고 있었다. 나는 머리를 싸매고 울부짖었다. 어둠을 향해 뛰쳐나갔다. 평행봉으로 가서 꺼꾸로 매달려 피가 역류하는 것을 느끼며 생각했다.

회목이가 내 마음 속에 얼마나 큰 비중을 차지하고 있는가? 또 내가 회목이의 진정한 친구가 되어줄 수 있는가? 나는 또 뛰었다. 마냥 어둠 속을 향해, 친구를 부르며….

1981. 5. 27. 수. 맑음

"Just when I needed you most…" 팝송이 포근하게 나를 감싼다. 아무런 영문도 모르는 몇몇 하루살이 같은 것들이 나의 육체를 공격한다. 그러나 이렇게 포근한 음악이 있고, 다정하고 진실한 친구가 있는데, 무엇이 나의 마음을 상하게 할 수 있을까?

너무 빠른 유수 같은 지금 우리는 고3 시절의 하루 하루를 보내고 있다. 오늘은 시간이 많기에 회목이와 실컷 잤다. 우리의 내일을 그리면서…. 회목이는 정말 멋진 친구다. 그 누구와도 바꿀 수 없는 진정한 마음의 벗이자 동반자다. 우리는 떨어질 수 없다.

그런데 너는 왜 그렇게 멋이라는 게 일찍 왔느냐? 읽고 사색하고 고민하고 노력하고 너의 모든 멋들이 조금만 더 늦추어 왔더라면 얼마나 더 좋았을까? 비범한 친구. 장래에 네가 후회하지 않겠니? 널 어떻게 표현해야 할까? 우리가 만날 때부터 시작해 모두 다 쓸까? 아니면 자취방부터 쓸까? 아~ 그냥 이대로 지내고 싶다.

＊＊＊

회목이는 법대에 진학했다. 법을 전공하기 위한 것만은 아니었다. 하지만 회목이는 사회 법보다 훨씬 상위의 진리의 법을 어릴 때부터 이미 깨달은 친구다. 그리고 지금도 일과 삶 속에서 그 초심과 항심을 잃지 않는 친구다. 나는 회목이를 보면 정말 깨달은 존자, 붓다(Buddha) 같은 생각이 든다.

정말 우리들의 젊은 날, 한층 더 찬란하게 빛났던 신비로운 별과 같던 나의 영원한 친구, 회목이를 지금도 많이 사랑한다.

(로꾸꺼법칙센터에 오면 세상에서 하나밖에 없는 멋진 작품 전등이 강의실 천장에 달려 있다. 모양이 우주선 같기도 하고, 배 같기고 하고, 또 새 같기도 하다. 보는 사람들마다 다르게 느낄 수 있다. 재능이 정말 많은 친구가 손수 제작해 직접 달아준 등이다. 돈으로 가치를 따질 수 없는 최고의 우정의 선물이다. 정말 평생 고맙다.)

4.

내 삶의 축복, 신동원

이름을 잘 지어서 그럴까? 나처럼 모나지 않고, 동글동글 원만하여 모든 친구들이 좋아하고, 나도 참 좋아하는 평생지기(平生知己) 친구, 동원.

그래, 언제 만나도 늘 여유롭고, 항상 포용적이며, 또 유머감각도 뛰어나 원만한 동원이는 친구들도 많았지만, 동원이를 좋아하지 않는 친구들이 하나도 없었다. 이렇게 멋진 친구를 만난 것은 전생에 어떤 선업을 쌓았는지 모르겠지만, 내 인생의 큰 축복이다.

동원이를 만나면 언제나 안정되고, 편안하고, 행복했다. 아마도 고등학교 2학년 9반 한 반이 되면서부터 교실 뒷좌석에서 키도 비슷하고, 그냥 첫 느낌에 저절로 끌려 가장 먼저 가까워진 친구가 동원이다.

절친들은 너무 가까워서 그랬을까? 만순이와 철희는 고교 졸업

후 오랫동안 단절의 시간이 있었지만, 회목이와 동원이는 한 순간
도 떨어지지 않고, 기쁠 때나 슬플 때나, 늘 가장 가까이서 함께했
다.

내가 해양대학 다닐 때 주말 휴가나 방학을 이용하여 대구에 오
면, 정말 거의 빠지지 않고 꼭 만나서 밤새도록 술을 마시고 또 함
께 자기도 하고, 학교로 귀교하곤 했다.

우리가 젊은 날, 함께 술 마시고 돌아다녔던 동성로 밤거리와 늘
만취한 우리를 포근히 맞아주던 대구역 뒤편 수목장이 정말 많이
그립다. 자고 나면 수목장 방 안에는 술병들이 방 구석구석 벽에
일렬로 줄을 서서, 풀어진 우리들 대신 기합이 새파랗게 들어 있
었다.

* * *

1980. 4. 11. 금. 맑음

아침부터 기분이 마냥 상쾌했다. 만나는 사람마다 웃는 얼굴로 대할
수 있었다. 성근이와 종식이를 만나 저녁에 놀러 오라고 하고는 학교를
갔다. 교실 문을 들어서자 마자 단짝 진수가 그렇게 좋을 수가 없었다.
5교시 체육 수업을 마치고는 체육복 차림으로 곧바로 친구 석윤, 동원,
재우와 함께 식당으로 가서 튀김 파티. 교실에 들어와 점심을 들고는 만
순이, 용성이와 또 다시 튀김 파티. 그러고 보니 진수에게는 아무 것도
못 해줘 튀김을 사 들고 들어가 반 친구들과 나눠 먹었다.

1980. 4. 7. 월. 맑음

8교시 국어 시간이 시작되기 전에 나는 어제 산에서 숙자가 준영 형에게 그렇게 불러 달라고 조르던 그 노래, 열기들(Fevers)의 <가버린 친구에게 바치는 노래>를 동원이로부터 조금 배웠다. 노래의 곡도 좋았지만, 그 속에 담긴 내용이 더욱 좋았다.

그래서 8교시가 시작되어도 계속 나지막이 이 노래를 불렀다. 수업이 끝나기 15분 전, 내 목소리가 한참 열을 올려 설명하시는 선생님의 귀에까지 들어간 모양이었다. 선생님께서는 매우 노하셨다. 수업 시작할 때부터 계속 참아 오셨던 모양이었다.

복도에 꿇어 앉게 해 놓고, 수업을 마치고 교무실로 데려갔다. 정말이지 좋은 일로 교무실에 갈 때는 기분이 기쁘지만, 그렇지 못 한 경우는 정말 들어가기 싫다. 강용석 선생님께서는 1학년 때부터 매우 잘 대해 주셨다. 나도 그만큼 존경했었다. 오늘은 단단히 꾸중하시고는, 우리 담임선생님께 넘겼다.

선생님께서는 호되게 꾸중하시고는 한 달, 즉 이 달 말까지 교실 청소하라는 것이었다. 교무실을 나서는 나의 발걸음은 한없이 무거웠다. 선생님께 이렇게 꾸중 듣기는 처음. 모든 것이 침묵으로 휩싸였다. 앞으로는 확실히 자중할 것이다. 확실히.

1980. 7. 9. 수. 맑음

피곤한 몸을 동원이와 서로 부축하며 시민회관 피카소 일대화전을 관람했다. 그리고 거기에서 서울서 온 안내원 누나와 많은 얘기를 나눴다. 서울 여성들은 아기자기한 맛이 있다. 우리는 시내에 들어가 우동을 한 그릇씩 먹고 집으로 돌아왔다.

＊

젊은 날은 만나기만 하면 술을 마셨다. 그것도 자리를 옮겨 다니며 기본이 3차까지…. 늘 동성로에서 술을 마시고 나면 가까운 수목장을 들어가거나 아니면 회목이가 또 자취를 하고 있는 경산으로 반월당에서 장거리 택시를 타고 들어갔다.

눈 내리던 날 밤, 반쯤 취한 우리들의 갈 길을 멈춰 세운 소리사에서 흘러나오던 고혹적인 산타나의 삼바 파티 연주, 술꾼이던 동원, 회목이 그리고 나와는 달리, 비주류(非酒流)에 속하던 경식이의 가방을 전당포에 잡혀 술을 더 마신 일, 술은 전혀 못 마시지만 유능했던 병수가 우리들의 모자란 술값을 감당했던 일, 또 내가 배 탈 때 하선 휴가를 나오면, 늘 말보르 등 외제 담배와 좋은 술병을 달고 오곤 했던 일 등 수많은 추억들이 떠오른다.

동원이의 행복한 노래 가르침 덕분에 한 달 간 청소 벌도 섰지만, 그래도 좋았다. 담임선생님이 나에게 한 달 간 청소 벌을 세운 것은 아마도 반 회장을 맡으라고 몇 번 권유했는데도 결국 맡지 않아, 조금 밉보인 부분도 있었던 것 같다.

어쨌든 2학년1학기 때는 확실히 동원이와 가깝게 함께 보냈던 시간이 많았다. 수학여행과 그 후 남산여고 애들과 미팅도 하며…. 그 당시에는 모두들 얼마 붙어 있지도 않은 짧은 머리에 민감했다. 머리가 길면 선생님들이 바리깡을 들고 다니며, 걸리면 강제로 머리를 밀곤 했다.

동원이와 머리를 밀리지 않으려고 함께 학교 담장을 월장하기도 한 추억을 생각하면 풋풋한 웃음이 절로 베어난다.

＊＊＊

1980. 9. 26. 금. 맑음

5교시 체육시간에 머리 긴 사람들을 머리 깎는다고 하여, 동원이와 둘이서 성모당 철조망을 2번째 월장한 끝에 성공하여 머리를 깎고 들어왔으나, 체육 선생님이 조퇴하셔서 1학년 선생이 대신 들어와 인원 점검도 안 했다고 했다. 늦게 들어와 겁을 잔뜩 집어먹었었는데… 정말 가슴이 출렁거렸다. 그 조마조마했던 심정. 동원아~.

1980. 10. 15. 수. 맑음

오늘 교련 시간에 머리 긴 사람들 모두 머리 밀렸다. 그래서 실장이 잡아 내는데 동원이와 나는 무사히 패스. 창수가 봐 준 탓이다. 그런데 수업을 마치고 교문 밖으로 나가는데 교문에서 잡혔다. 머리가 기니까 모자를 안 쓰고 다닌다는 것이다. 그래서 빡빡머리로 밀렸다. 약이 바싹

올랐다. 창수를 비롯한 친구들은 훨씬 잘 어울린다고 하며 웃었다. 장미분식에서 라면과 빵을 좀 먹으며, 1시간 가량 창수와 얘기를 나눴다. 동문장학회에 관해서.

＊＊＊

동원이와는 2학년 때도 한없이 가깝고 친하게 지냈지만, 역시 3학년이 되어 반이 갈라지면서부터 회목이 등 하이 파이브 친구들과 더 친하게 되었다. 복도에서 수시로 만나 서로 격려와 힘을 주고받으며, 친함과 기쁨을 드러내기도 하고, 또 회목이 자취방에 모여 얼마 남지 않은 마지막 고교 시절의 순수한 우정을 다지기도 했다.

또한 동원이는 대구 시내 친구들로는 우리 집에 첫 번째로 놀러 온 친구였다. 그러고 보니 내가 시내 친구들 집에 처음 놀러 가 본 것도 동원이 집이었다. 2학년 행군대회(소풍)때 내가 전체 동기들 앞에 나가 나의 자작곡을 기타를 치며 노래 부를 때, 옆에서 거들어 주며 함께 있어준 친구도 동원이었다. 정말 고맙고, 멋지고, 자랑스러운 나의 친구였다.

＊＊＊

1981. 5. 28. 목. 비

안개비가 소리 없이 내려 내 마음은 온 종일 촉촉히 젖어 드는 것만 같았다. 첫째 시간을 시험 치고는 시간이 남아 창문 밖을 바라다보며 성모당 숲에 뿌리는, 아니 흩어지는 보슬비에 동화되어 남은 시간을 백지에 낙서했다. 목마름을 느낄 때는 언제나 나의 진실한 친구들이 샘물을 흠뻑 뿌려준다.

참으로 시원하고도 뭐라고 표현키 어려울 정도로 좋다. 바쁜 내 기억 속에서 잠시 자리를 비운 것 같던 동원이가 점심시간 때 어두운 눈으로 우정의 샘을 향해 찾아왔다. 또 펌프 구실을 할 회목이도 올라왔다. 2-9반 급우들 영원하자. 순수한 영혼을 지닌 나의 소중한 친구들, 동원, 회목.

1981. 6. 1. 월. 맑음

시험을 마치고는 회목이와 함께 동원이 집에 놀러 가기로 되어 있었다. 그래서 어제 저녁 아니 밤에 철희한테 가서 LP를 좀 빌려왔다. 그런데 회목이는 감기가 들어 못 가겠다고 했다. 그래서 현진이, 만순이와 함께 갔다. 그런데 동원이 집에 방 도배를 하느라 전축을 모두 분리시켜 놨는데, 선을 연결하고 했으나 스피커 소리가 나질 않았다.

짜증스러운 우리의 마음을 달래주기라도 하듯이 어머니께서 토마토를 썰어 들여보내 주셨다. 매우 포근하고 인정 많은 어머니였다. 병수 양옥집에 갔을 때는 뭔가 좀 불안하고 샤프한 느낌을 받았었는데, 여기는 서민 한옥 가옥이어서 그런지 꼭 내 집 같은 포근함이 들었다.

나중에 안 되어 수리공을 불렀는데 별 것 아니고 단순한 접촉불량이라고 하여 우리는 한바탕 웃었다. 그 동안 음악에 굶주린 나였다. 만순이와 현진이는 피곤한지 한숨 자고, 나는 동원이와 열심히 음악을 들었다. 동원이도 나와 마찬가지로 이 노래들에 미쳐버렸다. 스콜피언스의 <홀리데이>, 알란 파슨즈 프로젝트의 <타임>. 저녁 때까지 잘 놀다가 집에 왔다.

1981. 6. 5. 금. 맑음

오늘은 교내 체육대회. 몹시도 더운 오후였으나 동원이가 우리 집에 놀러 왔다. 정말 푸근하고 좋은 친구다. 내가 대구 시내 친구들 집에 처음 가 본 것도 동원이 집인 것 같다. 마음의 친구를 우리 집으로 초청한 것도 동원인 것 같다. 다른 좋은 친구들도 있지만….

우선 세수를 하고, 내 방에 들어와 앨범을 뒤졌다. 우리는 사진을 보며 한참이나 웃었다. 동문장학회 문집도 보여주고, 나의 모든 것을 보여주고 싶었으나 별로 보여줄 게 없었다. 저녁때 우리는 마을 밑 고속도로 그리고 비행장까지 가면서 낙조도 바라보며, 우리 부모들의 얘기랑 이것 저것을 나누며 우정을 돈독하게 쌓았다. 밤 늦게까지 놀다가 영어테이프와 녹음테이프를 빌려갔다. 안녕. 친구야.

1981. 11. 4. 수. 맑음

점심 시간 때는 병수와 커피를 사 먹으러 가다가 도중에 앉아 있는 회목이를 보고 웃지 않을 수가 없었다. 머리를 빡빡 밀려서 그 알밤 같이 토실토실한 머리가 정말 귀엽게 보였다. 친구들과 함께 있으면 언제나 마음이 푸근해진다.

수업을 마치고는 동원이도 만나보았다. 참으로 반가워 안아주었다. 나의 듬직한 친구들. 친구들아 우리 앞으로 20일 가량만 더 참자. 그리고는 또 한번 웃음으로 우리들의 우정의 집을 엮어보자. 친구들이 열심히 하는 것을 보니, 내 마음이 뿌듯해지는 걸 숨길 수가 없다.

＊＊＊

동원이와 회목이는 군대생활도 같은 부대에서 선임 후임으로 함께했다. 정말 보통 인연이 아닌 것이다. 부대 내에서 처음 만났을 때, 얼마나 반갑고 떨리고 좋았을까? 아직도 둘이는 한잔 중 둘만의 군대 시절 소중한 추억 얘기 나눌 때가 가장 행복한 표정이 느껴진다.

그랬다. 2학년 때 만난 우리들은 3학년 때 더 친해졌고, 졸업 후 더 친해졌다. 대학시절뿐만 아니라, 배 탈 때도 내가 대구만 오면 만나고 가는 이너 서클(Inner Circle) 친구들이 되었다. 지금도 명절 등 고향을 가면, 늘 만나고 오는 평생지기 친구들이 되었다.

대학 입시를 코 앞에 둔 엄중한 시기에도 불구하고, 우리 집 가을 추수하는데 와서 일손을 거들어줬을 뿐만 아니라, 내가 승선 중 아버지께서 돌아가셨을 때도, 나는 없었지만 친구들은 그 자리에 있었다. 얼마나 위안이 되고 고마웠는지 모른다.

그래, 그 후 우리는 지금까지 늘 함께 있었다. 해양대학 축제 때도 놀러 와, 시원한 여름 바닷가에서 함께했었고, 친구들이 입영할 때도 함께했었다.

동원이 입영 전에는 대구백화점 뒤편, 당시 단골집이었던 공주식당에서 송별주로 우리가 신발에 술을 부어 함께 마시는, 치기 어린 객기도 부렸다. 또 내가 배 탈 때, 뭔가 일이 있어서 부르면 대구에서 부산 7부두까지도 바로 달려오곤 했다. 내가 결혼식 때 친구들이 팔공산 호텔까지 따라와 만취하여 첫날밤을 그냥 자기도 했다.

그렇게 우리는 모든 기쁜 일, 슬픈 일에 함께했을 뿐만 아니라, 앞으로도 영원히 함께할 것이다.

영대 토목과를 나와 아직도 건설업을 잘 경영하고 있는 동원이가 내 친구인 것이 정말 자랑스럽고, 기쁨의 원천이며, 내 삶의 축복이다.

5.

1등 친구, 도종면

종면이는 내가 고등학교를 입학하여 1등으로 사귄 친구였다. 1
학년 3반 반장이었다.

나중에 안 사실이지만 종면이는 대건고등학교 동기들 중, 1등
성적으로 입학한 친구였다. 참으로 머리도 똑똑하고, 인간적으로
도 멋진 친구였다.

우리는 운동장에서도 각종 경기를 하며 같이 잘 놀았지만, 방과
후 달밤부로 교실에 남아 공부를 함께하며 더 친해졌다. 우리는
달밤부로 남아 공부만 한 것이 아니고 다양한 주제로 토론도 가장
많이 한, 한마디로 뭔가 필(Feel)이 좀 통하는 그런 사이였다. 나
중에는 집에서 지령이 떨어졌다며 일찍 하교를 하여 혼자서 남아
공부했지만….

당시 달밤부에 병철이 친구도 있었는데, 달밤부를 하기 위해서
도시락을 두 개를 사 왔던 모양이다. 그런데 종면이가 병철이 도
시락을 다 먹어버려 병철이가 투덜대며 공부를 않고 집에 가버린

풋풋한 추억도 있다.

＊＊＊

1979. 3. 31. 토. 맑음

즐거운 주말이다. 나는 학생이다. 그래서 오늘도 도시락을 들고 공부를 해야만 한다. 교실에서 종면이와 둘이서…. 꿈 많고, 이상이 높은 고교 시절. 그래서 얘깃거리도 많다.

점심을 먹고 창문 밖을 내다보았다. 생동감이 넘치는 태양이 그 푸르고도 파릇파릇한 수풀들과 초목들을 내리 쬐고…. 그 속에 천주교 대성당이 있고 그 옆에 수녀원이 있다. 정말 한 폭의 그림 같다. 생동감, 신비감, 위대함 모든 것이 함께하였다.

이런 것을 토대로 종면이와 나는 설왕설래를 하였다. 정치, 경제, 철학, 과학 등…. 얼마나 시간이 흐르는지를 몰랐다. 정말 우리들 가슴 속 깊이 새겨진 말…. 밤을 새워서라도 하고 싶었다. 어느덧 오후 4시 30분. 집에는 아버지께서 나를 애타게 기다리신다. 그래서 여운을 남기고 발길을 집으로 돌렸다.

1979. 5. 17. 목. 맑음

어쨌든 우리들은(만순, 종면, 병철) 식당에 점심을 먹으러 갔다. 점심 식사를 한 후 병철이가 축구를 하자고 했다. 3학년과의 게임이었다. 우리 편이 졌다. 하드 내기…. 정말 재미있었다. 땀을 많이 흘리고 교실에 들어가니 매우 시원했다. 공부를 하려고 하니 종면이와 병철이가 매우 시끄럽게 굴었다. 오랫동안 얘기는 끝나지 않았다. 성이 나서 잠을 잤다. 저녁 때 일어나니 아직 얘기하고 있었다. 정말 성이 났다. 한편으로는 반성도 했다. 공부도 않고, 가사도 못 돌보고, 놀기만 했으니….

1979. 6. 5. 화. 흐림

방과 후 테니스를 치는 것이 하루 일과처럼 되어버렸다. 그러나 나는 먼 훗날을 위해 테니스 시간을 좀 줄이지 않으면 안 된다. 그래서 일찍 교실로 들어왔다. 종면이는 뒤이어 들어와 곧 소나기가 내릴 것 같으니 먼저 가겠다고 했다. 그래서 먼저 갔다.

한참 후에 병철이가 들어오더니 도시락을 꺼내서 먹으려고 하니, 밥이 없었다. 종면이가 다 먹어 버린 것이다. 병철이도 투덜투덜하면서 집으로 갔다. 혼자 남은 나는 창밖을 쳐다보니 마음이 차분히 가라 앉았다. 먼 훗날 반드시 추억에 남으리라. 지금 이 순간이….

＊＊＊

종면이 아버지는 교장 선생님이었다. 서로 친해지고 난 후 아버지에 대한 얘기를 하면서 눈물을 글썽거렸다. 나도 가슴이 찡했다. 오래 전에 서울에 살 때 종면이 부친상을 당하여 문상을 간 적이 있다. 친구 옛날 얘기도 떠올라 아버지 영정을 유심히 바라보니 정말 한 치의 흐트러짐도 없이 원칙을 지키는 선비같이 느껴지는 훌륭하신 분 같았다. 그래서 이렇게 반듯하게 국가에 봉사하는 최고의 아들을 키워 놓았구나 싶었다.

종면이가 달밤부에는 남지는 않았지만 그래도 우리는 함께 운동하고, 장미분식점에서 같이 라면을 먹고 토론하고, 전시회도 함께 어울려 다니며 1학기를 보내고, 여름방학을 맞이하였다.

* * *

1979. 6. 7. 목. 비

석양에 노을이 들 무렵 창가에 둘이 앉아서 장황한 하늘과 우람한 수풀을 바라보며 나누는 끝없는 대화…. 아무 꾸밈이 없는 순수한 대화…. 사회, 과학, 철학 이것들이 모두 얘기의 대상이다.

그러나 오늘 종면이가 하는 말 영원히 잊을 수 없을 것 같다. 자기 아버지께서 교장선생님인데, 얼마 전의 아버지 퇴임 얘기를 하면서 종면이 눈에서 눈물이 나올 듯하였다. 정말 진솔한 친구다. 2학년으로 진학하면 한 반이 될지 갈릴지…. 먼 훗날 반드시 오늘 이 순간의 일들을 더듬어 보리라.

1979. 7. 11. 수. 맑음

요사이 종면이와 친구들이 야간교실에 들르지 않고 그냥 집으로 간 지가 벌써 오래된 것 같다. 같이 있을 때는 공부는 좀 덜 되었지만 그러나 뭔가 재미는 있었다. 어제까지 혼자였다. 쓸쓸하다. 그러나 내일이 있는 이상 이 무서운 고독들을 물리칠 수 있다. 오늘 종면이와 저녁을 같이 했다. 음식점에서 매우 반가웠다. 라면 한 개지만 그 속에 들어 있는 우리의 우정을….

1979. 7. 14. 토. 맑음

오늘 만순이와 종면이와 대구시민회관에 제6회 경북 도내 미술전람회를 구경가기로 했다. 수업을 마치자 우리들은 장미분식점에서 점심을 먹고, 시민회관까지 가는 도중에 사진 전시장에 들어가 구경을 했다. 시민회관에는 학생들이 아주 많았다. 복잡하고 땀이 쫄쫄 흐르는 중에서도 구경을 모두 마쳤다. 100원 가치는 된 것 같다. 전시장에서 종면이와 내 비판 사이에 약간의 대립이 있는 듯하다. 개성이 다르니까? 조금만 더 참을 걸….

1979. 7. 21. 토. 흐림

방학! 옛날의 방학과는 좀 다르지만 그래도 친구들은 괴성을 지르며 교실을 떠난다. 정다운 친구들. 종면, 만순이와 함께 어떤 감정이었는지는 몰라도 교실에서 고함을 지르며 노래를 불렀다. 학생과장 선생님께서 뛰어올라와 눈을 부릅떴다. 또 따귀가 올라가겠군 하고 생각했으나, 선생님께서도 오늘만은 용서를 해 주셨다. 살았다.

교장 선생님께서 바뀐 일 또한 기억할 만하다. 우승컵을 하나 사기 위해 철희와 만나기로 했는데, 종면, 만순이와 영화를 보느라 약속을 어겼던 일, 북부정류장으로 차 시간을 보러 간 일 등. 즐거운 하루였다.

*＊＊

　우리는 1학년 여름방학 때 학원도 같이 다녔던 모양이다. 학원을 갔다 오면서 떨어지는 비를 함께 맞으며 걸어오다니….

　종면이는 담담하고도, 담대한 성품이 있었다. 그래서 그럴까? 현재 몸담고 있는 직장도 그의 성품에 어울리는 일 같다. 친구의 그 독특한 성품이 배어나는 특유의 인상파 후기의 얼굴이 지금 이 순간에도 눈에 선하다.

　종면이는 나를 어떻게 생각했는지 모르겠지만, 내가 친구를 많이 좋아했다. 그래서 그런지, 하여튼 2학기 때에는 종면이와의 사이에 뭔가 모르게 거리감이 좀 느껴졌다. 우리는, 아니 적어도 나는 그 거리감을 줄이기 위해 고민하고 노력했다. 그래서 조금씩 나아졌다.

*＊＊

1979. 8. 3. 금. 비

　학원을 마치고 학교로 가고 있으니까 소낙비가 검은 구름으로부터 앞을 분간할 수 없이 내렸다. 모두들 소낙비를 피하느라고 허둥지둥하였다. 그러나 종면이와 나는 비를 맞고 싶어 마냥 그대로 걸었다. 정말 속이 후련했다. 한여름의 더위를 말끔히 씻어주는 듯했다. 빗속을 둘이서, 다정한 연인은 아니지만 다정한 친구, 영원한 친구와 함께…. 빗 속에 김같이 피어나는 우리의 우정….

1979. 9. 14. 금. 비

학창시절에는 특히 친구 사귀는 데 주의해야 한다고 들었다. 어떻게 사귀는 게 올바르게 사귀는 것일까? 정말 판단하기 어렵다. 그러나 단한가지 성실히 사귀어야 한다는 것이다. 종면, 만순 둘 다 나에게는 더없이 좋은 친구다. 그러나 이상하다. 무엇인가 잘못되는 것 같다. 그 원인은 나에게 있는 것 같다.

요즘 종면이, 만순이와 같이 있을 때는 종면이와는 별로 얘기하질 않고, 만순이와 얘기를 많이 나눈다. 무슨 마음일까? 그러나 헤어지고 나면 종면이를 그리워한다. 마음을 잘 챙기고, 다시 우정을 꽃 피워야 되겠다.

1979. 9. 18. 화. 맑음

종면아 왜 둘의 사이가 요즘 서먹서먹하지? 글쎄… 내가 생각하기에는 내가 너를 너무 좋아했고, 그러나 너는 나를 내가 좋아하는 것만큼 좋아하지는 않은 것 같아. 또 둘 사이에 뭔가 잡것들이 많이 첨가된 것 같아.

난 내 주위에서 멀어져 가는 친구들을 붙들어 두고 싶다. 특히, 종면이를. 너와 나의 대화는 한없이 어둠을 파고 성모당 숲으로 날아갔다. 지금 다시 둘의 사이가 가까워지도록 노력하고 있다. 둘 다 이대로 가면 점점 사이가 가까워지겠지? 종면아, 앞으로 우정을 다시 꽃 피우자.

1979. 10. 17. 수. 맑음

종면이와의 관계는 다시 꼭꼭 다져지는 것 같다. 좀 더 성(誠)과 경(敬)으로 친구를 사귀어야 되겠다.

＊＊＊

그런 노력 끝에 종면이와의 사이에 존재하던 거리감은 사라지고, 다시 예전처럼 친하게 지내게 되었다. 될성부른 나무는 떡잎부터 알아본다는 말이 있듯이, 내가 보기에 종면이는 확실히 비범한 면이 많았다. 그래서 내 일기장 곳곳에 등장하는 종면이는 분명이 크게 될 것이라고 적혀 있다.

나의 그 예감처럼 현재 종면이는 공직에 몸담아 한평생 국가를 위해 봉사하는 큰 일을 하고 있다. 그런 나의 친구 종면이가 자랑스럽다.

＊＊＊

1979. 10. 19. 금. 맑음

종면, 정말 놀라운 친구다. 용대가 여자 친구를 소개를 시켜줬는데도 만나지 않은 것이다. 용대가 얼마나 미안할까? 나였다면 만나지 않았을까? 여자의 성의를 그렇게 무시할 수는 없을 것이야. 종면이는 틀림없이 크게, 훌륭하게 될 것이라고 믿는다. 우리는 저녁을 먹고 교실로 들어와 창문 가에 앉아 시간 가는 줄 모르고 얘기했다. 곧 만순이도 들어왔다. 부산에 계엄선포가 내려졌다는 것이다.

1979. 10. 23. 화. 맑음

모두들 말한다. 학창시절에 실장, 부실장을 통해 리더십을 기르는 게 중요하다고. 하지만 나는 이걸 꼭 그렇게 하고 싶지는 않았다. 중학교 때도 해봤으니까. 그러나 종면이가 그만두고 난 후부터 급우들이 모두 나를 선출해, 나는 뜻밖에도 2학기 실장을 맡게 되었다.

집에 갈 때 종면, 석윤, 영찬이와 남아서 여러 가지 얘기를 밤 9시까지 나눴다. 조용한 가운데 정말 흥미롭고도 진지했다. 정말 좋은 급우들이다. 밤 늦게까지 얘기를 나누고 나니, 체육시간에 단체 벌받아 무거웠던 내 마음이 한결 가벼웠다. 모두들 돌아가고, 하교를 하는 사람들 중 내가 맨 마지막이지 싶었다. 노래를 부르며 하교했다.

1980. 2. 8. 금. 맑음

종면, 앞으로는 너와 자주 만날 기회가 없을 것 같고, 우리들의 우정도 영원히 간직할 수는 없을 것 같구나. 그러나 난 믿어. 넌 꼭 성공할 거야. 크게 될 친구야. 성공을 빌겠다.

1980. 2. 9. 토. 맑음

오늘은 시험의 마지막 날이라 2교시 밖에 하지 않았다. 시험을 잘 쳤든, 못 쳤든 하여튼 기쁘다. 또 방과 후 문화교실이 있었다. 망경관 극장 <Out Law>. 만순이와 가기로 되어 있었다. 창문에 종면이가 걸터앉아 있었다. 같이 가지 않겠느냐고 하니까 가자고 해서 같이 갔다. 같이 걸으면서 종면이는 오랫동안 우정을 나눌 수 있는 친구이자 뭔가 큰 일을 할 친구라고 느껴졌다.

영화 관람을 마치고 종면이가 분식점으로 데리고 가 한 턱 쐈다. 시계를 보니 4시 30분. 아버지도 누나도 모두 외갓집 잔치에 간다고 집에 아무도 없어 소여물 할 사람이 없는데…. 종면이와 헤어져 만순이와 같이 집에 왔다. 서둘렀다. 그리고는 모든 일을 끝냈다. 은주, 순태 누나도 오고 철희도 와서 핑퐁 놀이를 하면서 늦게까지 놀았다.

＊＊＊

2학년이 될 때 종면이는 문과로 가고, 나는 이과로 가서 어쩔 수 없이 헤어지게 되었다. 나는 종면이를 참 많이 좋아했지만, 우리들의 사귐은 더 깊어지질 못 했다. 하지만 우리는 어디서든 만나기만 하면 매우 반가워했으며, 함께 운동도 하고, 장미분식점에서 같이 음식도 먹고, 또 말이 통하는 사이였기에 어떤 주제에 대해 깊은 토론을 하기도 했다.

2학년 여름방학을 앞두고 종면이가 이번이 아니면 때가 없다면서 남해 상주해수욕장으로 캠핑을 가자고 제의했다. 반도, 과도 다른 나에게 그런 제안을 했다는 것은 그만큼 우리 사이가 남달랐다는 증거가 되기도 하여 기뻤지만, 나는 갈 수가 없었다. 왜냐하면 몇 만원이나 되는 경비를 낼 수가 없었기 때문이다.

나는 방학이 끝난 후뿐만 아니라 그 후에도 그 캠핑을 잘 다녀왔는지에 대해 한 번도 물어보질 않았다. 그리고 3학년을 맞았다.

* * *

1980. 5. 23. 금. 맑음

내일만 시험을 치면 중간고사도 끝난다. 점심을 먹고 한숨 푹 자고 일어나서 국토지리를 떼니 저녁때가 되어 라면 먹으로 장미분식으로 갔더니, 거기서 종면이를 만났다. 오랜만이었다. 라면과 빵 값을 종면이가 내고 나와서 운동장가의 스탠드에 앉아, 우리는 달무리진 밤하늘과 야광으로 빛나는 대구 시내를 바라보며, 인생에 대해서도, 우주에 대해서도 얘기를 나눴다. 시간이 되어 종면이는 학원으로 가고, 난 교실로 들어와 공부하다가 밤 10시 넘어서 교문을 나왔다. 집에 오니 아버지께서 매우 힘들고 피곤해 보였다.

1980. 7. 21. 월. 비

시원하게 퍼부은 한 여름철의 소나기. 온도계가 35도를 오르내리므로 도저히 수업이 되질 않아 오전 수업만 하고 종례를 했다. 본관 건물 앞에서 종면이와 만나 이번 여름 방학 때가 아니면 기회가 없다며 캠핑을 가자고 해서, 내일 다시 만나 얘기하기로 했다.

폭염 속에서 도저히 학교를 나갈 용기가 서지 않아 교실에서 그냥 남아 창수와 얘기를 나눴다. 거짓이 없는 친구다. 갑자기 천둥과 번개가 치더니 주위가 어두컴컴해지고 소나기가 쫙 쏟아졌다. 정말 시원했다. 창문을 넘고 들어오는 빗방울들이….

1981. 6. 12. 금. 맑음

오늘은 6교시 수업 후 청소를 마치고 회목이 자취방으로 가는 도중에 종면이를 오랜만에 만났다. 더욱더 지혜롭고 생기가 나는 것 같았다. 건강한 웃음을 대하니 무척 반가웠다. 우리들은 작년 동문장학회 동문전 할 때 만났던 숙자 친구들에 대해 얘기를 나눴다. 종면이는 성희에게 끌렸던 모양이다. 소개를 해달라고 하여, 노력해 보겠다고 했다. 고등학교 들어와 처음으로 깊이 사귄 소중한 친구. 우리는 우정의 미소를 띄우며 헤어졌다.

＊＊＊

고등학교를 졸업 후 종면이는 내 시야에서 완전히 멀어졌다. 친구들을 통해 가끔씩 들려오는 종면이에 대한 소식만으로 만족해야 했다.

내가 서울로 이사 온 몇 년 후 병수와 함께 한 번 만나긴 했지만, 만남이 계속 이어지진 못 했다. 그리고는 지천명의 안정된 나이가 되어 종면이가 춘천에서 근무할 때 만나 한잔 후 하룻밤 회포를 푼 적이 있다. 졸업 후 거의 35년 정도 흐른 시점이었다. 만날 약속 후 기다리는 나의 마음은 얼마나 들떴는지 모른다.

그런데 그때서야 처음으로 물어봐 35년 만에 풀린 비밀 아닌 비밀이 하나 있다. 고등학교 2학년 여름방학 때 상주로 캠핑을 잘 갔다 왔었는지에 대해 조심스레 물었다. 의외의 반응이 돌아왔다. 종면이는 거기에 대해 잘 기억도 못 하고 있었으며, 그런 얘기가 있었다 하더라도 아마도 네가 빠지게 되어 못 갔던 것 같다고 했다. 갔다 왔더라면 고교 시절 분명한 추억으로 기억할 텐데, 상주 해수욕장 캠핑 추억이 없다는 것이었다. 아~ 그때 나만 돈이 없어 못 간 줄로 그 동안 알았는데….

그 후 종면이가 강릉으로 근무처를 옮겨 최근에 또 만나 하룻밤 회포를 풀고 온 적이 있다. 강릉이 횡성과도 가까워 너무 좋았다. 자주 만나자고 약속도 했다.

춘천과 강릉에서 각각의 하룻밤 동안, 우리는 자정 넘어까지 수십 년 간격을 메우기라도 할 듯이 많은 대화를 나누며, 서로에 대해 더 잘 알게 되었다. 또 다시 고교 시절 친구로서 친해졌다. 그리고 나의 느낌은 학창시절과 꼭 같았다. 똑똑하고 정도 많은 것이 역시 1등 친구, 종면이었다.

6.
시인 친구, 오석륜

고교일기를 바탕으로 한 내 인생의 자전 수필을 남기는 데, 꼭 남기고 싶은 친구가 있다. 바로 시인 친구, 오석륜이다.

그의 고교 시절 이름은 오석윤이다. 그의 말에 따르면, 2009년 무렵, 호적등본을 발급받는 과정에서, 자신의 이름이 호적에는 '석윤'이 아니라 '석륜'으로 되어 있었다는 것. 한자는 오석륜(吳錫崙) 똑같은데, 끝 글자가 '윤'이 아니라 '륜'으로 표기되어 있었다고 한다. 행정안전부의 지침에 따라 그렇게 바뀌었으니, 바꾸라고 했다는 얘기를 들었다.

그래서 나도 앞으로 '석륜'으로 부르기로 한다. 다만, 일기장에 등장하는 '석윤'은 그냥 그대로 표기한다.

내가 고교 시절 일기장에 장래에 꼭 성공할 것이라고 여러 번 적어 놓은 두 친구가 있었다. 바로 도종면과 오석륜이다. 현재 종면이는 공직에 몸담아 국가를 안전하게 지키는 데 헌신하고 있으며, 석륜이는 대학교수이면서 시인, 수필가, 칼럼니스트로 사람 사는 사회를 아름답게 물들이기 위해 눈부시게 활약 중이다.

내 일기에 적어 놓은 대로 두 친구 모두 남들이 인정하는 훌륭한 사람들이 되어 우리 사회를 튼튼하고 밝게 만드는 데 크게 기여하고 있다. 모두 고교 1학년 때 한 반으로 가깝게 지낸 벗들이다.

종면이는 고등학교 입학할 때부터 가장 가깝게 지낸 친구인데 비해, 석륜이는 학기 초에는 나와 어떤 사이였는지 오래되어 기억도 희미하고 일기에도 기록이 없다. 왜 그런지 알 길도 없다. 아마도 우리의 삶 전체가 이러할 수 있을 것이다. 오래되면 기억할 수조차 없다. 그래서 피터 드러커(Peter Drucker, 1909~2005)는 "기억에 의존하기 보다는 기록해 의존해야 한다"고 했을 것이다.

아마도 석륜이는 키가 작아서 앞쪽에 있었고, 나는 키가 큰 편이라 뒤쪽에 있어서 서로 잘 몰랐거나 아주 가깝지는 않았을 수도 있다. 석륜이에 대한 첫 기록은 1979년 7월 1일 일요일의 일기부터 등장한다.

* * *

1979. 7. 1. 일. 맑음

오늘 내게도 좋은 일들이 많았던 것 같다. 학교서 석윤이와 시에 대한 여러 얘기를 많이 나눴다. 언젠가 나도 시를 써서 문집을 만들어 추억으로 남길 거다. 뭔가 익혀 가지고….

개골개골 소리 들으며 희망찬 아니 은은한 느낌으로 집에 오니, 누나들이 집에 와 있지 않은가! 얼마나 고마운가! 정말 잊지 않을 거다. 시간이 늦어서 누나들을 바래다주고 내려오면서 철희와 많은 얘기들을 나눴다. 너무 늦어서 헤어졌지만….

1979. 7. 16. 월. 비

오후 늦은 시각부터 비가 내리기 시작했다. 종면, 석윤이 그리고 나와의 대화. 석윤이는 장차 시인이 될 것이다. 분명히. 석윤이도 나와 같은 인생의 고락을 너무 일찍 본 사람들 중의 하나다. 태동기에 들어가서 시에 굉장히 뛰어나다. 말도 잘한다. 같이 얘기를 해보니, 역시 시인과는 언어의 품격이 달랐다.

진지하게 얘기하는 사람과 진지하게 듣는 사람의 눈망울이 빛났다. 석윤이는 우리에게 작별인사를 하고 학원으로 향했다. 남은 우리들은 서녘 하늘의 황혼만 바라볼 뿐….

1979. 10. 15. 월. 맑음

모두들 집으로 돌아간 후 석윤이와 시와 시인에 대해서 많은 얘기를 나누다가 시간표를 보려고 석윤이의 수첩을 보니 "순결은 희기에 때묻기 쉽고, 사랑은 핑크색이기에 변하기 쉽고, 우정은 무색이므로 영원하

240

리"라고 적혀 있다.

1979. 11. 4. 일. 맑음

9시 정도가 되어 학교를 가니 만순이는 아직 오질 않았다. 조금 있으니까 만순이가 와서 둘이는 시간 가는 줄 모르고 공부했다. 점심 때가 다 되어서 석윤이가 왔고, 좀 지나서 종면이가 왔다. 그런데 둘이는 공부는 하지 않고 석윤이는 밖에 나가 친구와 얘기만 하고, 종면이는 걸상을 깔아 놓고 잠만 잤다. 공부가 되질 않는 모양이었다.

열심히 하긴 했으나 진도가 잘 나가지 않아 오후 3시쯤 점심을 청하고, 계속 쉬지 않고 했으나 예상대로 마칠 수가 없었다. 집에서는 은주 누나가 내려와 기다리겠지 싶은 생각이 머리에 떠올라, 땅거미를 등에 지고 집으로 발길을 돌렸다. 집에 오니 날이 저물었다.

1979. 12. 15. 토. 맑음

오늘 방학을 하기에 3교시를 마치고 종업식을 했다. 교장 선생님께서 이번 겨울방학이 아주 중요하다는 말씀을 하셨고, 방송 종례가 끝나자 담임선생님의 지도가 있었다. 담임선생님께서 말씀을 끝맺자, 우리는 정성껏 준비한 선물을 선생님께 드렸다. 특히, 석윤이가 선생님께 띄우는 시 한 수를 지어와 앞에 나가서 읊으니 친구들은 폭소가 터졌다.

＊＊＊

석류이와 나는 1학년 때부터 일요일에도 학교에 공부하러 자주 나오곤 했다. 그리고 석류이가 공부하는 모습은 많이 보지는 못했지만, 만나면 시에 대한 얘기를 열정적으로 많이 했다.

석류이는 말을 참 잘했다. 말의 품격이 다르다고 당시에도 느꼈고, 지금도 느끼고 있다. 그런 말의 품격은 내면의 성품에서 우러나온다고 생각한다. 시어들만 잘 다듬는다고 해서 되는 것이 아니라, 사람과 삶에 대한 깊은 통찰과 따스한 시선, 그리고 연민과 공감능력 등이 바탕에 깔려 있기 때문에 가능한 것 같다.

그리고 유머감각도 뛰어났다. 선생님께 바치는 시 한 수에 반 친구들이 폭소를 터뜨렸던 일기를 보면 그 시절에도 이미 탁월했던 것을 알 수 있다.

1학년 긴 겨울방학에 들어가면서, 한 반 친구로 정들고 가까웠던 석류이와의 만남도 다른 차원으로 넘어간다. 종면이처럼 석류이도 문과로 갔다. 나는 이과로 갔기에 자주 만날 수는 없었다. 그래서 2학년 때는 석류이 시화전을 찾아 다니면서 가끔 만나 대화를 나누는 정도가 전부였다.

그런데 석류이와 특별한 관계로 전환되는 계기가 마련되는데, 그것은 바로 내가 회장으로 있던 동문장학회 시화전 때문이었다. 시화전의 시들을 석류이가 모두 감수해 주기로 한 것이었다. 얼마나 고마웠는지 모른다. 친구의 그런 실질적 도움 덕분에 시화전을 잘 마칠 수 있었다. 그 후로 지금까지도 석류이는 내 마음 속에 특별한 존재로 자리잡고 있다.

* * *

1979. 12. 18. 화. 맑음

오늘부터 이제 본격적으로 방학에 들어 간다. 그 동안 정다웠던 친구들도 오늘로써 마지막인 셈이다. 방학을 마치고도 얼마간 기간이 있긴 하지만…. 현관을 나오면서 석윤이와 악수를 했다. 그렇게 가깝게 함께 돌아다니진 않았지만, 그 동안 정들었던 친구다. 석윤이는 정말 좋은 친구다. 석윤이는 장래 분명히 시인이 될 거다. 나는 확신한다. 그 자그마한 체구에 안경을 걸친 스타일도 시인이다. 석윤아 안녕.

1980. 8. 30. 토. 비

만순이와 헤어져 나는 석윤이가 있는 태동기 시화전에 갔다. 시내 YMCA에서 열렸다. 오늘이 마지막 날이었다. 저번에 석윤한테 너무 미안한 마음도 있어서 꼭 가야만 했다. 모두, 아니 대부분 어렵지만, 훌륭한 시들 같았다.

석윤이는 없었다. 모두 감상한 후에 병철이한테 석윤이 오면 다녀갔다고 전해 달라고 하고는 밖으로 나왔다. 매우 답답한 복도였다. 비가 내리는 시내 거리. 참으로 즐거운 주말이다.

1980. 9. 16. 화. 맑음

오늘은 우리 학교 34회 개교 기념일이다. 교실에 들어와서는 학교서 준 빵을 받아먹고, 오전을 마쳤다. 만순이와 교실을 나와 대건종합전에 가서 석윤이 작품을 보았다. <낚시> 그것도 밤낚시였다. 석윤이와 오랫동안 얘기를 나눴다. 정말 훌륭하고 학생다운 멋진 작품이었다. 만순이와 우리들 장래 문제를 비롯해 이런저런 얘기를 나누며 달성공원에 갔다. 사실은 오늘 문화교실이 있는데, 달성공원에 가서 테니스를 치자고 한 것이다.

1980. 10. 28. 화. 맑음

내일 모레 베어 놓은 나락을 걷어야 하는데, 일손이 없어서 이모한테 부탁을 하려고 이모 집에 들러서 밤 늦게까지 놀다가 왔다. 순선 누나도 나에게 참 잘 해준다. 평시에는 못 느끼던 가정이라는 그런 느낌이 온 몸을 휩싸고 돌았다. 더군다나 집에 들어섰을 때 아버지께서 누워 계신 걸 보고는. 집안 일도 그렇고, 동문장학회 일도 그렇고, 정말 걱정이다. 시화전 하는 데는 석윤이가 힘을 써 주기로 했다. 고맙고 영원한 친구다. 같이 시내 나갔다.

1980. 11. 4. 화. 맑음

오석윤. 정말 멋진 친구다. 자그마한 체구에 너는 마치 작은 별같이 느껴지는구나. 분명 추억에 남을 친구다. 나의 학창시절에. 나도 시에 대해서는 너의 발뒤꿈치만큼도 못 따라 가겠지만, 남부럽지 않은 진정한 친구가 되어줄 거다.

이번 동문장학회 동문전을 하는 데 있어서 시화전은 석윤이가 많이 돌봐 준다. 고맙다. 석윤이의 그 짤막짤막한 재치 넘치는 평. 반 친구들은 그가 시인이 되기 보다는 시 비평가가 되는 게 더 낫겠다고 했다. 내가 보기에도 시에 대한 평을 그렇게 잘할 수가 없다.

내 주위에 석윤이와 같은 친구가 있다는 게 무척이나 자랑스럽다. 음악에는 철희가, 운동에는 만순이가, 그리고 시에는 석윤이가 그리고 종면, 형도 등. 정말 좋은 친구들이다.

＊＊＊

그 후 3학년 때는 석륜이가 일기에도 거의 나타나질 않았다. 실제로 본 적도 없는 것 같다.

나중에 안 사실이지만, 석륜이는 3학년 때 정말 어려운 시기를 보냈다. 나와 마찬가지로 어머니가 일찍 돌아가시고, 아버지의 사업 실패로, 가정 형편이 아주 어려워져 학교에 내야 할 공납금도 제대로 낼 수 없는 처지였다. 설상가상으로 석륜이가 폐결핵까지 앓게 되어 학교를 그만둘 처지에 놓여 있었다.

하지만 가톨릭 재단인 대건고등학교에서 공납금을 내지 않고도 학교를 졸업할 수 있게 특별히 선처를 해주었다. 그 당시로서는 학비를 안 내고 다닌다는 것은 상상도 할 수 없는 시절이었다. 그렇게 겨우 학교를 졸업할 수 있었던 것은, 그런 사연이 있었다.

폐결핵보다는 가난이 더 싫었다는 친구는 고등학교를 졸업하자마자 아버지를 설득하여 먹고 살기 유리하다고 판단한 서울로 가족 전체가 이사를 했다. 대학은 동국대학교 일어일문학과로 진학했다.

이러한 그의 삶의 기록은 최근 그가 펴낸『진심의 꽃 -돌아보니 가난도 아름다운 동행이었네』(역락, 2021)에 잘 나타나 있다.

그 후 장남이었던 친구는 병든 아버지와 어린 동생의 생계를 책임지기 위하여, 학업의 끈을 놓지 않으면서, 피눈물 나는 고생을 한 끝에 지금은 문학박사가 되었다. 인덕대학교 교수로 재직 중일 뿐만 아니라, 시인, 수필가, 번역가 그리고 칼럼니스트 등, 인문학 분야에서 눈부시게 맹활약 중이다.

그리고 나도 서울로 이사를 간 후 불혹의 나이에 전업하여, 기업 교육 전문강사로 또 대학교 겸임교수로 활동하며, 서울에서 또 횡성에서 석류이를 만났다. 참으로 감회가 새로웠다.

둘은 역시 통하는 부분이 참 많았다. 그리고 수시로 통화하며, 삶의 동반자이자 친구로서 따뜻하게 서로를 지지하고, 격려한다. 또한 필요시 서로 도움을 주고받으며, 잘 지내고 있다.

끝으로 친구의 그 가난하고 어려웠던 시절을 너무나 잘 표현한 한 편의 시를 소개하며 마무리할까 한다.

낙동강

-오석륜

아무것도 가진 거 없는 사람들이 벌어먹고 사는 데는

서울만 한 곳이 없다는 소문만 믿고 짐을 챙겼다.

그 위안을 별처럼 촘촘하게 새긴 가방 하나만 들고

낙동강을 나서는데

곱은 손 펼치며 몇 개의 추억과 몇 개의 된바람을 쥐어주던 억
새들

수도승처럼 서서 나를 조금씩 밀어내고 있었다.

겨울 안개는 내가 품고 있던 위안을 덮혀 주려고

강가 쪽에서 몰려왔지만

그 속을 비집고 들어가 안개 목욕을 마친 겨울새 한 마리는

완치되지 않은 폐결핵 환자처럼

여전히 낯선 기침으로 쿨럭거렸다.

울음처럼 뱉어낸 객담 한 웅큼을 된바람이 풀어헤치고 있었다.

더 이상 가난과 병을 갖고 돌아와서는 안 된다며

어떻게든 서울 가면 성공하고 편지도 꼬박꼬박 써달라고 떼를
쓰던

낙동강의 길고 긴 포물선

그림자처럼 따라오며 허공으로 퍼져가고 있었고

그렇게 허공에 펼쳐진 길을 촉촉이 밝히려고

동대구발 서울행 야간열차가 기적을 울리고 있었다.

여비 한 푼, 학비 한 품 보태주지 못 했다며 한없이 흐느끼던

누님 같던 낙동강의 물결이

한강까지 동행하며 거슬러 올라오는 동안

뜬눈으로 밤을 새운 차디찬 달빛은

자꾸만 내 손바닥으로 흘러와 짙은 손금 하나 새겨주고 있었다.

-시집『파문의 그늘』(시인동네, 2018)

참, 오석륜 시인을 잉태했던 대건고등학교 문예반원의 모임인 '태동기문학회'는 고교 시절, 전국 문학 관련 대회에 나가면 상을 휩쓸어오곤 했다. 태동기문학회 출신의 선배 유명 문인으로는 서정윤, 박덕규, 하응백, 안도현, 이정하 등이 있다.

그런데 나는 시인 친구인 오석륜의 시를 가장 좋아한다. 어렵지 않으면서도 서정적인 오 시인의 시를 읽고 있으면, 정말 행복해진다. 사람과 삶에 대한 따뜻한 시선과 연민 그리고 공감능력이 정말 피부로, 가슴으로 완전 느껴진다.

시인 오석륜이 내 친구라서 참으로 자랑스럽고, 고맙고, 또 좋다. 나의 멋진 시인 친구로 인해 세상은 더욱 붉게, 또 아름답게 물들 것이다.

7.
아주 특별한 우정, 'J'(전)

1979. 4. 2. 월. 비

오늘은 도서관에 들어가지 않고 곧바로 집으로 향했다. 만순이와 같이…. 등교할 때 만순이로부터 'J'가 '포도회' 회의 때 참석했었다는 얘기를 들었다. 그 말을 듣고 나는 마냥 얼떨떨했다. 'J'는 우리 '동문장학회' 회원이다. 그런데 어떻게 '포도회'에 갈 수 있느냐는 것이다. 믿을 수가 없었다.

* * *

지천명(知天命)을 넘어 귀가 순해지는 이순(耳順)을 바라보는 나이에, 40년이 지난 추억을 회상해보는 것도 소소한 행복이 된다. 그것도 나의 푸른 학창시절 사랑이라는 두 글자를 썼다가, 지웠다가 한 추억이라면 더욱더….

오래 되어 'J'가 포도회 이전에 동문장학회 회원이 먼저 되었구나 하는 사실도 일기를 보고 처음 알게 된다. 아마도 동문장학회 부회장이던 숙자의 친한 친구였기에 함께 왔을 수도 있었겠다는 생각은 든다.

그런데 그 후 내가 어떻게 'J'를 좋아하고, 그리워하게 되었는지는 잘 모르겠다. 첫 만남에 서로 끌렸는지 아니면 누가 먼저 다가갔는지도…. 사랑은 원래 그런 것일까? 하여튼 'J'는 초등학교 동기였지만, 그전에는 잘 몰랐던 것 같다.

***

1979. 8. 21. 화. 맑음

가을의 온갖 은은한 냄새와 네가 내 앞에서 어른거리는구나. 이번 주 토요일이면 만난다. 왜 이렇게 오늘따라 시간이 아니 갈까? 아직도 화요일이라니…. 가을이 짙어 가면 갈수록, 'J'에 대한 나의 그리움은 깊어만 간다.

1979. 8. 26. 일. 비

오늘도 장마전선의 영향을 받아 처량한 비가 하염없이 떨어진다. 오늘은 'J'를 꼭 만나보려고, 벌써 안 본 지가 꽤 오래되어서 만날지 못 만날지는 몰라도 그래도 발길이 탁구장으로 옮겨졌다. 철희와 둘이서…. 'J' 집이 탁구장 곁에 있기 때문에 혹시나 해서…. 그러나 하염없이 비만 주룩주룩 내리고, 보고 싶은 친구는 만나지 못 했다.

1979. 9. 2. 일. 맑음

동문장학회 월례회를 마치고 'J'와 8시까지 달성중학교 앞에서 만나기로 했다. 그런데 숙자와 같이 나왔다. 'J'는 미안한 표정이었다. 할 말을 다하지 못 하고…. 집에 은주 누나가 기다리고 있기 때문에 9시 경에 일찍 들어왔다.

1979. 9. 3. 월. 비

어제 집회의 회의도 잘 안 되고, 'J'와 만나 둘이서만 얘기도 못 하고 해서 기분이 우울한데, 아침에는 비가 한줄기 쫙 퍼부었다. 우울한 마음을 확 씻어주는 것 같기도 했으나, 'J'에 대한 나의 그리움과 회에 대한 근심은 머리 속에 꽉 차 있었다.

공부는 하지 않고 창 밖의 빗줄기만 눈에 선하였다. 그래서 하얀 백지 위에 낙서를 시작했다. 그러다 보니 시가 한 수 지어졌다. 처음으로 지어보는 시다. 정말 기뻤다.

비

보슬보슬
흩날리는 보슬비 속에
연인들의 그리움이 움튼다

다롱다롱

맺힌 물방울 속에

사랑의 기쁨이 어린다

떨어지는

저 물방울 속에

이별의 아픔이 고인다

***

어떻게 그렇게 짧은 시간에 보고 싶고 그리워하게 되었을까? 기억도, 기록도 부족하니 제대로 알 길이 없다. 당시는 어떻게 서로 연락을 취했을까? 당연히 핸드폰은 없었고, 또 가난한 시절이라 집전화도 없었다. 연락을 하기 위해서는 직접 찾아가거나, 편지를 하거나, 아니면 가까운 다른 사람에게 대신 부탁하는 방법밖에 없었다.

그러다 보니 편지를 보내 일방적으로 약속을 해놓고, 나가서 기다렸다가 못 만난 경우도 있었다. 그러다 보니 그리움과 동시에 오해와 안타까움도 함께 쌓여갔다.

***

1979. 11. 17. 토. 맑음

아침에 아버지 심부름 후 구남여상 앞에서 버스를 탔다. 아~ 그런데 그 속에 'J'가 타고 있었다. 'J'도 언뜻 보았다. 복잡하고, 거리가 멀기에 말은 하지 못했다. 'J'도 편지를 받았다면 화원동산 앞으로 나오겠지 하고 어색한 얼굴로 집에 도착했다.

시계를 차지 않은 나는 몇 시쯤 되었는지는 몰라도 집에서 약 오후 3시 10분 전쯤 나왔으니 알맞으리라 생각했다. 한참 동안 기다려도 오질 않았다. 매우 심심하고 날씨도 춥기에 나룻배를 타고 저 강 건너를 가는 사람과 배를 한참 동안 지켜보았다. 웬 청년에게 시간을 물으니, 3시 45분이었다. 몇 번 더 왔다 갔다 하다가 그냥 차를 타 버렸다. 차가 출발하니, 31번 버스가 연이어 들어왔다. 거기에 탔을까 하는 느낌이 들었다. 그러나 다시 내려서 갈 생각은 없었다. 마냥 외로웠다.

1979. 12. 1. 토. 맑음

차를 타고 집으로 가니 날이 어두웠다. 군청에서 누군가 차를 타는데 얼핏 보니 'J'가 아닌가? 'J'도 나를 얼핏 보았을 것이다. 그런데 본체만체 앞으로 가 서지 않는가? 결국 차창만 바라보고, 아무 말도 못 했다. 'J'가 변한 게 아닐까? 온갖 생각들이 머리를 스쳤다.

1979. 12. 28. 금. 맑음

'J', 네가 보내준 편지는 나의 크리스마스 선물로 더없이 고귀한 것이 되었어. 그러나 둘 사이에는 오해를 하고 있는 점이 많은 것 같아. 직접 만나서 확인을 받기 전에는 내 마음 역시 흔들릴 것 같다. 한번 만나리라. 언젠가는. '넌 절대 변할 수 없어.' 이렇게 외치고 싶지만, 자꾸만 딴데로 신경이 쓰이려 하는구나. 'J', 안녕.

1980. 1. 5. 토. 맑음

오늘 오전 10시부터 월배읍 새마을청소년회 연시 총회가 우리 마을 회관에서 있으니, 꼭 나와 달라고 했다. 오후 2시에 'J'와 약속도 있고 하니, 회의를 마치고 곧바로 약속 장소로 가면 되겠구나 싶어, 집안 청소를 해놓고 11시경까지 회관 앞에 갔는데, 아직 준비가 되어 있질 않았다. 회의는 오후 1시 30분 경부터 시작되었다. 늦어도 여기서 15분 전에는 출발해야만 했다. 그러나 참석관의 격려사가 너무 길어 나갈 수가 없었다. 정말 애간장이 다 탔다. 할 수 없었다. 성근에게 미안하다고 전해 달라고 해놓고는 뛰쳐나갔다.

그때가 2시. 공굴까지 뛰어갔으나 31번 버스를 놓치고 말았다. 다음 차를 기다리느라 또 7분경을 허비. 이리하여 화원동산 앞에 도착하니, 2시 17분 경이었다. 역시 'J'는 없었다. 답답했다. 아직 안 왔으면 좋겠다고 생각했다. 그러나 30분이 지나도 오지 않길래 차를 타고 집으로 왔다. 정말 'J'하고는 왜 이렇게 일이 잘 안 풀릴까? 'J'가 혹시 안 나온 것은 아닐까? 글쎄…. 내가 늦게 가 미안하다.

＊＊＊

그때 'J'는 나왔을까? 아니면 나 혼자만 늦게 나갔다가 그렇게 애만 태운 것일까? 아니다. 나중의 일기 어느 부분에 의하면, 이때 집주소를 제대로 적지 못 해 전달이 제대로 안 되었던 것에 대해 서로 안타까워한 사실의 기록이 있다.

그때 편지가 제대로 전달되었더라면 또 어떻게 달라졌을까? 역사는 사소한 것에 의해서 크게 뒤바뀌기도 한다. 그렇게 순수한 고교 1학년 시절에 제대로 몇 번 만난 적도 없었지만, 보고 싶고, 그리운 마음은 더 짙어 갔다. 아마도, 성탄절 즈음에 'J'로부터 온 한 통의 편지가 그런 촉매제 역할을 한 것이 아니었을까?

***

1980. 2. 28. 목. 맑음

오전에는 그런대로 공부를 좀 했다. 점심을 먹고는 배구장 만드는 데 일을 하느라 시간을 다 보냈다. 이 배구장 때문에 이번 봄방학을 이렇게 보내야 하다니…. 철희가 일을 많이 했다. 오늘 그 시멘트 덩어리 부수느라 시간을 모두 보냈다.

한참 일을 하고 있는데, 누군가가 친구가 찾아왔다고 했다. 누군가 했더니 상우, 만순, 숙자 그리고 'J'가 내려왔다. 남자 5명, 여자 5명으로 모임을 하나 만들자는 것이다. 방에도 들어가지 않고, 청마루에서 그렇게 얘기하다 보냈다. 'J'가 온 것은 반갑고 설레었지만, 왠지 기분이 좀 좋지 않다. 뭔가 이상하다.

1980. 3. 3. 월. 맑음

내가 교실에 들어가자고 하니 밖이 더 따뜻하다면서 그대로 있자고
해서 만순이와 운동장 스탠드에 그냥 주저 앉았다. 우리는 향기로운 봄
향기를 맡으며, 둘의 장래를 걱정하는 얘기들을 나눴다.

저번에 'J'와 함께 찾아와 꺼낸 10명의 모임에 대해서도 얘기를 나눴
다. 만순이도 역시 나와 비슷한 생각을 가지고 있었다. 만순이는 그게
우리들 대학에 들어가는 데 크게 도움이 되지 않고, 괜히 번거로울 수도
있을 것이라는 정도로 말했다. 만순한테 들으니, 역시 'J'가 먼저 시작한
것이 분명하다. 왜?

* * *

'J'는 항상 누군가와 함께 나타났다. 달성중학교 앞에서 만나기
로 했을 때는 숙자와 같이 나왔었고, 또 여러 친구들과 함께 마을
로 찾아오기도 했다. 아마도 만나고는 싶은데, 혼자서 만나기에는
부담을 가졌던 것은 아니었을까? 'J'는 어쩌면 나만큼 좋아하지는
않았는지도 모르겠다. 사랑이기보다는 아직은 좀 특별한 우정을
나누고 싶은, 가까운 친구 사이를 원한 것은 아니었을까?

* * *

1980. 4. 1. 화. 맑음

만순이와 차를 타려 하니까 복잡해서 뒤로 물러나니, 'J'가 차 안에 올라타고 있었다. 오늘은 9교시. 딴 날보다 늦었다. 집에 오니, 'J'로부터 편지가 와 있었다.

1980. 4. 5. 토. 비

사실 나는 'J'를 좋아한다. 그런데 왜 날 만나기를 자꾸 꺼려하는 것 같을까? 'J'도 물론 나를 좋아하고 있음에 틀림없다. 뭐가 부담스러운 것일까? 부질없는 생각이다. 왜, 왜, 왜…. 나도 모르겠다. 날씨 탓일까?

1980. 4. 24. 목. 맑음

오늘도 여전히 만순이와 복잡한 버스를 타고 귀갓길에 올랐다. 둘은 맨 뒷좌석에 앉아 얘기를 나누고 있는데, 만순이가 "저기 'J' 하고 숙자가 있네"라고 했다. 여행을 갔다가 돌아오는 길이었다. 나도 모르게 "우리 오늘 뭐 좀 빼앗아 먹을래?" "좋다." 이렇게 되어 월배에서 따라 내리자고 했으나, 막상 내리기가 좀 싫었다.

그러나 억지로 내려져서 숙자를 불렀다. 그러자 'J'도 뒤돌아보며 좀 어색한 눈빛으로 인사를 꾸벅 했다. 탁구를 1시간 치자고 했다. 'J'는 집으로 가서 옷을 갈아 입고 오고, 숙자는 그대로 갔다. 'J'와 탁구를 칠 때 'J'는 다소 어색한 태도를 취했다. 숙자는 매우 잘 쳤다.

탁구를 마치고 시장 빵집으로 들어가 빵을 좀 시켰다. 그리고 거리낌 없이 대화를 나눴다. 어색한 분위기는 전혀 없었다. 거기서 나는 'J'와 두 번째 실질적인 만남을 한 셈이고, 'J'에 대해서 좀 더 자세히 알 수 있었다.

＊＊＊

숙자와 'J' 그리고 만순이와 나는 학교도 같은 대건고와 효성여고로 카톨릭 대교구 옆에 붙어 있고, 월배서도 둘은 동문장학회, 둘은 포도회 소속으로 많이 특별한 사이로 친하게 지냈다. 특별한 우정과 순수한 사랑의 사이 정도였다고 하면 좀 더 정확한 표현일까? 사랑은 분홍색이라 아름답지만, 또한 안타깝고 미묘한 갈등의 감정들도 우리들 사이에 존재했지만, 우정은 무색이라 감사하게도 담담하게 견디며, 무탈하게 잘 지낼 수 있었다.

인생의 가장 순수하고 아름다운 고교 2학년 나의 학창시절은 'J'를 향한 더욱 깊어 가는 그리움과 함께 새로운 고민으로 더욱 짙게 채색되어 갔다.

＊＊＊

1980. 5. 14. 수. 맑음

만순이가 오늘 6시에 숙자가 얘기할 것이 있으니, 시장 안 분식점에 좀 나와 달라는 얘기를 전해줬다. 6시 10분쯤 지나니 숙자가 왔다. 반가웠다. 동문장학회에 관한 얘기 등 많은 얘기를 나눴다. 숙자도 좋은 친구임에 틀림없다. 얘기를 마치니, 밖에는 'J'가 기다리고 있었고, 난 헤어지고 집으로 돌아왔다.

1980. 7. 23. 수. 비

한국과 포르투갈 축구 3차전을 보고 있는데, 명술이와 'J'가 찾아왔다. 우리는 방에서 얘기를 좀 나누다가 밖으로 나와 걸었다. 명술이는 도중에 집으로 들어가고, 'J'와 나는 월배국민학교에 들어가 공작대에 자리 잡았다.

그 동안 쌓이고 쌓였던 모든 의문을 풀 수가 있었다. 'J'도 나를 무척이나 좋아하고, 나도 'J'를 무척 좋아한다. 이제는 걱정되는 게 없다. 밤 11시가 훨씬 넘어 헤어졌다.

1980. 7. 28. 월. 비

아침 10시에 석윤이와 만나 포도회 시화전에 가보려 했는데 오질 않아 철희와 같이 월배 병원에 들른 후 옥포국민학교로 갔다. 시화전을 참 잘하는 것 같았다. 평이한 작품도 있었지만, 시상이 아주 심오한 작품도 많이 있는 것 같았다. 'J'의 <비구니>와 만순이의 <雨想>도 마음에 들었다. 구경을 마치고 나오려고 하니, 숙자가 들어왔다. 그러나 철희가 자꾸 보채길래 3시경에 출발했다.

거기서 'J'와 얘기도 많이 하고, 혜숙이와 첫 말문도 텄다. 귀가하니 화가 나 계신 아버지와 같이 산밭에 가서 약을 쳤다.

1980. 8. 18. 월. 흐림

방학을 마치는 아쉬움도 크지만, 난 가을을 맞이하기 위해 서러워하진 않을 것이다. 벌써 귀뚜라미가 밤의 선선한 바람을 타고 내 귓전에 찌르르 울려온다. 정말 미치도록 좋은 밤이다. 가을이라는 말만 들어도 좋고 즐겁다.

가을이 되면 'J'와 순수한 사랑을 더욱 싹 틔우리라. 방학 동안 가장 큰 성과라면 'J'와 서로 마음을 알게 된 것인지도 모른다. 오늘도 보고 싶어 밤마을을 나갔다가, 가을을 몰고 올 달을 바라다보며 휘파람을 불며 집으로 돌아왔다. 아 방학이 다 끝나가는구나.

1980. 8. 20. 수. 흐림

요새는 나의 일기장에 'J' 이름이 왜 이렇게 자주 오르내리게 되는 걸까? 사실 무척이나 그 동안 'J'를 좋아했었다. 'J'를 보면 울렁거리던 내 마음을 도저히 숨길 수가 없었다. 그러나 너는 너, 나는 나 이런 식으로 대하려고 얼마나 노력했던가?

모든 게 나의 불찰이었다. 내가 1학년 때 편지를 띄울 때 주소만 똑바로 써 우리들이 계속 사귀었다면 이런 일이 없었을 텐데…. 어떻게 해야 좋을지 모르겠다. 내일 다시 만나면 해결이 될까? 지금 우리는 아직 공부를 해야 하는 학생이다. 사랑 싸움이라면 그렇다고 할 수도 있는 이것이 한편으로는 무의미한 것이 아닐까 하고도 생각해 본다. 친구가 소중한데…. 나는 친구를 잃어버릴 수 없다. 친구를.

1980. 8. 30. 토. 비

저녁 때는 'J'한테서 전화가 왔다. 내일 7시에 버스정류장 앞에서 만나자고….

1980. 8. 31. 일. 맑음

철희와 탁구 1시간을 치고 나니 저녁 7시였다. 'J'와 약속한 시간이 되었다. 우리는 대천동 입구까지 걸어가서 버스를 타고 화원유원지로 갔다. 'J'와 나는 테이블에 앉았다. 경치가 너무 좋았다. 앞으로 종종 와야되겠다. 우리는 밤 늦게까지 얘기를 나누며 오해를 다 풀고, 집으로 돌아왔다. 나는 월배서 내려 철희와 다시 만나 같이 집으로 내려왔다.

8

아주 특별한 우정, 'J'(후)

'J'와의 관계에 대해서 절친이었던 철희에게도 또한 은주 누나에게도 털어 놓았다. 그만큼 당시의 나에게는 심각한 문제였다. 숙자에게 미안한 마음이 많이 들었다. 동문장학회 부회장이고, 개인적으로도 많이 친했던 숙자와의 관계가 조금 불편해진 부분이 있었고, 회장으로서 동문장학회를 이끌어 나가는 데도 다소 부담도 되었다. 또한 나로 인해 숙자와 'J'의 사이도 틈이 좀 생긴 듯하여 미안했다.

'J'와 둘이서 만난 시간이 많은 것도 아니었지만, 감수성이 뛰어난 예민한 시기여서 그런지, 또는 가끔씩 주고받던 편지 때문인지는 몰라도 사랑과 고독이라는 단어에 휩싸이며, 기쁨과 슬픔의 교차로에서 방황하고 있었다.

***

1980. 9. 1. 월. 맑음

철희와 8시에 만나 화원유원지로 갔다. 'J'와 나 사이에 있었던 모든 얘기를 했다. 철희는 역시 나의 친구답게 진심으로 들어주고, 적절한 충고도 해줬다. 우리는 밤 12시가 넘어 집에 들어왔다. 집에 오니 누나 쪽지가 놓여 있었다.

1980. 9. 18. 목. 맑음

은주 누나한테 'J'에 대한 얘기를 모두 털어 놓았다. 누나도 어느 정도 알고 있었던 것 같다. 상세히 아는 것은 아니지만…. 누나는 같은 여자의 입장에서 또 나를 위한 진정한 조언을 해줬다. 숙자는 나의 좋은 친구이고 또한 동문장학회 부회장으로서 잘 지내겠다. 숙자와 'J' 관계도 언젠가는 회복될 것이다. 친구이니까…!

1980. 9. 10. 수. 비

만순이와 이런저런 얘기를 도란도란 나누다 보니 벌써 학교까지 왔다. 나는 어제 덕현이와 'J'에게 쓴 편지를 부쳐야 했다. 그러나 'J'한테 보내는 편지를 도저히 만순이 앞에서는 부칠 수가 없었다.

1980. 9. 30. 화. 맑음

오늘 'J'한테 전화오기로 한 날인데 왜 여태 소식이 없을까? 나는 애타게 기다리는데…. 'J'는 지금의 내 마음을 알고 있을까? 월배도 볼 일이 있어 가야 하는데…. 왜 아직 안 올까? 어제보다는 집안의 공기가 조금은 가벼워진 것 같다.

1980. 10. 4. 토. 맑음

이 글은 지금 5일날 아침에 쓴다. 간밤에 철희가 새벽 2시 반까지 내 방에서 얘기를 나누다가 자고, 아침에 갔다. 우리는 여자 문제에 대해서 심각하고 진지하게 얘기를 나눴다. 특히, 나는 'J'와 사귀게 되고 나서 실제로 사랑이라는 단어와 고민하게 되었고, 고독이라는 단어를 체험하게 되었다.

***

당시 내가 'J'를 많이 좋아했던 것은 확실하다. 그렇지만 'J'가 나를 얼마나 좋아했는지는 잘 모르겠다. 물론 'J'와 만난 후 서로 정말 좋아하는 것이 확인되었다는 기록도 있긴 하지만, 'J'와 친구 이상의 연인다운 둘만의 특별한 데이트를 한 적이 많진 않았다.

그런데 아직도 가슴 속에 남아 있는 'J'의 흔적이 있다. 그것은 'J'의 편지다. 소낙비 내린 밤에 쓴 편지였는데, 'J'는 소낙비 내린 뒤의 그 청량함을 좋아한다고 했다. 아직도 그 편지가 모두 남아 있다면 'J'의 당시의 마음을 확인하는 데 도움이 될 텐데, 안타깝게도 어느 날 모두 치워버렸다.

'J'는 편지를 참 잘 썼던 것 같다. 'J'로부터 받는 한 통의 편지가 만남의 기쁨 이상의 정신적 행복을 선사했다. 그 시리도록 푸르고 아름다운 나날에 'J'로 인한 나의 기쁨과 슬픔의 방황은 계속되었다.

＊＊＊

1980. 10. 1. 수. 맑음

몇 번이나 'J'를 만나봤지만 'J'의 본 모습은 어디다 숨겨두는 것 같다. 왜 그럴까? 'J'는 나보다 친구들을 더 의식하는 것 같다. 남자는 발이 넓어야 한다는 등 내가 소심해서 친구가 얼마 없는 것 같이 얘기한다.

그럴까? 그래, 그럴지도 모른다. 그렇지만 나는 만족한다. 내게 필요한 만큼의 친구는 있으니까. 과연 'J'는 친구들의 관계가 어떨까 자꾸만 이런 생각이 들게 한다. 밀림방 만두집에서 'J'와 만두를 좀 들고는 나와서 헤어져, 혼자 화원동산에 갔다.

왠지 기분이 울적했다. 'J'를 비롯한 친구 관계 그리고 집안 사정 등 고민이 많았다. 'J'와 좀 더 얘기를 같이 나누고 싶었으나, 'J'가 피곤하다고 해서…. 혼자 저녁 나절까지 화원동산에 있다가 집에 왔다.

1980. 10. 20. 월. 맑음

나를 기다리고 있는 한 통의 반가운 편지. 'J'로부터 오랜만에…. 보고 싶다. 시험 끝나면 한 번 만나봐야 되겠다.

1980. 10. 22. 수. 맑음

점심을 시내서 하고 형도한테 전화를 걸어 석희 형 집에서 만나기로 했다. 형도는 정말 좋은 친구다. 내게는 큰 힘이 된다. 거기서 나오다가 'J'와 명술이를 만났다. 'J'는 우연한 조우에 좀 어색한 느낌 같았다. 'J'와 탁구를 1시간 치고 내려왔다. 'J'

1980. 11. 6. 목. 맑음
'J'에 대한 말만 나오면 가슴이 뛰는 내 마음을 알 길이 없다.

1980. 12. 4. 목. 눈
월배서는 함박눈을 맞았다. 'J'가 생각이 났다.

1980. 12. 6. 토. 맑음
그런데 차에서 내려 뛰어가고 있는 사람이 'J'이지 싶어 뛰어가보니 역시 'J'이었다. 시내 갔다 오는 모양이었다. 시장 안 빵집에 들어가 빵을 좀 먹으며 얘기를 나눴다. 무척이나 오랜만이었다. 역시 사람은 자주 만나야 정이 가는 법인 모양이다. 'J'를 만날 때와 만나지 않을 때의 심정이란…. 정돈하기 어렵다. 'J'가 먼저 변하지 않는 한, 나는 절대….

1981. 2. 1. 일. 맑음
오늘은 2월 첫째 주 일요일. 동문장학회 정기총회를 가지는 날이다. 내려오는 길에 'J' 집으로 찾아갔다. 내일 만나기로 약속하고, 나는 탁구장에 들렀다. 후배들과 탁구를 쳤다.

＊＊＊

　고3이 되면서 'J'와의 만남이 끝나가는 듯한, 아니 끝을 내야만 할 것 같은 느낌이 서서히 들었다. 대학 입시를 앞둔 중요한 시기에 더 이상 방황을 계속하면 안 되었기 때문이기도 할 뿐만 아니라, 'J'와의 만남이 마음먹은 대로 속 시원히 잘 진행되질 않았기 때문이다. 'J'와 만나면 반갑고 기뻤지만, 잘 만나기가 쉽지 않았고 그래서 늘 애닯았다. 그래서 마지막 만남을 청하는 편지를 보냈다. 그러나 'J'는 그 자리에 나타나질 않았다.

　왜 그랬을까? 여태껏 나는 그 이유를 물어보지를 못 했고, 그래서 알지를 못한다.

＊＊＊

1981. 4. 11. 토. 맑음

　'J'? 어설픈 사랑. 알 수 없는 너. 이상했던 나. 모든 것을 이해할 순 없지만…. 어쨌든 이제는 끝나 버린…. 참으로 이상한 만남과 사귐이었던 것 같다. 나는 언제 어디서나 미래에서 내 자신을 내려다보곤 한다. 그러기에 더욱더 한없이 아름다운 순간들….

　나에게 'J'가 찾아온 것은 기쁨이자, 부담이었다. 우린 오랫동안 관계는 맺어왔는지는 모르지만 실제 우린 서로를 깊이 잘 알지는 못 했다.

아니 깊이 사귀지를 못 했다. 지금 이 순간에도, 'J'는 내게 미지의 세계인 것만 같다.

'J'와의 관계가 없었다면, 나의 고교 시절은 또 어떻게 좀 달라졌을까? 글쎄…. 'J'에 대한 나의 사랑이 다소 어설프기도 했지만, 또 현실을 아름답게 채색하며 이겨내게 하는 힘이 된 부분도 많았다. 아쉽고 모자란 부분도 있었지만…. 후회는 않는다. 아직도 고3 시절이 남아 있고, 또 내가 살아온 길보다도 살아갈 길이 훨씬 더 많이 남아있기 때문이다. 이번 일로 확인한 것도 있다. 첫 사랑은 이뤄질 수 없다…. 우정은 아름답고 영원하다….

돌이켜보건대, 우리는 가슴앓이와 연서는 꽤 주고받았지만, 제대로 된 만남은 많이 못 해본 것 같다. 희미한 기억의 한계 탓일까? 보랏빛 안개를 좋아하던 너. 그 누구에게도 지길 싫어하고, 여자로서 욕심도 좀 많았던 것 같은 너.

나는 어제 방과 후 만순이에게 그 동안 있었던 모든 일들을 얘기해줬다. 어쩐지 서로를 다 아는 친구에게 계속 모른 척 숨긴다는 게 나를 괴롭혔다. 'J'와 약속시간(8시)이 될 때까지 우린 얘기를 나눴다. 운동장 꽃밭 스탠드에 걸터앉아 오랫동안 얘기를 나누는 우리들을 보고, 지나가는 친구들과 선생님들께서는 무슨 얘기를 그렇게도 다정하게 오래 하느냐고, 부러운 말을 던지기도 했다. 서너 시간 했을까? 만순이는 모든 걸 이해해 줬다.

편지를 했건만, 'J'는 마지막 순간에도 안 나타났다. 아쉽기도 했고 서운하기도 했다. 오늘 아침 버스 간에서 만난 'J'. 아직도 알 수 없다, 난

너를. 나의 첫사랑은 이렇게 막을 내렸다.

1981. 6. 1. 월. 맑음

그리고는 곧바로 목욕을 하러 월배에 갔다. 목욕을 하고, 가뿐한 마음으로 사진관에 들렀는데, 'J'를 만났다. 우리 고교 시절 순수한 감정의 친구 사이로 살아가자고, 서로 약속했다.

1981. 8. 1. 토. 맑음

한참 후에 형도와 거기를 나와서 시내 음악감상실에 갔었다. 가는 곳마다 퇴짜였다. 졸업하고 오라는 것이었다. 할 수 없이 우리는 영화나 한 프로 보고, 분식점에 들어가 배부르게 간식을 먹고는 월배로 나와 형도 집에 들렀다. 학교 교실에서 더 이상 밤샐 수 없기에 공부할 장소를 거기로 옮길 예정이다. 방은 그런대로 괜찮았다.

밤 9시 30분 경 거기를 내려와, 'J' 집에 형도와 같이 가서 실컷 얘기를 나누고 집으로 돌아왔다. 피곤하다. 내일을 위해 자야 되겠다.

✳✳✳

마지막 만남이 불발된 이후 어느 날, 월배 사진관에서 우연히 만난 'J'와 서로 순수한 감정의 친구 사이로 살아가자고 약속을 했다. 그것은 뒤집어보면, 그 전까지는 친구 사이를 넘어선 조금은 특별한 사이였다는 반증이기도 하다.

그래서 소제목 'J' 앞에 첫사랑이라는 말을 붙일까 말까, 여러 번 고민하다가 결국 아주 특별한 우정, 'J'로 쓴다. 사랑보다는 특별한 우정에 가까운 느낌이 들기도 하기 때문이다.

필리핀에 사는 한 대학 동기는 여러 권의 책을 출간했는데, 그중에 한 소설의 제목이 『엉터리 사랑』이다. 그런데 내용은 엉터리가 아닌 항해사의 실존적인 애닲은 순수한 사랑의 이야기다. 사랑을 해 본 항해사라면 누구나 겪어 봤음직한…. 너무나 마음에 쏙 들어서 수십 권 구입하여 항해사 후배들에게 또 교육생들에게 선물로 주기도 했다. 그 내용이 혹시 동기의 자전적 연애소설은 아니었을까 라는 생각도 강하게 들었다.

그런데 만약 그 동기가 'J'에 대한 나의 스토리에 제목을 단다면 뭐라고 붙일까?

9.
수호천사, 은주 누나(전)

철희 356, 만순 324, 'J' 170…. 나의 고교 일기장에 이름을 검색해보니 등장하는 횟수이다.

그런데 266번이나 등장하는 이름이 있는데 바로 은주 누나다. 절친이었던 철희와 만순이 그 다음으로 가장 많은 횟수다. 그만큼 은주 누나가 나의 고교 시절에 끼친 영향이 엄청나게 컸음을 보여준다.

은주 누나는 고교 시절 나에게 절대적인 위로와 평화와 사랑의 힘을 느끼게 해준, 가장 보고 싶고, 늘 기다리던 수호천사 같은 존재였다. 나의 고교 시절을 정상적으로 지탱하게 해 준 가장 중요했던 가족 세 명만 들자면 바로 아버지와 누나 그리고 은주 누나일 것이다. 은주 누나는 그 시절 나에게 가족, 친구 그리고 연인의 모든 역할을 했을 뿐만 아니라, 어쩌면 그 이상의 존재였다고 해도 과언이 아닐 것이다.

***

1979. 6. 24. 일. 맑음

은주 누나! 정말 고마워. 정말 이 세상에 이런 누나가 또 있을까 의문이야. 나의 이 딱딱한 생활에 활기와 리듬을 주는 누나. 주말에 한 번씩 내려와 이야기도 하고, 식사도 같이 하고… 정말 말로써는 도저히 내 마음을 누나에게 표현할 길이 없어 이렇게 글로써 표현한다.

언젠가 사회인이 되었을 때, 지금 이 순간의 일들을 영원히 잊을 수 없을 것 같다. 꼭 보답하자.

어제가 누나의 생일이었다. 그런데 가보지도 못 하고, 정말 미안하다. 그러나 마음으로 생일을 축하한다. 또, 일주일. 하지만 누나를 보아서라도 공부를 더욱 열심히 해야 하겠다. 글로써도 다 표현하지 못 하는 이 마음 속을 누나는 알까?

1979. 7. 30. 월. 맑음

찌는 듯한 무더위. 오전에는 소 마구간을 쳐 내느라고 땀을 흘렸다. 하여튼 집의 가사를 하나라도 도왔으니, 오후에는 은주, 순태 누나 랑 철희와 영화구경도 갈 수가 있었다. 오후에 누나들이 집에 와서 아버지 저녁을 해놓고 함께 시내 나갔다. 영화를 다 보고 우리는 저녁 겸 간식을 먹으러 분식점 비슷한 곳으로 갔다. 누나들과 시내 나가니 부담감이 없어 좋다. 좋은 누나들 만나서 I'm happy. Happy day.

1979. 8. 1. 수. 맑음

갯벌에서 올라오니 은희가 와 있었다. 집에는 바쁜 모양이었다. 그래서 나도 은희랑 같이 은주 누나 집에 올라가 바쁜 일을 돕기로 하고, 우선 사진관에 가보니 사진이 엉망진창으로 되어 있었다. 오랫동안 앉았다가 일어나서 누나 집으로 가서 누나 랑 재미있게 일하며 공장 일거리를 조금이나마 거들어 줬다. 일을 마치고 나니 정말 기뻤다. 황혼을 등지며 집으로 향하는 나의 발걸음은 마냥 가벼웠다.

＊＊＊

인연(因緣)보다 더 묘연한 것이 또 있을까? 은주 누나와는 양 집안끼리 서로 잘 아는 사이였다. 우리 누나와 은주 누나의 언니가 서로 어려울 때, 직장에서 만나 언니 동생으로 연을 맺어 의지하고, 집안을 오가며 잘 지낸 것이 나와 은주 누나로 내려오게 된 것이었다.

그리고 지금은 은주 누나의 동생이었던 은희는 나의 사랑하는 아내가 되어 있고, 은주 누나는 처형으로 연(緣)을 계속 이어가고 있다. 그래서 당시 우리는 서로 양 집안을 오가며, 가족처럼 왕래도 많았을 뿐만 아니라 또 잘 지냈다. 내가 은주 누나 집을 방문하는 것은 아주 적었다. 하지만 은주 누나는 거의 매 주말마다 우리 집에 내려오곤 했다. 방학 때는 평일에도 올 수 있어서 더 자주 왔다.

＊＊＊

1979. 9. 16. 일. 맑음

저번 주까지 작은방 큰방 부엌 등 집수리를 하느라고 시간을 많이 빼앗겼다. 그래서 이번 일요일은 누나와 얘기하며 재미있게 보내려 했는데, 아버지께서는 뒷간을 수리할 작정이었다. 어쩔 수 없이 이른 아침부터 일에 얽매였다. 모두들 추석을 앞두고 집수리 하느라 한창이다. 이래서 명절은 생활에 리듬을 준다. 정말 우리의 민속 명절은 좋다.

나는 될 수 있으면 일에서 보람을 찾으려고 노력했다. 오전에는 누나가, 오후에는 또 은주 누나가 내려와 집 청소하는 데 많이 거들어 주었다. 정말 누나들의 그 고마움 영원히 잊을 수 없을 것이다. 특히 은주 누나. 나에게 원기를 주고, 꿈을 가지게 하고, 불행할 땐 위안을 주고, 정말 나에게는 없어서는 안 될 천사 같은 누나다. 누나 정말 고마워.

1979. 10. 1. 월. 맑음

오늘 만순이와 포항 여행가기로 한 날이다. 그러나 형편상 서로가 못가게 되어 미뤘다. 추석을 지나고 꼭 가리라. 나는 여행하기를 무척이나 좋아한다. 나는 꼭 같이 여행하고 싶은 사람이 있다. 바로 은주 누나다.

오늘은 이모가 집에 와서 웃음꽃이 활짝 피었다. 거기에다 은주 누나도 내려와 즐거운 하루를 보냈다. 저녁 나절에는 새마을청소년 회의를 한다고 시간을 뺏겨 누나와 있는 시간을 많이 뺏겼다. 집에 바래다줄 때 말할까 말까, 망설이다 누나에게 "누나와 같이 여행했으면 좋겠다"
고 하니, 누나 역시 마찬가지라고 했다. 이심전심일까? 정말 기뻤다.

1979. 10. 28. 일. 맑음

오늘 아버지께서 목욕하러 가는 길에 은주 누나 집에 들러 학수 형 군
대 가기 전에 떡을 해 먹으라고 햅쌀을 조금 전해 주라고 하여 갖다 줬
다. 마침 은주 누나 밖에 없었다. 은주 누나가 추수를 하는 데 거들어줘
정말 수고했고 고마웠다. 이게 바로 정(情) 아닐까? 멀리 있는 친척보다
가까이 있는 이웃이 좋다. 오늘은 일요일인데 은주 누나를 못 볼 뻔 했
으나…. 보고 지나가니 마음이 흐뭇하다.

1979. 11. 4. 일. 맑음

오늘은 일요일이지만 학교에 공부하러 갔다가 저녁에 집에 오니 은주
누나가 따뜻이 맞아줬다. 인사를 하기에는 말이 너무 좋은 것 같아 서로
씩~ 하고 웃었다. 누나가 지어준 따뜻한 밥을 먹고, TV를 시청하다가
누나와 같이 집을 나왔다. 누나를 바래다주는 밤하늘에는 달무리와 보
름달이 온누리를 내리비치고 있었다. 거기에다 솜 같은 구름이 달에 걸
려 있을 때, 문득 박목월의 시 〈나그네〉가 생각났다. 은주 누나와 같이
걷는 길은 〈나그네〉 못지않은 낭만이 서려 있었다.

1979. 11. 10. 토. 맑음

그런데 마침 은주 누나가 와 있었다. 얼마나 기뻤던가? 누나는 정말

둘도 없는 의남매다. 영원히 내 곁에 있으면 좋겠다.

* * *

주말이 되면 늘 은주 누나가 기다려졌고 또 누나가 오면 가장 기쁘고 행복했다. 무엇보다도 집안의 분위기가 달라졌다. 병약하신 아버지와 형 그리고 나 이렇게 남자만 셋이 있는 집안에 여자가 있으니 그 부드럽고 따뜻함은 이루 말할 수가 없었다.

특히, 아버지께서 좋아하셨다. 은주 누나만 내려오면 아버지께서는 흐뭇한 미소와 여유를 보이셨다. 당신이 직접 짓는 밥이 아닌, 은주 누나가 해주는 따뜻한 밥을 드실 수 있었으니…. 은주 누나는 음식 솜씨도 뛰어났다. 내가 해야 할 효도를 은주 누나가 대신해주는 역할을 했다. 정말 수호천사 그 자체로 너무나 고마웠다.

그리고 저녁 후 늦게까지 놀다가 누나를 공굴까지 또는 월배 집까지 배웅해주러 가는 그 밤길도 너무 좋았다. 특히 우리 집에서 마을 입구인 공굴까지 가는 동구길은 양편이 개울과 논으로 전형적인 아름다운 시골길이었다. 보름달이 비추거나, 시원한 바람이라도 불어주면, 정말로 시라도 저절로 나올 듯한 좋은 밤이 되었다. 그 길 위를 은주 누나와 함께 걸어갈 때는 더욱더….

정말 은주 누나는 당시 나에게 가장 큰 힘의 원천이고, 축복이었다. 그래서 늘 은주 누나가 기다려졌다. 특히나 내가 외롭고 힘들 때는 더 많이….

***

1979. 11. 20. 화. 맑음

은주 누나도 보고 싶다. 정말 집안이 너무 어수선하다. 이럴 때 곁에 누구라도 있어 줬으면…. 너무 적막하고 고요하다. 집안이 왜 이럴까? 왜 자꾸 의문만 생길까? 누구 때문이란 말인가? 모르겠다. 집이 싫지는 않다. 그러나 이러한 분위기 속에서 살고 싶지는 않다.

1979. 12. 19. 수. 비

은주 누나도 오늘 방학을 한다. 그런데 이렇게 비가 오니 누나는 안 올 것 같다. 비가 오니 더욱 그리워지는 누나. 누나는 정말 좋다. 누나가 없다면? 절대 안 된다. 역시 오진 않았다. 그러나 내일은 꼭 오리라.

1979. 12. 20. 목. 맑음

오후에는 은주 누나를 기다리다가 잠이 들어버렸다. 은주 누나를 오랫동안 못 보니 그립다.

1979. 12. 22. 토. 맑음

오늘은 밤이 가장 길다는 동지다. 아침에 아버지와 나눈 대화다. "우리도 팥죽을 쑤어 먹나 우야노?" "그만 두이시더. 내일이면 아버지와 엄마 생신인데 그 때 잘해 먹으면 되잖아예." "그럼 그럴까?" 이럴 때는 엄마 생각이 간절히 떠오른다.

정오 즈음에는 은주 누나가 내려왔다. 조금 있으니 석득이가 또 내려 왔다. 석득이는 내 마음을 잘 이해해 준다. 마음이 든든하다. 오늘이 동 지라서 낮 시간이 더 빨리 지나 가버린 듯했다. 저녁 이후로는 줄곧 은 주 누나와 누워 얘기를 했다. 은주 누나도 근심거리가 많은 것 같다. 나 에게는 누나가 나의 모든 것이다. 누나와 영원히 함께하고 싶은 마음….그러나 그럴 수 없다. 일기장이 왜 이렇게 비좁을까? 누나, 영원히 못 잊 을 누나.

1979. 12. 23. 일. 맑음

오늘은 아버지와 돌아가신 엄마 생신이기 때문에 누나가 먼저 오고, 은주 누나가 내려왔다. 무슨 잔치하는 것 같았다. 오전에는 누나 집에서 갓난 애기를 데려왔다. 아버지께서는 외손주를 보고 기뻐하셨다. 정말 누나 자식이니 귀여웠다. 누나가 집에 있으니, 정말 사람 사는 집 같았 다.

1979. 12. 25. 화. 맑음

그리고 걸었다. 철희 집 앞에서 발길이 그 쪽으로 굽었다. 둘은 마음이 맞아 월배 올라가 탁구장으로 들어갔다. 기분 해소. 여운을 남기며 집으 로 돌아와 방황을 마친 나는 저녁 일들을 했다. 마침 은주 누나가 내려 왔다. 크리스마스가 나에게 선사한 듯한 가장 고귀한 선물.

＊＊＊

　정말 은주 누나는 나에게 가장 고귀한 선물이었다. 성탄절뿐만
아니라 평소에도….

　은주 누나가 거의 매 주말과 특별한 일이 있을 때마다 우리 집
에 자주 내려오게 된 데는 몇 가지 이유가 짐작이 된다. 첫째는,
집안끼리 가까운 사이인데 어머니가 돌아가시고 아버지가 홀로
고생을 하시니 도움이 되고자…. 둘째는, 누나가 나를 동문장학회
에 후배 기수로 가입을 시켰는데 같은 회원으로 또 아끼는 동생으
로 사랑하는 마음에…. 셋째는, 은주 누나는 초등학교 1년 선배로
서 마을 친구인 철희와 동기였는데 함께 어울려 놀기에 부담이 없
었기 때문이었던 것 같다. 그래서 은주 누나는 내려올 때 친한 동
기인 순태 누나와 함께 내려올 때도 많았다. 네 명이 모이면 우리
는 더 즐겁게 놀 수가 있었다.

＊＊＊

　1980. 1. 2. 수. 비
　나 그리고 만물이. 정말 미쳐 버릴 것만 같던 오전. 그래서 집을 뛰쳐
나갔다. 어디로 갈까? 머리가 흔들리고 뒤틀렸다. 역시 나의 진정한 친
구 철희. 미안해 노크도 없이 찾아 가서…. 그러나 철희는 따뜻하게 맞

아 주었다. 언제나 한결같이.

나는 옷을 수선하러, 철희도 선물을 사러 월배에 버스를 타고 갔다. 핑퐁 핑퐁 탁구공이 어지럽기만 했다. 그런대로 재미는 있었다. 볼 일을 마치고 귀가하니, 은주 누나와 순태 누나가 내려와 산 밑 웅덩이에 빨래를 하러 갔다. 빗방울이 떨어지길래 우산을 가지고 누나에게 가니 누나들은 비를 맞으며 빨래를 하고 있었다.

저녁에는 떡볶이 파티를 했다. 아~ 괴롭다. 이런 누나들을 외면하고 내가 어떻게…. 골이 뒤틀린다. 영원히 내 곁에 잡아 두고 싶은 은주 누나. 그러나 떠나야만 하는 누나. 누나 가는 길에 은총만 가득하길…. 조그만 일에도 행복을 찾자. 누나들 정말 고마워. 안녕.

1980. 1. 15. 화. 맑음

역시 인간은 감정의 동물인가 보다. 아버지께서 어제 저녁만 해도 죽겠다고 몸부림을 칠 때 나는 어떻게 했나? 정말 집에 있기가 싫다고 불평을 했지. 그러나 은주 누나가 다녀간 지금의 내 마음은? 평온하고 아늑하다. 이상하다.

아침에는 아버지께서 아프셔서 내가 소여물을 끓이고, 밥을 볶고 약을 지어와 드시게 하고서는 스케이트를 타러 세발 못으로 갔다. 여기서 얼음을 지치게 된 것이 꼭 3년만이다. 오랜만에 타보니 역시 서툴렀다. 발 복숭씨 밑에 물집이 생겨 터졌다. 내일부터는 안 가고 집에서 공부나 해야 되겠다.

친구들과 천막집에서 군것질을 좀 하고 나니 피곤했다. 그래서 집에 와서는 잠들어 버렸다. 깊이 잠들었던 모양이다. 누군가가 밖에서 인기척이 나길래 일어나 보니, 은주, 순태 누나가 와 있었다. 아~ 늘 그리운 누나들…. 좀 있으니 약한 눈발이 내리기 시작했다.

＊ ＊ ＊

은주 누나는 학기 중에는 거의 매 주말마다 그리고 방학 중에는 평일에도 수시로 내려왔다. 그러다 보니 나는 은주 누나가 내려오길 기다리는 것이 가장 큰 낙(樂)이었다. 그런데 그것은 아버지에게도 마찬가지였다. 아버지께서는 몸도 병약하신 데다가 연로하시어 밥을 짓는 것을 많이 힘들어했을 뿐만 아니라 한탄도 많이 하셨다. 그런 상태에서 수시로 내려와 따뜻한 밥도 해줄 뿐만 아니라 집안 분위기도 밝아지게 하는 은주 누나가 너무 고맙고 안 좋을 수가 없었다. 그런 상태에서 하루는 아버지께서 은주 누나에게 가볍게 웃으며 내일 또 내려오면 좋겠구나, 라는 말을 했다.

거기에 대해 나는 많이 불편했다. 마음이 일어 스스로 내려오는 것과 부탁하여 내려오는 것에는 상당한 차이가 있고, 무엇보다도 은주 누나에게 부담을 끼치는 것 같았기 때문이다.

＊ ＊ ＊

1980. 1. 16. 수. 맑음

은주 누나에게 뭐라고 할 말이 없다. 순태 누나에게도 마찬가지. 정말 어떤 때는 아버지께서 밉기도 하고 불쌍하기도 하다. 식사 준비를 할 때 그 괴로워하시는 표정. 그러나 누나에게 그렇게 내려오라고 말할 필요까지 있을까? 나는 그게 싫다. 누나에게 얼마나 많은 부담을 주고 있을까? 정말 누나 대하기가 민망할 정도다.

누나는 어떻게 생각하고 있을까? 정말 내려오고 싶어 내려오는 걸까? 나는 누나에게 어떻게 대해 줘야만 할까? 미안하다고? 아니다. 그러면 누나가 또 부담스럽지 않을까? 그냥 누나에게 잘해 주자. 누나에게 잘해 주는 길만이 누나를 위하는 길이다. 그래서 커서 훌륭한 사회인이 되었을 때, 누나에게 보답하면 되는 거다.

1980. 1. 17. 목. 맑음

저녁을 먹으면서 아버지께 "은주 누나 보고 내일 또 내려오라고 말하지 말아 달라"고 했다. 은주 누나가 부담스러울 수 있으니까. "오냐, 알겠다"고 대답하셨다. 아버지께 죄송한 감이 들었으나 누나를 위해서는 할 수 없었다.

1980. 1. 18. 금. 맑음

딴 친구들은 은주 누나와 나 사이를 친척으로 생각한다. 나는 친척 이상으로 지낼 테다. 정말 멀리 있고 정이 없는 친척보다 은주 누나가 훨씬 낫다. 언제까지나 은주 누나와 있었으면 좋겠다. 영원히 누나로서 내 곁을 떠나지 말았으면 좋겠다.

오늘은 은주 누나가 딴 날 보다 일찍 집에 왔다. 순태 누나와 같이. 은주 누나가 감기가 들었던 것 같다. 순태 누나와 같이 주로 귀신 이야기와 장래 꿈 이야기 등을 하며 놀았다. 나는 은주 누나의 꿈을 다 들어주고 싶다. 은주 누나는 내 마음을 알까? 오늘도 누나들이 내려와 즐거운 하루가 되었다.

1980. 1. 21. 월. 맑음

그때부터 잠이 좀 들기 시작했다. 그런데 밖에서 누나들 목소리가 나는 것 같았다. 방문을 열고 보니 역시 은주 누나와 순태 누나가 왔다. 얼마나 반가웠는지…. 평시와 마찬가지로 들어와 일상적인 얘기들을 나눴다. 곧 4시가 되기에 우리들은 저녁 맞기에 바빴다. 누나들은 저녁을 짓고 나는 소여물을 끓이고 물을 긷고…. 그리하여 저녁은 끝났다.

나도 오늘 이 순간부터라도 가슴 속에 새겨야 되겠다. 누나가 언제든지 내 곁을 떠나는 날이 오더라도 난 결코 슬퍼하지 않겠다고. 그러나 결코 내가 먼저 떠나진 않으리라.

10.
수호천사, 은주 누나(후)

1980년 겨울방학 때는 하루 걸러 하루 내려온 적이 있을 정도로 자주 왔던 것으로 기록에 나온다. 아마도 그때는 누나들은 동문 장학회 2학년으로서 회지도 만들며 활동이 가장 왕성한 때였기도 하고, 또 방학 중이라 수시로 만나 일을 보고는 가볍게 우리 집으로 놀러 내려오곤 했던 것 같다.

어쨌든 은주 누나와 함께 있는 시간이 가장 행복했고, 누나로부터 좋은 소리를 들으면 날아갈 듯이 기뻤다. 그때는 순수하고 예민한 시기라 은주 누나와 관련된 작은 소문에도 민감하게 반응하고 심각하게 고민한 적도 있었다. 나중엔 별일이 아닌 것으로 다 드러났지만…. 그만큼이나 은주 누나를 좋아하고, 순수하게 사랑했었다.

***

1980. 2. 4. 월. 맑음

날아갈 듯하다. 아니 그 정도는 아니어도 마냥 뛰어 가고 싶다. "흰 눈을 맞으며, 어디로 인가 멀리, 펑펑 쏟아지는 함박눈을, 순결로 엮은 바구니로, 가득 주워 담고 싶다. 이 세상에서, 가장 행복한 시간이, 누나와 둘이서, 오손도손 얘기를 나눌 때, 창밖의 흰 눈으로, 어둠을 씻겨 내리고, 창호지 안은, 누나와 포근한 정만이 감도는…."

은주 누나는 나의 이정표이자 나의 모든 것이다. 지금의 나로서는 이 정도의 표현을 써도 괜찮을지 모르겠다. 난 누나를 아끼고 좋아한다. 한없이…. 누나도 날 좋아하고 있는 게 분명하다. 누나를 영원히 붙잡아 두고 싶다. 나의 이 마음을 한 번도 누나한테 얘긴 안 했다. 언젠가는 얘기하리라 이 마음을. 깨끗하고 순수하고 애틋한 그런 감정으로….

그 동안 은주 누나가 집에 안 내려온 것이 혹시 저번 일 때문에 화가 난 게 아닌가 싶었는데 그게 아닌 것 같았다. 내가 너무 예민했던 것 같다. 누나는 "넌 여학생들에게 인기가 좋아. 또 그런 스타일이야. 그래서 난 미워 죽겠어"라고 했다. 난 어떡할지를 몰랐다. 누나에게 그런 말을 들으니…. 누나가 날 여전히 좋아한다는 사실이…. 오해해서 미안하고, 나도 누나에 대한 마음 변치 않으리. 영원히.

1980. 2. 9. 토. 맑음

모든 것이 나를 위해 잠든 것 같은 이 밤에 그리움이 눈처럼 소복소복 쌓인다. 은주 누나에 대한…. 은주, 순태 누나도 오고 철희도 와서 핑퐁 놀이를 하면서 늦게까지 놀았다. 은주 누나와 둘이서 얘기를 한번 가졌으면….

1980. 2. 24. 목. 맑음

철수 형과 탁구장에 들러 탁구를 1시간 치고 철수 형을 먼저 집으로 보내고 난 은주 누나 집으로 갔다. 진작 누나와 같이 가려고 하였는데 이렇게 혼자 아버지께 세배를 올렸다. 그러고 나니 마음이 푸근했다. 같은 피는 안 나눴지만 정말 사촌보다 더 좋다. 은주 누나의 배웅을 받으며 대문을 나섰다.

***

결과적으로 나의 장인어른이 되신 은주 누나 아버지는 내가 여태껏 만난 사람들 중에 가장 좋은 분들 중 한 분이었다. 탤런트 최불암과 너무나 많이 닮았다. 모습도, 성품도…. 한 번도 화내는 모습을 본 적이 없을 뿐만 아니라 언제나 자상하셨다.

그런데 지금은 안타깝게도 병으로 작고하셨다. 아직도 그 선하신 모습이 눈에 선하다. 나를 많이도 사랑해 주신 장인어른이 많이 보고 싶다.

은주 누나 집안은 2남4녀로 가장 원만하고 행복한 가정으로 당시의 내게는 비췄다. 우리는 정말 한 가족처럼 지냈기에, 내가 결혼을 하고도 처형이라고 부르지 않고 한동안 누나라고 불렀다. 그렇게 가깝게 지냈고 정이 들었다.

은주 누나는 주말뿐만 아니라 명절 등 특별한 날에도 꼭 내려왔는데, 나는 은주 누나가 내려오면 기운이 많이 났다. 형의 해병대 입대를 축하하는 전야제를 하는 데도 내려와 정말 수고를 많이 하고는, 그날 밤 집에서 함께 잤다.

다음날 아침 사진을 찍자고 하니, "얼굴도 안 씻었는데…" 하면서 거절하면서 찍힌 빛 바랜 사진이 한 장 남아 있는데, 내게는 너무 귀한 사진이다.

* * *

1980. 3. 2. 일. 맑음

아침에 일찍 일어나 여물을 끓여 놓고 햇살이 비추기에 은주 누나 보고 어제 찍고 남은 필름이 있으니 사진을 같이 찍자고 했으나 누나는 얼굴도 안 씻었는데 하면서 거절했다. 그러나 속으로는 함께 찍고 싶어 하는 것 같았다. 정말 어제는 형 송별회에 누나가 너무 수고가 많았다.

1980. 3. 18. 화. 맑음

어제 밤 꿈에는 은주 누나가 보였다. 보고 싶다.

1980. 3. 23. 일. 비

오후에는 누나들이 내려왔다. 3주 만에…. 참 반가웠다. 그 즈음에는 비가 좀 그쳤다. 비를 타고 온 은주, 순태 누나. 나에게 용기를 심어줬다.

1980. 3. 31. 월. 비

월배쯤 가니 은주 누나가 차를 타려고 서 있었다. 차가 거기를 떠났지만 누나의 모습이 좀처럼 내 앞에서 사라지지 않았다. 누난 눈이 매우 나쁜 모양이다. 거울 앞에서 안경이 없으면 자기 모습이 잘 안 보일 정도라니 정말 걱정이다. 또 진학문제도 크게 고민했을 것이다. 그러나 지금은 포기한 모양이다. 난 진학 안 해도 괜찮다고 말했다. 누난 정말 진정한 누나다. 뭐라고 표현할 길이 없다.

1980. 4. 27. 일. 비

비가 오니 고독감과 쓸쓸함과 허무함이 온 몸에 쫙 퍼지는 것이 미칠 것만 같다. 말도 하기 싫다. 은주 누나가 내려와줬으면 나의 외로운 마음이 좀 덜어졌을 텐데 싶었다. 지금도 무언가 머리 속에 꽉 배여 나를 짓누르고 있다.

1980. 5. 11. 일. 맑음

저녁 때 재미도 없고 힘없이 있을 때, 은주 누나가 내려와 기분전환을 할 수 있었다. 저녁을 먹고 나니 순태 누나도 내려와 여행 갔던 얘기 등 여러 가지 얘기를 나누다가, 10시가 넘어서 누나들을 바래다줬다.

1980. 5. 14. 수. 맑음

경수야!

생일을 진심으로

축하해.

경수야!

어떤 어려운 고난이 닥쳐와도

우리 거기에 굴복하지 말고

서로 의논하면서

언제나 밝고 희망찬

내일을 맞이하지 않을래.

너가 원하는 모든 것이

꼭 이루어지길….

-은주-

이 아름다운 한 권의 일기책을

삼가 강경수에게 드립니다.

80년 4월 11일 은주 드림

1980. 5. 15. 목. 맑음

은주 누나. 고마워 영원히 잊지 않을 게. 이 한 권의 책을 아름다운 추억의 장으로 만들도록 최선을 다해 볼게. 새로운 일기장에 쓰니 기분도 새롭고 알찬 추억을 꾸며 볼 테다.

* * *

　나의 고교1학년 일기장은 절친이었던 철희가 선물했고, 2학년 일기장은 은주 누나가 선물했다. 결과적으로 두 일기장의 기록이 있었기에 나의 고교 시절은 생생하게 되살아날 수 있게 된 것이다. 이 가치를 가격으로 따지면 얼마나 될까? 정말 무한 감사할 따름이다.

　그 일기장 서문에 써 놓은 누나의 글이 내게는 가장 아름다운 한 편의 시 같다.

　은주 누나는 형의 해병대 입대 전야제 때도 내려와 밤새워가며 고생했는데, 형이 진해 신병훈련소 훈련을 마치던 날 가족 면회를 갈 때도 전날밤을 함께 지새우고 또 함께 면회를 갔다. 은주 누나와 함께하길 그렇게 고대하던 어쩌면 나의 첫 번째 여행이자, 마지막 여행이었다.

　은주 누나와 둘만이 여행가는 꿈을 꿨었는데, 그것을 이루진 못했지만 가족과 함께 형을 면회 간 여행의 추억이라도 있어서 감사하고 행복하다.

　은주 누나는 아버지께서 또 포항으로 형 면회 가기 위한 전날에도 내려와 준비해 주었다. 그리고 형이 첫 휴가를 나왔을 때도 나와 함께 시내 나가 영화도 보고, 식사도 같이 했다.

＊＊＊

1980. 5. 31. 토. 맑음

신경질이 났다. 그러나 은주 누나가 곧 내려와 그걸 좀 무마시켜 줬다. 내일은 형 면회를 간다. 누나와 자형이 방금 갔다. 정말 이 고마움을 이루 다 표현할 길이 없다. 지금 은주 누나는 머리를 감고 있다. 은주 누나는 오늘 여기서 자고, 내일 같이 가기로 했다.

정말 내일 어디 여행 가는 그런 기분이다. 형은 얼마나 기다릴까? 보고 싶다. 그 늠름한 모습을. 어서 이 밤을 재촉하고 싶다. 하지만 은주 누나와 얘기를 좀 나누다 자러 가고 싶은데, 시간이 너무 늦은 것 같다. 안녕.

1980. 6. 1. 일. 맑음

아침에 일찍 일어나 은주 누나와 형 면회 갈 준비를 하느라 바빴다. 잠도 몇 시간 못 잤다. 3~4시간 정도. 조금 있으니 누나와 자형이 와서 서부주차장으로 가서 차를 탔다. 은주 누나는 도중에 집에 들른 후 서부주차장으로 와서 같이 타고 갔다.

그렇게도 그리던 은주 누나와의 여행. 별로 주고받은 달콤한 얘기 같은 것은 없었지만 마음이 정말 뿌듯했다. 은주 누나 정말 이번에 애 많이 먹었다. 언젠가 꼭 다시 여행을 하리라. 둘이서.

너무나도 변한 형의 모습에 나는 놀라지 않을 수 없었다. 이제는 완전히 내가 바라던 그런 형이 된 것 같았다. 이제 형에 대한 걱정은 더 이상 안 해도 되겠구나 싶었다. 깨끗한 도시 진해. 친절한 진해의 차장들. 인간 들어갈 곳이 못 된다는 해병대.

1980. 7. 4. 금. 맑음

은주 누나. 나의 파란 캠퍼스 위에 한 번씩 시원한 물줄기를 뿌려 놓는…. 그래서 한층 더 파란 잔디로 자랄 수 있게 해주는 누나. 비록 내 생활이 쪼들린다 하더라도 난 결코 가난하지 않다. 왜냐하면 나의 천사, 은주 누나가 내 곁에 있기 때문이다.

내일부터 시험이다. 오늘도 역시 학교서 공부를 하다가 집에 돌아와 보니 문 앞에 웬 승용차가 서 있었다. 이상하다 싶어 집으로 들어가니, 아버지와 은주 누나, 은정이 그리고 은주 누나 아버지께서 계셨다. 내일 아버지께서 형 면회를 가는 데 준비를 하고 있었다. 내가 너무 늦게 와서 배웅을 못 해 주니까 은주 누나 아버지께서 직접 차를 몰고 오신 모양이다. 뭐라고 할 말이 없다. 은주 누나한테 무한 감사하다. 정말로 가슴이 찡하다.

1980. 7. 11. 금. 비

오늘은 은주 누나의 생일이다. 지금 은주 누나 집에 가서 여태껏 놀다가 왔다. 가기를 잘 했다. 정말 나의 영원한 누나. 절대 잊을 수 없기에 더욱더 그리운 누나. 누나! 우리 사이 오래오래 이어가자. 지금 나는 은주 누나로부터 받은 이 일기장에 나의 생각을 담고 있다. 오늘 나는 누나에게 정성껏 마련한 판넬을 선물했다.

오전에 비가 내리기에 어떻게 누나 집에 갈까 걱정했는데 오후가 되자 비가 그쳐 정말 비 온 뒤의 그 청초한 모습은 정말 좋았다. 은은한 달빛 아래 은주 누나 집에서 나오는 나의 발걸음은 정말 포근했다. 은주 누나, 포근한 이 밤에 자꾸만 불러 보고픈 누나.

＊＊＊

은주 누나와 함께하는 시간은 내가 어디에 있든 가장 행복한 순간으로 바로 천국과 같았다. 동문장학회 활동을 위해서 뿐만 아니라 집안적으로도, 개인적으로도 은주 누나는 나의 수호천사와도 같았다. 한 번도 싫은 소리 한 적이 없었고, 한 번도 거스른 적도 없었고, 한 번도 편안하고 행복하고 좋지 않은 적이 없었다. 정말 순수한 그리고 완전한 사랑의 결정체 같았던 은주 누나.

누나는 고3이 되어서도 계속해서 자주 내려왔다. 나는 여자 관계를 포함한 어떤 종류의 문제라도 누나와 얘기를 나누면 언제나 힘을 얻고 해결해 나갔다. 덕분에, 나의 고2 시절도 더 많은 활동들을 하며, 정말 푸르른 고교 학창시절을 꽃 피울 수 있었다.

＊＊＊

1980. 8. 12. 화. 맑음

모두들 잠든 것 같은 지금. 오래지 않은 과거를 한번 거슬러 가 본다. 정말 천사처럼 나에게 다가온 은주 누나가 순수한 첫사랑은 아니었는지…. 많이 보고 싶고, 가슴 졸였던 나날들…. 은주 누나, 미안해. 이제는 모든 것을 알 것 같다.

1980. 8. 19. 화. 맑음

저녁 때 월배 가서 탁구를 좀 치다가 사진 값 계산 좀 더 해주고, 집에 오니 은주, 순태 누나가 와 있었다. 집안도 깨끗이 청소되어 있었다. 언제나 나에게 희망과 사랑을 심어주는 누나들. 정말 고맙고 반가웠다. 나중에 철희도 와서 우리는 기타를 치며 노래 부르며 늦게까지 놀다가 돌아 갔다. 은주, 순태 누나 영원히 잊지 못 할 것이다. 나의 이 학창시절을 아름답게 수놓아 준 고마운 누나들.

1980. 9. 13. 토. 맑음

늦게 올라온 철희와 탁구장에서 1시간을 보내고 피곤한 몸을 이끌고 노래 부르며 집에 오니 은주 누나가 와 있었다. 정말 반가웠다. 안 그래도 전화를 한번 걸어볼까 하던 참이었는데…. 하여튼 누나만 내 옆에 있으면 근심걱정 다 사라지고 세상 포근하다. 학창 시절의 정리 단계에 들어선 누나의 그 심정을 어떻게 헤아려 줄 수 있을까? 안녕.

1980. 11. 1. 토. 흐림

내일 다방에서 기타를 좀 쳐 달라는 부탁을 받았다. 거절할 수 없는 형편이 되었다. 철희를 만나야 하는데 소식이 없다. 뭐가 뭔지 도무지 분간을 할 수가 없다. 효성여고가 바로 옆집에 있으면서 효고를 처음 가 보았다. 여고라 너무 좋았다. 숙자와 친구들은 있었으나 'I'는 없었다. 형 도와 얘기를 나누다가 저녁 늦게 집에 들어왔다. 은주 누나가 와 있었 다. 아버지께서는 빨리 들에 갔다 오라고 불호령이었다. 은주 누나가 왔 기에 좀 더 포근한 밤이 될 수 있었다.

1981. 1. 30. 금. 맑음

하루 종일 방안에서 그것도 지저분한 나의 방에서 음악을 듣는 게 나 의 일과가 되어버렸다. 음악에는 실로 마약이 있다. 비록 카세트로 듣는 음악이지만, 나는 가장 행복하다.

오늘은 <은주 누나에게 바침>이라는 제목하에 곡을 하나 만들었다. 기쁜 마음.

은주 누나에게 바침

–작사, 작곡 강경수

누나, 은주 누나, 자꾸만 불러 보고픈 이름이여
포근하고도 진실된 사랑을 흠뻑 지닌 누나.

누나, 은주 누나, 자꾸만 써~ 보고픈 이름이여
언제나 조용한 맑은 웃음으로 대해 주던 누나

순수한 누나 마음 내 마음에 고이 남고

진실된 내 마음도 누나에게 남길 빌어

우린 서로 잊혀 지지 않는 눈짓이 되고 싶어

누나 추억 영원히 간직할 거야 아~고교 시절.

＊＊＊

은주 누나는 고3 졸업을 앞두고 있었다. 은주 누나와 헤어지기 싫었지만, 누나가 이제 사회에 나가게 되면 그전처럼 자주 만날 순 없을 것 같은 생각이 들었다. 나에겐 아직 고3이 남아 있었지만 은주 누나를 자주 못 볼 것 같은 생각이 드니, 왠지 고교 시절의 마지막 겨울방학 같은 느낌이 들었다.

정말 은주 누나 때문에 내가 이만큼 행복하고 온전할 수 있었는데…, 정말 내가 은주 누나와 헤어지고, 잊을 수 있을까…라는 생각이 들자 나도 모르게 기타를 들고 몰입하여 〈은주 누나에게 바침〉이라는 노래를 즉석에서 하나 지었다. 참으로 기뻤다. 이 노래는 아직도 내 입가에 맴돌고 있다.

그 얼마 후 은주 누나는 여고를 졸업했고, 어느 날 밤에 오랫동안 정들었던 우리 집 작은방에서 나는 은주 누나 앞에서 이 노래를 불러줬다. 이 노래만으로는 누나에 대한 나의 진정한 고마움과 사랑의 마음을 백분의 일도 표현할 수 없었다.

그 후에도 은주 누나는 순태 누나와 함께, 나의 고3 생일 때도 내려오는 등 그전만큼은 아니지만 가끔씩 내려와 즐겁게 지냈다. 그 대신에 은주 누나의 동생인 은희가 가끔씩 놀러 오기도 하고, 가을 추수 등 큰 일이 있을 때는 누나 대신 내려와 도와줘 나에게는 큰 기쁨과 힘이 되었다.

그 후 나는 이쁘고 착한 은희와 더 가까이 지내게 되었고, 해양대학 4년과 승선생활 3년의 연애와 기다림 끝에 결혼에 성공하여 현재 함께 살고 있다.

나의 수호천사, 은주 누나는 처형으로 영원히 함께 할 수 있게 되었다. 아~, 신에게 감사 또 감사 드린다.

＊＊＊

1981. 11. 2. 월. 비

지금쯤 은희도 일어나 공부를 하고 있겠지. 나의 귀여운 아름다운 천사. 우리는 둘 다 밤에 눈에 불 밝히는 중3, 고3 입시생. 언젠가 우리 둘이 만나서 이 날을 웃으면서 얘기 나눌 날이 있겠지. 그런 의미에서 지금의 한 순간, 순간이 너무 아름답게 느껴지는구나.

지금쯤 너는 무슨 생각을 하고 있을까? 한밤중이면 아무 생각 없이 공부한다는 너. 너의 사진은 나에게 또 웃음을 자아내게 하는구나. 밤이 깊어지면 질수록 너에 대한 오빠의 마음은 더욱 짙어지는구나. 시험만 다 치고 나면 밤새도록 너와 얘기를 나눠도 좋으련만…. 넌 하느님이 나에게 보내준 가장 아름다운 천사 같아.

은희야, 어떤 일이 있더라도 우린 서로 헤어지지 말자. 솔직히 나는 너를 사랑하고 있는 것 같아. 은주 누나도 그렇고, 너까지 모두 나에게 진정한 사랑을 깨우쳐 준 고귀한 사람들이란다. 요새는 나에게 온통 네 생각뿐이로구나. 물론 시험이 바로 코앞인 현실이지만…. 하지만 나에게 이런 따뜻한 정과 사랑이 있는 한 어떤 어려움도 견딜 수 있단다. 나도 은희의 소중한 일부가 되도록 오빠로서 열심히 노력할게. 굿 나잇.

4부

"나는 동문장학회를 위해 일했습니다."

1.
식목 행사와 고아원 방문

대부분 사람들은 삶의 행복을 추구하며 살아가는데, '행복은 재미와 의미의 합'이라고 말한다.

1980년 9월 27일 토요일 일기에는 이렇게 적혀 있다. 먼 훗날 "넌 학창시절에 어떤 활동을 했느냐?"라고 물으면, "동문장학회를 위해 일했습니다"라고 떳떳하게 말하고 싶다.

오랜 세파 속에 많은 것들이 지워지고 희미해지지만 아직도 그렇게 일기장에 쓴 기억만은 또렷하게 남아 있다. 그만큼 나에게 큰 의미를 부여하는 활동이었다. 의미만 있는 것은 아니었다. 다양한 재미도 참 많았다.

동문장학회는 당시 가난하여 중학교 진학이 어려운 초등학교 후배들에게 도움이 되고자, 고등학교를 다니는 월배초교 선후배 동기들이 용돈을 모아, 매년 장학금을 지원하기 위해 1대 김용철 (월초 42) 선배 등이 주축이 되어 만든 지역 서클이었다. 거기에서 나는 2대 회장으로 맘껏 활동하며, 수많은 의미와 재미의 행복한 추억을 만들었다.

그때 인연을 맺은 동문장학회 식구들은 지금도 가장 친하게 자주 만나는 벗들이 되어 있다. 기자 생활을 하는 라영철 후배가 "형, 우리는 동문고아원 출신들 같아요"라고 말한 적이 있다. 얼마나 그 표현이 내 마음에 쏙~ 와닿게 공감이 갔는지 모른다. 그만큼 살갑게 느껴지는, 친형제 같이 지내온 사이라는 뜻이다.

그때의 동문장학회 활동들을 주제별로 엮어보는 것도 내게는 의미있고도 재미있는 일이라고 생각된다.

식목행사

*** *** ***

1979. 4. 5. 목. 맑음

오늘은 식목일. 그래서 공휴일이다. 이 공휴일을 뜻있고 보람차게 보내기 위해서 우리 '동문장학회' 회원들은 나무를 심기로 하였다. 어제 저녁에 은주 누나로부터 9시까지 면사무소 앞으로 나오라는 연락을 받았다. 철희와 9시까지 면사무소 앞에 나갔다. 회원들이 아무도 보이질 않았다. 조금 있으니까 용철이 형이 나타나고 회원들이 한두 명씩 모여들기 시작했다.

그런데 몸이 좀 근질근질했다. 실은 탁구를 좀 안 친 탓이리라. 그래서 철희와 탁구장으로 갔다. 정말 재미있게 1시간 동안 쳤다. 탁구를 치고 있으니까 형도와 상배가 찾으러 와서 모두들 산으로 출발했다.

따스한 봄날의 햇빛을 받으면서 가니 정말 유쾌하고도 상쾌했다. 누나랑 형이랑 친구랑 소풍 하는 기분이었다. 모두들 즐거운 표정이었다. 산기슭으로 들어서니 진달래 꽃이 분홍색으로 온 산 군데군데 덮여 있었다. 정말 아름다웠다.

그만 도취되어 철희와 단숨에 달려가 진달래 꽃을 한아름 꺾었다. 거기서 내려오기가 싫었다. 꽃을 한아름 꺾어 들고 내려오니까 은주 누나랑, 순태 누나랑, 동숙이 누나랑 모두가 철희와 나로부터 꽃을 빼앗아 갔다. 글쎄, 줬다고 하는 편이 더 나을 것 같다.

정말 언어란 부족한 것이다. 그 아름다운 광경을 이루 말로 표현할 길이 없다. 졸졸 흘러내리는 시냇물, 밭에서 논을 가는 농부들, 티끌 한 점 없는 화창한 봄날의 하늘과 모든 것들이 나로 하여금 무릉도원에 온 것 같은 기분을 들게 하였다.

그러나 이 순간 나에게 확~ 하고 스쳐가는 것이 있었다. 엄마 얼굴이었다. 어릴 때, 아니 못살았을 때, 어머니께서는 산에 가서 진달래 꽃을 꺾어와 시장에 팔러 가시곤 하던 기억이 생생하게 떠올랐다. 지금은 살아계시진 않지만, 정말 나에겐 더없이 좋은 어머니였다.

이때 순태 누나가 빨리 가자고 불렀다. "응~" 하고는 일어서진 않았다. 눈물이 핑~ 돌았기 때문이다. 다시 부르는 소리에 자리에서 일어나 빨리 뛰어가버렸다. 누나는 날 이상한 눈으로 쳐다봤다.

(중략)

용철이 형은 각자 짝을 지어서 흩어져 심으라고 했다. 나는 은주 누나와 같이 심었다. 또 나무 심을 때의 그 기쁨…. 정말 안 심어본 사람은 모를 것이다. 나는 구덩이를 파고 누나가 나무를 심어주면 묻어서 둘이서 같이 밟아 다졌다. 나무를 한 그루 두 그루 심어 감에 따라서 우리의 기쁨은 점점 더 높아갔다.

거기서 순태 누나는 낙엽으로 묻은 데를 정성 들여 덮어주었다. 나무가 말라 죽지 않게 하기 위해서…. 옆에서 나도 모르게 '누나' 하고 불러 버렸다. 누나는 그렇게 기뻐할 수가 없었다. 누나는 '누나'라는 소리를 들어 보는 게 기뻤던 모양이다. 나도 훨씬 친밀감이 돌았다. 내가 생각하기에 더없이 좋은 누나가 될 것 같다. 은주 누나만큼….

은주 누나와 둘이서 40 그루를 심었다. 그중에서 제일 많이 심은 듯싶다. 이마에서는 땀이 흘렀다. 누나가 쉬어 가면서 하라고 했다. 그러나 고되지 않고 기쁘기만 했다. 땀방울을 섞어가면서 정성 들여 모두 심었다. 모두들 즐겁고 기쁘고 보람찬 표정들이었다.

그런데 먼저 올라와 나무를 심고 간 사람들이 남겨둔 병들이 많았다. 우리들은 이 병들을 모두 주워 내려가기로 하고, 각자 손에 몇 개씩 들고 철희와 나는 상자째 들고 내려왔다. 무거웠지만 자연보호라는 생각 아래 거뜬히 들고 내려왔다.

지금 밖에는 별들이 총총히 떠 있건만 지금 생각하니 정말 오늘 한 일이 보람차다고 느낀다. 먼 훗날 반드시 추억이 되리라….

1980. 4. 6. 일. 흐림

"경수야, 전화 받아라." 담 너머 들려오는 조합 할매가 외치는 소리. 순태 누나였다. 오늘 할 작정이던 식목 행사를 비가 와도 그대로 한다는 소식이었다. 비가 이렇게 와서 땅이 질퍽하고 도저히 못 할 것 같았는데…. 어제 밤부터 태풍이 세차게 불고 비가 내렸다.

아침부터 앞 방천에는 물이 쾅쾅 흘러내리고 있다. 지금도 들린다. 방천의 물 흐르는 소리가. 조금 있으니 형도한테서 또 같은 내용의 전화가 왔다. 할 수 없이 옷을 차려 입고 철희한테로 갔다. 역시 철희도 불만이 많았다. 그러나 투덜대면서도 약속 시간을 좀 지나서 지서 앞에 내리니 숙자와 순자가 있었다.

모두들 먼저 올라가고 자기네들은 순태, 은주 누나가 차려 놓은 점심을 가지고 곧 뒤따라 갈 것이라고 했다. 우리들은 한없이 걸었다. 저수지를 벗어나 산길, 들길로 들어서니 땅이 괜찮았다. 날씨도 깨끗하게 맑아 자연의 아름다움은 청초했다.

우리는 오솔길을 따라 또 한없이 걸어 임휴사에 들른 후 저수지 있는 데까지 갔다. 그러나 회원들이 먼저 간 흔적이 없다는 걸 알고 우리는 도로 내려오기 시작했다. 그러다가 중간에서 만났다. 우리들은 자리를 잡고 텐트를 쳤다.

누가 심어 놓았는지 몰라도 간밤에 심어 놓은 것 같은 나무가 간밤의 태풍으로 모두 쓰러져 있어서, 우리가 그것들을 다시 세워주고 이전해서 심기도 했다. 이윽고 점심 시간. 누나들이 마련한 샌드위치를 맛있게 먹었다. 그 후 다시 나무를 심고 모여 레크레이션을 즐기고 하산했다.

＊＊＊

얼마 전의 일이다. 재경달성군향우회에서 매년 장학금을 12명 지급하는데 해당 대학생이 있으면 신청하라는 연락이 왔다. 우리 집의 늦둥이가 2020년에 1학년에 입학한지라 대상은 되지만, 재경월배향우회는 약간의 활동이 있었지만 재경달성군향우회는 그런 적이 없어서 망설여졌다.

하지만 아이가 코로나로 캠퍼스 활동도 못 누리고 집에만 있는데, 혹시나 장학생이 되면 힘이 될까 싶어 용기를 내어 신청을 했다.

평가 항목 중에는 학생뿐만 아니라 부모들의 지역 및 사회발전 기여도 평가 점수도 있었다. 사회발전 기여도에는 NGO 활동과 서울시교육청 교육 멘토 등을 넣었는데, 지역(고향)발전은 뭐가 있지, 라고 고민하던 중 학창시절 동문장학회 활동이 떠올라 써넣었더니 관련 자료를 보충하라는 연락이 와서, 위 일기장을 사진을 찍어 보냈다.

결과가 어떻게 될지는 모르겠지만, 그만큼 나의 고향 월배와 동문장학회를 사랑했고, 또 순수하고 열정적으로 활동했다.

(원고 수정 작업 중 "강유정이 장학생으로 선정되었다"는 소식을 접했다. 나의 동문장학회 활동이 얼마나 영향을 끼쳤는지는 모르겠지만, 참으로 기쁘고 감사할 따름이다.)

고아원 방문

＊＊＊

1980. 12. 28. 일. 맑음

23일 화요일 오전 10시가 좀 지나서야 월배 올라가니 몇몇 회원들이 벌써 나와 있었다. 사진관 형님 친구들이 고아원 방문하는 데 2만원을 찬조해줘 우리들의 경제적 부담을 한결 덜었다.

올림픽 사격장에서 회원들을 기다리며 준비를 했다. 형도는 10시로, 철희는 오후 2시로 작정을 했기에 혼선이 생겼던 것 같다. 중3인 예수, 태호도 나왔다. 누나들도 나오고 모두 19명이 모였다. 눈 내려 거리가 하얗게 덮인 것이 분위기도 딱 맞았다. 고아원 가는 도중에 철희와 집에 들러 기타를 가지고 갔다.

고아원에서는 벌써 어린이들이 모두 다 모여 있었다. 우리는 60~70명으로 예상했는데 실제 인원은 120명이었다. 당황스러웠지만 어쩔 수 없었다. 화원 고개 너머로 자주 오가며 보아온 성화원이지만 내가 생각한 것보다는 부드러웠다. 실내 들어가니 몸 냄새가 코를 찔렀다. 그러나 곧 마비되어버리고 정이 갔다. 우리들은 정성껏 대해줬다.

성화원의 아줌마들도 우리들이 다른 어떤 방문 학생들보다 더 잘 논다고 웃음지었다. 나중에 준영 형이 와서 더욱더… 그런데 학교에 갔다 늦게 와 과자선물을 못 받은 한 어린이가 울고 있는 모습. 끝날 때 주소를 적으며 카드를 붙이라는 모습. 오중이를 잘 따르던 한 여자 어린이. 정말 눈에 선하다.

마치고 성화원 정문을 나서니 정말 다른 어떤 행사보다도 마음이 훈훈하고 뿌듯했다. 앞으로도 종종 이런 기회가 있었으면 싶었다.

마을까지 내려와서는 형도와 약간의 신경전이 있었다. 모든 일을 너무나 혼자 떠맡아 하는 것 같아 성이 났다. 집에 와서는 혼자 생각해봤다. 이런 식으로 나가다가는 스스로 무너져버릴 것만 같았다. 두려웠다. 내 장래까지도. 회를 위해서도. 회장을 위해서도.

그래서 24일 수요일 숙자 집에서 형도랑 숙자랑 얘기를 나눴다. 태호가 옆에서 끼었다. 숙자는 별 말이 없었고 형도는 나를 이해해 주려고 노력하는 것 같았다. 무엇보다도 태호가 회의 실정을 이해해 주는 것 같아 무척 마음이 든든했다. 얘기가 잘 되어 일을 좀 분담하기로 하고. 상세한 건 동문장학회 회지를 만들면서 더 얘기를 나누기로 했다.

오후 4~5시쯤 되었는지 모르겠다. 숙자 집을 나와 'J' 집에 한번 찾아가봤다. 마침 집에 있었다. 우리는 밖으로 나와 간단히 얘기 나누고 헤어졌다. 내일은 'J' 친척 중 누군가 결혼을 하기 때문에 7시에 전화하기로 하고…. 집에 오면서 철희를 만나 밤에 집에 놀러 오라고 했다.

작은방에서 기타도 치고 라디오도 듣고 있으니 철희가 왔다. 그러나 자기네 친구들끼리 논다며 갔다 온다고 하고는 나가버렸다. 성탄절 이브 밤이 너무 고독하길래 노래 한 곡을 짓고 있으니 종식이가 왔다. 욱성이도 데려오라고 했다. 그래서 우리들은 조촐한 이브의 밤을 맥주 한

잔씩 마시며 보냈다. 내일 밤에는 친구들 모두 모여 밤새기로 하고…. 밤 12시경에 형이 들어와 종식이, 욱성이는 집으로 갔다.

* * *

고등학교 2학년은 가장 바쁜 시절이었다. 대학 입시를 위해서도 정말 중요한 시기였다. 하지만 그 중요한 시절에 난 동문장학회 회장으로서 회의 발전을 위해 정말 전력을 다해 뛰었다. 식목 행사는 내가 1학년일 때도 했지만. 고아원 방문 행사를 비롯하여 다른 모든 행사는 내가 2학년 회장일 때 처음으로 시도한 것들이었다.

그러다 보니 시행착오도 많았다. 고아원 방문도 날짜를 잡아 놓고는, 무슨 사정이 생겨 한두 번 미룬 끝에 성공적으로 다녀올 수 있었다.

고아원 방문을 위해 자전거를 타고 회원들 집집마다 돌아다니며, 쌀을 거둬 떡을 하고, 경비를 마련하는 등 정말 요즘은 상상도 할 수 없는 소중한 추억이 되었다.

월배 사진관을 운영하는, 다리를 약간 저는 월초 선배인 형님이 잘 다녀오라며 2만원 성금을 보태 줘 큰 힘이 되었다. 사진을 인화할 일이 있으면 항상 그 사진관을 이용했는데, 사진 값을 제때 못 줘 면목이 안 선 적도 있었다. 맞다, 장학금을 줄 때도 그 형님이 보태 준 기억도 난다.

　이렇게라도 기록으로 남길 수 있어 다행이고 참으로 고마웠고
또 그립다. 그때 그 시절, 그 사람들이….

　　자동차보다 자전거를
　　더 탔던 7080 푸른날

　　호주머니 푼돈 모아서
　　중학 진학을 도와주고

　　자전거 타고 가가호호
　　쌀 거두어 수련회가고

　　봄이면 앞산 식목행사
　　겨울에는 고아원 방문

　　고향의 발전에 힘썼던
　　꿈만 같은 동문장학회

　　지금은 맥이 끊겼지만
　　마음 속에는 영원하다

동문장학회 송년 모임
아내와 함께 다녀온다

이미 알고 있는 얘기들
또 들어도 웃음 터지고

평생 처음듣는 얘기는
밤하늘 별처럼 빛난다

후배와 아내와 귀경길
행복이 석양에 물든다

2.
야유회와 수련대회

야유회

＊＊＊

1980. 7. 25. 금. 비

오늘 나로서는 중대한 결정을 내리지 않을 수 없었다. 내일이 동문장학회 야유회 날인데, 오늘 하루 종일 처절하게 비가 내리는 것이다. 오늘 하루 종일 집밖에 있었다. 오전에 월배 지서에 가서 집회 신고서를 제출했는데 허락이 나지 않아 애를 태우는데, 지서장님이 오후 2시에 다시 오라고 하여 철희와 같이 올라 갔다. 여러 질문을 받은 뒤 겨우 허락을 받아내고, 우리들은 우선 배가 고파 이것 저것 군것질을 좀 하고는 탁구를 1시간 쳤다.

그리고는 석희 형 집으로 갔다. 비는 계속 내리고 있어서 매우 걱정이 되었다. 회원들이 많이 모여 이구동성으로 못 가지 않겠느냐고 했다. 비가 이대로 계속 온다면 가기 어려울 것이다. 밖에 나와 역기 받침대에 누워 괴로워했다. 그러나 나의 최종 결정은 계획대로 추진한다는 것이다. 연기한다면 또 괴로울 것이기 때문에….

1980. 7. 26. 토. 맑음

오늘이 중복이라 아버지께서도 놀러 가신다. 그러나 아버지보다 더 먼저 나는 동문장학회 야유회를 위해 부산을 떨며 걸음을 재촉했다. 철회는 심부름을 하고 난 뒤에 따라오기로 했다. 아무도 없는 학교에 도착하니 곧 한두 명씩 많이 모이게 되었다.

간밤의 걱정과 달리, 다행히도 구름이 끼었으나 날씨는 좋았다. 바빴다. 1진은 선발대로, 2진은 부식을 들고, 나를 포함한 3진은 텐트를 들고 출발했다. 그리고 숙자는 준비 못 한 점심을 준비하기 위해 장을 봤다. 이렇게 도착한 우리는 매우 어설펐다. 그러나 여름의 시원한 자연 풍광은 우리들을 잘 달래 줬다. 계획에는 차질이 있기 마련이었다.

오전에는 이럭저럭 장난 치면서 보냈다. 점심 때부터는 형들이 올라오기 시작했다. 굶주림에 지친 우리들은 즐거운 식사를 마치고 늦게 온 준영 형과 함께 오후를 보냈다. 사실 기타를 잡은 철회와 내가 좀 많이 떠들었다. 저녁 노을을 뒤로 남기며 아쉬운 발걸음으로 내려왔다. 내려와서는 석희 형 집에서 형들이 수박 파티를 열어 줬다. 숙자와 나는 쥐포를 사 먹었다.

＊＊＊

야유회는 가벼운 행사였다. 그런데 전날 비가 심하게 내려 고민이 많았다. 하지만 연기하게 되면 또 다른 일이 될 것 같았고, 또 당시 나는 동문장학회 2대 회장으로서 회의 기틀을 닦는다는 마음으로 회(會)로서 갖춰야 할 것은 모두 해보겠다는 마음이 컸다. 그래서 용기를 내어 한다는 쪽으로 결정을 내렸는데, 다음날 날씨가 좋아져 무리 없이 잘 끝나 다행이었다. 특기할 만한 것은 당시에는 모든 집회를 하려면 경찰서로부터 허락을 받아야 했다.

그런데 수련대회는 경험이 없던 나에게는 야유회와 달리, 준비도 복잡하고 힘들었고, 또한 수련대회 기간 밤사이 비가 내려 엄청 고생을 했다. 부족한 준비의 결과를 고스란히 돌려받은 것이었다.

특히 현재 리더십 교육을 가르치고 있는 나에게 당시의 이런 활동들은 리더의 역할과 책임에 있어서 소중한 경험들이 되었다. 수련대회 기록은 좀 길지만 내 인생에 다시 올 수 없는 가장 소중한 역사의 한 장면을 기록한다는 마음으로 최대한 줄이지 않고, 그대로 옮겨 본다.

수련대회

＊＊＊

1980. 8. 2. 토. 맑음

내가 회장인 직책 때문일까? 회원이기 때문일까? 모레 동문장학회 첫 수련대회가 있기 때문에 모든 걸 오늘 준비해 내일은 만들어야 하기 때문에 오늘 돈을 거두고, 쌀을 거뒀다. 형도가 애를 많이 먹었다. 회원 하나하나에 모두 신경을 써야 하기 때문에 더 괴롭다.

동기들 그리고 후배들 특히 후배 여학생들 현숙, 순애, 선희. 모두 협조해서 가기로 했다. 이렇게 좋은 친구 선후배들이 있는데 나는 왜 괴로워해야만 하나? 집안… 공부….

1980. 8. 7. 목. 흐림

이제 모든 것은 끝났다. 그런데 왜 이렇게 내 마음은 더욱 텅 빈 것 같고 허전할까? 아무일 없이 무사히 동문장학회 첫 수련대회를 마칠 수 있었는데, 힘써준 모든 회원들과 선배들께 감사 드린다.

수련대회를 마치고 집으로 돌아온 나는 무척 수척함을 느낄 수 있었다. 책임자라는 게 힘들다는 걸 새삼 느꼈다. 애를 많이 쓴 명술이 집에 찾아가서 인사 여쭙지 못 한 게 마음에 걸린다. 이제 얼마 남지 않은 방학을 마음잡고 공부만 해야 될 것만 같다.

비록 초라했을지라도 추억의 한 페이지로 돌리기엔 충분한 모든 일들을 여기에 기록해 보고 싶다. 그리고 아직 나오지 않은 사진들도 이를 증명 아니 추억으로 만들어 주리라.

수련대회를 마치고(동문장학회 첫 1박2일 행사)

예상도 못했던 수련대회. 그래서 준비가 많이 미비했던…. 그러나 모두들 마음속에 뭔가 남음이 있기에 추억의 한 장면으로만 돌리기엔 너무나 그리운 동문장학회 첫 수련대회.

떠나기 전날 나에게는 큰 걱정이 밀려왔다. 날씨가 흐리고 또 회원들을 불안케 하는 소식을 들었으니 말이다. 날씨는 전번 야유회 때처럼 일단 하느님께 맡기고 추진하면 되었으나, 하지만 누군가가 지금 시국이 비상사태이니, 신고를 하지 않은 모든 집회는 허용되지 않으니, 하면서 부모님들이 걱정을 해 보내줄지 모르겠다고 했다. 야유회를 하고 연이어 집회를 가졌기 때문에 이번에 또 집회신고서를 내려고 하니 미안키도 하고, 어쩌면 허가를 안 내어줄지도 모른다 싶어 그냥 다녀오기로 하고 신고를 하지 않았던 것이다.

그런데 이제 와서 저런 단속을 한다는 소리를 들으니, 지금 신고할 수도 없는 실정이고 해서 적잖이 불안했다. 무엇보다도 1학년 여학생들 순애와 현숙이가 불안해했다. 더군다나 친구 선희가 집에서 허용을 안 해 같이 못 가고 둘만 가는 게 서운한지, 또 동기 여학생들이 적어 불안한지 몹시 걱정하고 있었던 데다가 이런 소문까지 겹치니…. 이 두 명마저 빠져버리면 후배 여학생들이 한 명도 없는 격이 되어 어딘지 모르게 한 구석이 빈 것 같은 느낌이 들어 도저히 빠지게 할 수가 없었다.

일단 안심을 시켜 놓고 만순한테 전화를 해보니 마침 집에 없었다. 후배들이 혹시 나오지 않지는 않나 싶어 적잖이 걱정했다. 거기다 준영 형은 이야기하면서 한번씩 "나는 내일 못 올라가는데…" 하며 나를 불안케 했다. 그럴 때마다 형에게 자꾸만 말도 안 된다고 애원 비슷하게 부탁을 했다. 회원들은 농담으로 "형, 오기 싫으면 안 오면 될 거 아녀요? 그런데 왜 자꾸만 그 말을 되풀이합니까? 한 번만 더 들으면 100번입니다. 100번"이라고 했다.

회원들과는 달리 나는 적잖이 걱정했다. 사실 현실적으로 형은 학교에 나가야만 하고, 수업을 마치고 올라온다 하더라도 아침 일찍 학교에 가야 되겠기에 산에서 내려와야 하는 것이다. 그래서 나는 불안했다. 용철이 형이 없어 불안한 데다가 형들마저 못 온다면 더욱더…. 사실 준영 형이 빠진다면 사회 볼 사람이 없어지고, 그러므로 인해 수련대회를 실망시켜 버릴 수도 있고, 또한 불량배들이라도 만난다면… 하는 생각이 머리 속에 꽉 찼다.

그러나 영일이 형을 믿었기에 후자는 걱정을 안 해도 되었다. 영일이 형도 학교에 가야 되었으나 준영 형만큼 날 괴롭히진 않았다. 내 앞에 앉아 있는 영일이 형의 모습은 나를 많이 안심시켜줬다. 또 석희 형은 수련대회 준비를 하느라고 너무너무 애쓰는 것 같았다. 사실 석희 형이 그런 면에서 뒷받침해 주지 않으면 매우 힘들 것 같았다. 무엇보다도 용철이 형이 빠진다는 게 너무너무 가슴 아팠다.

회원들을 모두 집으로 돌려보낸 후에도 걱정이 되어 그냥 남아서 석희 형과 많은 얘기를 나눴다. 준비도 그럭저럭 다 된 것 같았다. 특히, 음식 준비는 명술이가 도맡아 했다. 숙자는 떠나는 날이 시험이라 도서실에 공부하러 가느라 혼자 할 수밖에 없었다. 조금 있으니 준영 형이 집에 갔다 오고 숙자가 공부를 마치고 왔다. 숙자는 미안한지 먹을 것을 좀 사와 먹으면서 얘기를 나누다가, 밤이 깊은 것을 알고 혼자 집으로 돌아왔다.

이튿날 아침, 평시와 같이 일어나보니 날씨는 매우 좋았다. 계속 이렇게만 됐으면 하는 마음이…. 불확실한 텐트의 숫자 때문에 걱정이 되어 욱성에게 가서 텐트를 하나 빌려 가지고 철희한테 갔다. 철희는 같이 나가지는 못 하겠고, 캠프파이어 할 때는 준영 형과 같이 올라오리라고 했다.

9시에 월배국민학교 집합이었다. 8시 반까지 석희 형 집에 가려고 하니 어중간하여 전화를 걸어보니 경현 형이 모두 준비했다고 했다. 월배 사진관에서 사진기를 빌려 가지고 정각보다 일찍 장소로 가보니 아무도 나와 있지 않았다. 얼마 안 있으니 순자가 왔다. 순자를 만나니 우리가 과연 지금 어딘가 가려 하고 있구나 하는 걸 느낄 수가 있었다.

사람들의 눈이 있어 5명 정도 모이면 회원들을 먼저 보낼 생각이었다. 거기는 순자에게 맡겨 놓고 한 번 더 약국 앞으로 갔다. 석희 형 집에 전화하니 순애가 받았다. 반가웠다. 안 나올까 걱정했는데⋯. 현숙이와 같이 있다고 하여 석희 형과 올라갈 때 같이 올라 가라고 하고는 학교로 다시 왔다. 회원들이 꽤 모였다. 올려 보내려고 하니 마침 누나들이 와서 만나 같이 올라갔다.

나는 거기서 아직 오지 않은 형도, 상엽, 오중이를 기다렸다. 조금 있으니 상엽이가 세련된 모습으로 나타났다. 모두 올라갔다고 하니 빨리 가자고 했다. 좀 더 기다려도 아무도 오지 않기에 우리는 석희 형 집으로 갔다. 아직 올라가지 않고 있었다. 거기서 형도한테 전화를 거니 수련대회 간다고 나갔다고 했다. 그런데 아직 도착 않는 게 이상했다. 또 오중이는 전화하니 아버지가 야단났다며 못 간다고 하며 엄마가 전화를 끊어 버렸다.

그런데 큰일이었다. 오중이가 텐트를 가져오기로 했는데, 이렇게 되면 20명이 넘는 인원이 텐트 2개를 가지고 자야 하다니⋯. 마침 병곤이가 오길래 못 산 것들을 좀 사달라고 부탁했다. 그러는 사이에 준비가 다 되어 모두 먼저 올려 보냈다. 또 한번 더 만순한테 전화해 보았다. 마침 집에 있었다. 아무일 없이 잘 다녀오라고 했다. 우리도 아무일 없이 마칠 수 있기를 빌었다. 한참 있으니, 병곤이가 알콜과 여러 가지를 사왔다. 병곤이가 같이 못 간다는 게 정말 안타까웠다.

그때 벌써 해는 중천에 떠 있었고 시간은 10시가 넘었다. 그런데 혼자서 터벅터벅 올라가고 있는데 바지가 몸에 딱 들어붙어 아무래도 불안했다. 중간쯤 가다가 기어코 찌~익 하고 바지가 터져 버렸다. 정말 곤란했다. 벌써 회원들은 다 올라가 있을 텐데 어떡하면 좋을지 몰랐다. 그래서 진천동 작은 집에 들러 바지를 대충 꿰매 가지고 집으로 돌아가서 교복 바지로 갈아입고는 뒤따라 올라갔다. 상인 고개에 내려 걸어가니 한참 고되었다.

　　그러나 날씨는 정말 좋았다. 한 번도 쉬지 않고 산으로 올라갈 수 있었다. 예정했던 곳보다 텐트는 더 위쪽에 자리 잡고 있었다. 수풀 사이로 텐트 치는 모습이 눈에 띄었다. 그래서 안도의 한숨을 몰아 쉬고 세수를 하고 있는데 후배 석덕, 상엽, 종우가 나타났다. 내가 못 찾을까 싶어 마중 나왔다는 것이었다. 하여튼 반가웠다. 우리는 거기서 좀 더 쉬다가 회원들이 있는 것으로 갔다.

　　때는 벌써 점심 때가 다 되었다. 그래서 동기 여학생들은 점심을 준비하고 있었다. 후배 여학생들은 설거지 담당이라고 했다. 내심으로 기분이 좀 나빴을 것이다. 석희 형과 경현 형은 뭔가 분주히 설치고 있었다. 후배 남학생들은 장난칠 생각만 하지 준비할 생각이나 도와줄 생각은 전혀 안 하고 있었다. 그러나 모두가 좋았다. 나도 앉는 즉시로 기타 치며 노래 부르고 있었으니까…. 나를 비롯해서 석득, 종우 등 모두 음치들의 연속이었다. 여학생들이 듣기 괴롭다고 하도 핀잔을 주기에 우리들도 형들 하는 일을 거들어줬다.

점심은 라면이었다. 제법 침이 돌았다. 그런데 이게 어떻게 된 영문인지 숟가락과 젓가락이 없었다. 정말 곤란했다. 후배들은 불평이 대단했다. 그릇도 조그마한 공기였다. 나는 석득, 종우, 상엽이와 같이 먹었다. 나무로 젓가락을 만들었으나 라면이 잘 집히지가 않았다. 그러나 우리들은 그릇을 서로 맞대어가며 맛있게 모두 먹었다. 모두 더 먹으려고 아우성들이었다. 후배 남학생들만…. 또 종우와 석득이는 상엽이를 보고 양아치라고 놀리며 얼마나 장난을 치는지…. 즐겁기도 하고 부럽기도 했다. 모두들 너무 사이가 좋았다.

점심을 모두 마치고 모두들 휴식을 취하는데 햇볕이 쨍쨍 내리쬐고 있었다. 진작 천막을 하나 빌려왔더라면 이렇게 햇볕을 쪼이지 않아도 되는 건데…. 또 밤새도록 천막 밑에서 얘기를 나누며 비바람을 피할 수도 있었을 텐데…. 내가 약간 신경 안 쓴 탓으로 회원들 모두가 고생하고 있었다. 미안한 마음 이루 헤아릴 길 없었다.

우리들은 모두 둘러앉아 기타 치고 노래 부르며 놀았다. 또 '바쁘다 바빠 종우 바빠 닭다리 잡고 상엽 삐약'이라고 하는 게임을 했다. 종우가 1번을 했다. 왜 했는지 회원 모두 잘 알리라. 상엽이는 참 잘했다. 그래서 상엽이 번호가 자주 입에 오르내렸다. 처음에는 잘 안 되었으나 매우 재미있었다. 그때 형들은 어디 있었는지 잘 알 길이 없다. 분명히 뭔가 일을 하고 있었으리라. 우리가 놀았던 것들이 자초지종 잘 생각나지 않는다.

3시는 넘었으리라. 그때 준영 형과 영일이 형과 숙자가 올라오고 있었다. 매우 반가웠다. 형들을 보니 한층 더 힘이 솟았다. 영일이 형은 학교 수업을 마치고 곧바로 올라오는 길이고, 준영 형은 오전 수업만 하고 조퇴 맡아 오는 길이라고 했다. 숙자는 시험을 치고 오는 길이고…. 또 병곤이와 오중이가 같이 올라왔는지는 모르겠지만 하여튼 올라왔다. 그런데 병곤이가 말을 잘못 전해 오중이가 텐트를 안 갖고 그냥 왔다. 가져올 수 있었는데, 그냥 오라고 했다고 하면서 빈 몸만 왔다는 것이다.

이리하여 회원들이 거의 다 모였다. 그런데 형도는 여전히 깜깜무소식이었다. 용철이 형은 말할 것도 없고…. 이러는 사이에 여학생들은 저녁 준비를 하고 있었다. 메뉴는 카레라이스라고 했다. 석희 형은 우리보고 캠프파이어 할 때 쓸 나무를 준비하라고 해서 후배들과 이리저리 돌아다니다 보니, 누군가가 놀다 갔었는지 장작이 좀 남아 있었다. 분명히 포도회가 다녀간 장소일 거라는 생각이 들었다.

그런데 카레라이스를 하는데 수저가 없이는 도저히 먹을 수가 없었다. 그래서 갓 올라온 선배에게 부탁할 수도 없고 해서 1학년 후배들과 순태 누나가 내려갔다 오도록 했다. 석득이는 상엽이가 쓴 모자를 벗지

앉으면 같이 못 내려가겠다고 장난쳤다. 모두들 한참 재미 있었다. 가만히 보니 상엽이 인기가 대단했다.

산에서는 해가 빨리 진다는 것을 실감할 수가 있었다. 나는 순애, 선희와 노래 부르며 기타 치며 사진도 몇 판 찍었다. 이윽고 저녁이 준비되었다. 그런데 여학생들의 걱정하는 소리가 들려왔다. 글쎄, 밥이 4층밥이 아니라 6층밥이라는 것이었다. 밑에 새까맣게 탄 것부터 위에는 생쌀이었다. 이렇게 해서 시집을 어떻게 가려고 하는지 원…. 회원들 중에는 카레라이스가 취향에 맞지 않는다고 라면을 끓여 먹는 사람도 있었다.

준영 형은 또 집에 갔다가 나와야 하기 때문에 내려갔다. 아니 그 전에 정숙자가 혼자서 또 올라왔었다. 얼마 놀지도 못 하고 준영 형과 같이 내려갔다. 그 전에 어떻게 지냈는지 잘 알 길이 없다. 준영 형은 내려갔다가 밤 10시경 철희와 같이 캠프파이어 때문에 또 올라오기로 되어있었다. 이윽고 수저를 가지러 간 후배들과 누나가 늦게나마 돌아와 모두들 투덜거리며, 또 맛있고 즐겁게 식사를 마칠 수가 있었다. 설거지는 또 후배 여학생들이….

어둠이 산에 쫘~악 깔리자 우리 회원들 대부분이 둘러 앉았고… .여자의 본색이 드러나기 시작했다. 낮에는 노래도 나지막하게 부르고 수줍어하던 여학생들이 밤이 되자 모두들 참 잘 놀았다. 목소리는 여학생들이 당연 우세했다. 자기 얼굴이 어둠 속에 가리워졌기 때문에 부끄럼도 별로 없이 잘들 놀았다. 그게 좋았다. 맘껏 노래 부르고 속으로 엉켜진, 아니 수줍어하던 모든 마음을 힘껏 젊음이라는 단어를 통해 발산하는 그것이 좋았다.

그러던 중 저쪽 길에서 불빛이 나타났다. 여학생들은 모두 두려워하고 있었다. 그러나 조용히 시켜 놓고 경현 형과 영일이 형이 내려가 보고 "괜찮다. 실컷 놀아라" 하는 소리가 들리자 우리들은 또다시 놀 수가 있었다. 그러나 이미 회원들은 대열에서 많이 빠져나가 제각기 무슨 일들을 하고 있었다. 캠프파이어 준비하는 것을 돕기도 하고…. 나도 회원들과 그냥 둘러앉아 얘기를 나눴다.

나중에 철희와 준영 형이 앰프를 들고 올라왔다. 그래서 우리들이 지켜보는 가운데 캠프파이어가 준비되었다. 회원들은 모두 장작더미를 둘러싸고 돌에 자리 잡아 앉았다. 캠프파이어를 처음 하는 회원들도 많은 것 같았다. 나도 처음이었다. 사실 오늘 하루가 캠프파이어를 하기 위해 존재했던 것 같은 느낌이 들었다.

후배 여학생 3명이 각기 다른 곳에서 불을 붙이기로 되어 있었으나 장소가 여의치 않아 그냥 형들이 불을 붙였다. 나는 사진을 맡았다. 준영 형은 말하기를 "세 군데서 불이 붙을 때는 이미 우리 회가 시작된 것이고, 장작에 불이 옮겨 붙을 때는 우리가 사회에 나왔을 때 회가 번창

하는 것이다"고 하며, 회원들에게 뭔가 많은 얘기들을 들려줬다.

　이윽고 캠프파이어 불이 붙었다. 나는 셔터를 눌렀다. 회원들의 마음은 모두 어떠했을까? 모두 우리 회의 무궁한 발전을 위해 기도했을까? 장작에 불이 팍 하고 붙을 때는 정말 멋있었다. 동시에 <모닥불>이라는 노래가 흘러 나오고, 우리들은 모두 손뼉을 치며 노래를 불렀다. 정말 나는 어디에 서야 할지를 몰랐다. 이리저리 돌아다니며 사진을 찍었다. 잘 나올지는 의문이다. 하지만 잘 나와 주리라 믿는다.

　이렇게 해서 캠프파이어는 시작되었다. 준영 형이 사회를 맡았다. 정말 준영 형의 위치는 대단한 것이었다. 음악은 철희가 담당했다. 그런데 테이프를 철희가 준비한 게 아니라 매우 애를 먹었다. 노래가 준비된 노래가 아니고 그냥 테이프를 가지고 왔기 때문에 곤란했다. 이윽고 앰프를 통해 음악이 터져 나올 때 준영 형과 영일이 형을 비롯해 선배들은 제각기 춤을 췄다. 두 형의 춤은 어디에 내어놔도 안 빠질 것 같았다.

　회원들은 모두 가에서 손뼉을 치고 있었다. 모두들 같이 춤을 추고 싶었다. 모두들 흥분하고 있었다. 그런데 음악이 너무 어려웠기 때문에 우리는 감히 춤을 출수가 없었다. 그래서 좀 쉬운 음악으로 틀게 하고는 사진기를 놔두고 뛰어나가 흔들었다. 도저히 흥분을 억제할 수가 없었다. 회원들 모두 춤추고 있었다. 춤을 못 추는 회원들도 하려고 노력하고 흥분하고 있었다. 현숙, 순애, 선희 모두 예쁘게 가에서 흔들고 있었다. 그리고 회원 모두들 춤을 잘 췄다. 신났다. 뭐라고 표현해야 할까?

그런데 장작이 모자라 불길이 높이 솟지를 못 하고 오래가지도 못 했다. 우리들도 불길을 따라갈 수밖에 없었다. 철희도 음악을 틀어 놓고 들어와서는 춤을 췄다. 숙자, 명술, 병곤, 상엽… 모두들 흥분한 상태였다. 도중에 끊기는 음악은 정말 우리들을 실망시키곤 했다. 그러나 준영 형이 재치 있게 노래 부르며 그 고비를 넘겨줬다. 장작이 모자랐다. 1시간도 못 췄을 줄로 안다.

준영 형은 모두 자리에 앉히고 흥분을 가라 앉히고는 우리들을 리드해 나갔다. "우리들이 춤추는 것은 우리 젊음을 마음껏 발산하는 것이니까 죄가 되지 않지만, 가라 앉힐 줄 모르고 계속 춤을 춘다면 젊음을 떠나서 유행에 빠져 죄가 될 수 있다"고 했다. 우리들은 그저 듣기만 했다. 음악은 이제 사라지고 조용히 그리고 발갛게 타오르는 모닥불은 우리 젊음을 불사르는 것 같았다. 각자 노래를 한 곡씩 연이어 부르는 순서가 되었다. 모두들 자기가 가장 사랑하는 노래들을 불렀다. 나는 은주 누나와 같이 <이루어질 수 없는 사랑>을 불렀다. 누나가 잘해줬다. 난 목이 쉬었는데….

이리하여 캠프파이어는 자꾸만 식어갔다. 장작이 많이 없는 탓이었다. 불만 있었다면 밤새도록 그렇게 보낼 수가 있을 것 같았다. 그런데 천막도 없고 밤 추위도 상당하고 형들은 내일 학교에 가야 하고 해서 텐트 속에 들어가 자는 회원들도 있었다. 텐트가 5개만 되었어도, 아니 하나만 더 있었어도…, 하는 생각이 절실했다. 후배들을 먼저 들어가 자게 했다. 나는 밤새도록 누군가와 얘기를 나누고 싶었다. 그러나 그렇게 하질 못했다. 그냥 모닥불 피워 놓고… 마주, 아니 둘러 앉아서 얘기를 나눌 뿐이었다. 왜 좀 더 그 밤을 재미있게 보내지 못 했는가 하는 아쉬움이 든다.

아침에 아니 새벽에 일어나니 비가 처절처절 내리고 있었다. 밖에서 밤을 지새운 회원들도 비를 폭 맞았다. 새벽에 영일이 형과 준영 형은 내려가 버렸다. 어떡하면 좋다는 말인가? 더군다나 내가 가져간 텐트는 방수가 되지 않아 비가 새고 있었다. 새벽에 그것도 이른 새벽에 석희 형은 라면을 끓이고 있었다. 그리고 여학생들은 밥을 하고 있었다. 어떻게 된 건지 상세히 적을 길이 없다. 현숙이는 아직 피곤한 잠을 이루고 있었다.

우리들은 식사를 마치고 개울물에 세수를 하고 양치질을 했다. 기분이 상쾌했다. 그리고 텐트 속으로 들어와 순애와 선희랑 얘기를 나눴다. 매우 기뻤다. 후배들과 좀 더 친해질 수 있었다는 것이…. 어떻게 8~9시 밖에 되지 않았는데 점심이라며 라면을 끓여왔다. 비가 내리니 빨리 다 해먹고 내려가자는 심산이었다. 1학년 남학생들은 서로 많이 먹으려고 선희와 순애가 먹는 것까지 빼앗아 먹었다. 그래도 아무 불평 없는 후배 여학생들이 그렇게 좋을 수가 없었다.

비가 내리기 때문에 밖에 나갈 수가 없었다. 그래서 종일 텐트 속에서 꼬물꼬물하며 지냈다. 우리들은 할 일이 없기에 묵찌빠 놀이를 했다. 정말 초라했다. 텐트는 축 늘어져 우리 어깨에 닿아 몸은 비를 다 맞았다. 그러나 재미도 있었다. 이러는 사이에 준영 형은 우리를 위해서 학교에 가지 않고 친구 집에 들른 후 이리로 올라왔다. 와서는 30분 동안이나 이리저리 돌아다녔는데도 우리는 아무도 알아차린 사람이 없었다.

생라면을 바삭바삭 부쉬 먹으면서 들어와서는 얼마나 웃기는지… 창자가 들어붙어 웃을 수도 없었다. 노래도 부르고 이야기도 재밌게 하곤 했다. 정말 상상력이 풍부했다. 또 같이 묵찌빠를 하다가 나중에 비가 그쳐 우리들은 밖으로 나왔다. 준영 형도 왔으니 점심을 해먹고 오후에 늦게 내려갈 작정이었다. 그리고 준영 형이 올라오기 전에 은주, 순태 누나들과 수연, 윤애는 먼저 내려가 버렸다. 비도 오고 춥기도 해서 그러했으리라.

준영 형이 일부러 올라왔는데도, 회원들이 하도 보채길래 하는 수없이 정리를 하지 않을 수 없었다. 마지막으로 준영 형 혼자서 춤을 추며 원맨쇼를 했다. 우리들은 둘러 앉아 구경하다가 비가 많이 내리기 시작하길래 하는 수없이 하산해야만 했다. 모든 짐을 리어카에 싣고 회원들은 삼삼오오 내려갔다. 이틀 동안이었지만 무척이나 정든 곳이었다. 아쉬운 마음이 들었다. 언젠가는 다시 찾아올 날이 있겠지.

하산하는 동안은 별 말들이 없었다. 준영 형이 순애에게 무슨 말인가 자꾸 걸려 하고 순애는 성이 난 듯했다. 왜 그런지는 모르겠다. 마을 입구까지 와서는 경현 형이 이대로 내려가면 동네 사람들에게 욕 먹을 수도 있으니, 회원들은 먼저 내려가고 리어카는 자기가 끌고 가겠다고 했다. 정말 고마웠다. 마을에 들어서서는 마중 나온 회원들도 만났다. 영일이 형과 숙자였다. 무척 반가웠다. 덕분에 우리들은 좀 더 웃으면서 내려올 수 있었다.

석희 형 집에까지 우리는 무사히 도착했다. 모두들 피곤한 기색이었다. 영일이 형이 먹을 것을 좀 사가지고 들어왔다. 모두들 맛있게 먹었다. 나중에 명술이가 또 뭘 사왔다. 준영 형과 영일이 형으로부터 느낀 소감과 주의 말씀을 듣고 우리들은 모두 헤어졌다. 나는 남아서 선배들과 이런 저런 얘기를 더 나눴다. 그리고는 거울을 한 번 쳐다보았다. 새까맣게 탄 얼굴에다 무척이나 수척해 보였다. 철희와 명술이와 셋이서 집으로 내려오면서 별 말이 없었다. 철희는 집에 들어가면 꾸중들을 것을 생각하고 있겠지… 끝.

1980. 8. 14. 목. 맑음

사진 값. 골치 아프다. 괴롭다. 오늘 사진관 형님의 그 얼굴. 나를 신뢰하지 않는 것 같았다. 아~ 신용. 내가 이것을 얼마나 중요하게 생각했는데…. 그런데 이번 수련대회 갔다 온 사진 인화비가 밀린 걸로 인해 형님과의 관계에 틈이 좀 생긴 것 같다.

1980. 8. 16. 토. 맑음

오후에는 이모 집에 채소를 좀 갖다 주고 오라는 아버지 부탁을 받고 이모 집에 갔다. 이모는 고맙다고 아버지 과일 사드리라며 돈 1000원을 줬다. 그걸 사진관에 밀린 동문장학회 사진 값 일부를 갚는 데 써버렸다. 아버지에게 미안했다.

1981. 7. 27. 월. 맑음

7월 25일 몹시도 더운 날이었다. 동문장학회 수련대회를 떠나는 날이었다. 아버지께서는 오전에 논에 약을 좀 치자고 했다.

낮에는 태양의 열기에 주눅들어 힘을 못 쓰다가, 저녁식사를 마치고는 밤의 공기가 젊음의 함성에 흔들리기 시작했다. 모두들 싱싱하고 젊었다. 우리는 힘껏 노래 부르며 춤추고 놀았다.

회원들의 헌신적인 활동에 용철이 형과 나는, 동문장학회가 이만큼 성큼 자란 것을 보고 감격하지 않을 수 없었다. 너무나 고마웠다. 축제는 계속되었다.

나의 마지막 고교시절 추억들이 될 것 같은…. 또 문택이에게는 너무 배운 게 많았다. 모든 선배들이 아끼고 사랑하는 후배다. 말이 아닌 묵묵한 행동으로 우리 선배들을 고개 숙이게 만드는 훌륭한 회원이다.

오후 늦게 산에서 내려왔다. 오는 도중에 천둥 번개가 치며, 사방에는 온통 빗속에 잠겼다. 산에서의 물싸움이 민방위 훈련이 된 셈이었다.

3

후배 포섭과 회지 발간

 조직이 발전하기 위해서는 인재가 절대 필요하듯이, 이제 막 생긴 동문장학회가 영속하기 위해서는 중학교 졸업 후 고등학교에 입학하는 훌륭한 후배들을 많이 포섭하는 것이 절체절명의 과제였다.

 나도 은주 누나로 인해 동문장학회 가입이 되었다. 은주 누나와의 인연이 없었다면 동문장학회 가입도 없었을 것이고, 동문장학회가 아니었다면 나는 학교와 집만 왔다갔다하는 전혀 다른 학생이 되었을지도 모른다. 이렇게 은주 누나는 가정적으로, 학업적으로, 그리고 사회적으로까지 학창시절 나에게 끼친 영향이 절대적이었다.

 후배 포섭은 중학교를 마치고 고등학교에 입학하기 직전 즉 학년말에 집중될 수밖에 없었다. 그래서 12월부터 이듬해 정기총회 및 신입생 환영회 때까지 많이 바빴다. 1대는 회원들이 많았으나

2대인 우리 동기들은 숫자가 적었다. 그래서 바로 후배 기수인 3대에 훌륭한 후배들을 많이 포섭하기 위하여 적극적으로 나섰다. 4대를 포섭할 때까지는 내가 회장이었고, 또 3,4대에 동문장학회가 꽃을 피워야 한다는 그런 사명감으로 적극적으로 나선 결과 훌륭한 후배들이 많이 들어왔고, 4대에 이르러 정말 꽃을 피울 수 있었다.

후배 포섭

＊＊

1979. 12. 6. 목. 맑음

오늘 차 안에서 후배들 상엽이와 석득이를 만났다. 그래도 마침 동문장학회 후배들의 포섭 문제 때문에 골치를 앓던 중이었는데…. 차 안에서 아무 말도 하지 못 하고 내려서 둘을 불러 이번 주 일요일 날 한번 만나기로 약속하고 바삐 학교로 왔다.

가방을 던져 놓고 창문가로 가서 조용히 생각해 보았다. 길호, 상엽, 석득이만 우리 동문장학회 후배 기수로 들어와 준다면, 나는 자신을 가지고 일을 처리할 수 있을 것 같다. 하여튼 오늘 후배들을 만난 것을 생각하니 가슴이 뿌듯했다. 시작이 반이라고 아침에 기분이 좋으면 하루 종일 기분이 좋다. 그래서 창문으로 불어오는 바람도 차갑지 않았다.

1979. 12. 9. 토. 맑음

오후에는 약속대로 상엽이, 석득이, 길호가 왔다. 정말 고마웠다. 좋은 후배들이다. 2시간 정도 얘기를 나눴다. 정말 세 아우들이 우리 동문 장학회로 오지 않고 포도회로 간다면 나는 크게 실망할 것이다. 그러나 아우들은 우리 회원으로 들어오기로 거의 결정을 봤다. '이만하면 됐다' 싶었다.

1979. 12. 12. 수. 맑음

오늘 차 안에서 누군가 우리 동문장학회에 대해서 누군가에게 열심히 얘기하고 있는 소리가 들렸다. 고개를 슬며시 돌려 쳐다보니 석득이었다. 얼마나 기뻤는지 모른다. 정말 고마웠다. 저렇게 회에 대해서 열심이다니…. 동기 회원을 포섭하느라 정말 열심이었다. 내 마음은 든든했다.

1980. 3. 2. 일. 맑음

오늘 10시부터 동문장학회 신입회원 환영식이 있기에 난 은주 누나를 동리 밖까지 배웅해주고 철희 집에 들렀다. 철희는 볼일 마치는 대로 가겠다고 했다. 할 수 없이 혼자 교복을 입고 월배국교로 갔다. 나는 놀랐다. 생각 외로 신입생들이 많이 와줬기 때문이다. 속으로 이만하면 신입회원들 포섭에는 성공했구나 싶었다.

1980. 12. 30. 화. 맑음

정말 아버지 옆에 앉아 있으면 불쌍해서 견딜 수가 없다. 정말 많이 힘드신 모양이다. 우리 집안은 지금부터 형이 제대해 나올 때까지 고비가 아닌가 싶다. 그 사이에 일어날 엄청난 일들을 무엇으로 감당할까?

동문장학회! 이것이 나의 슬픔을 달래 줍니다. 요새는 중3들을 포섭하느라 오늘도 이렇게 늦게 들어왔습니다.

남자들은 그래도 뭔가 통하는 게 있는 것 같은데 여학생들은 좀 어렵다. 예수와 태호가 큰 힘이 된다.

1980. 12. 31. 수. 맑음

하여튼 이제 1980년도는 분명히 다 지나갔고, 그리고 오는 1981년도는 무엇보다도 나에게 있어서 어렵고도 중요한 시기가 될 것 같다. 더욱더 굳센 내가 되길 바란다.

동문장학회 회지는 아직 착수도 않고…. 회원들과 망년회를 하고 회포를 풀었다. 밤 12시 경에 마을에 내려와 마을 친구들과 all night 하면서 신년회도 겸했다. 바쁜 하루였다.

1981. 1. 1. 목. 눈

예수, 태호 후배들에게 정말로 내가 선배로서 얼마나 자격이 있을까? 오늘 만나본 중3 여학생들. 모두 아름다운 좋은 후배들이다. 내게도 그런 동생이 있었으면…. 모두 우리 회원으로 들어와 줬으면 싶은 마음 간절하다. 회지도 곧 만들어야 하는데….

　당시 장학회는, 1,2학년이 정회원으로 활동했다. 3학년이 되면 입시 또는 사회 취업 준비를 해야 되기 때문에 명예회원으로 모든 현직에서 물러났다. 그런데 2학년 활동의 대미가 바로 회지를 만드는 것이었다. 회지에는 시와 산문 등 회원들의 모든 작품들을 담았다. 회원들은 한 명도 빠짐없이 글을 실어야만 했다. 어떻게 만들었는지도 잘 모르겠다. 내가 문예부장 출신이 아니어서 그런지 자세히 모르겠지만, 회원 집 방에 모여 등사기에 한 장 한 장 밀어서 손수 제본까지 해야만 했다. 그렇게 동문장학회 회지가 탄생하면 얼마나 보람되었는지 모른다. 하여튼 겨울방학 때는 후배 포섭과 회지 만들기 등으로 많이 바빴다.

　지금 생각하니 풋풋한 웃음이 묻어난다. 회지를 만들었던 흔적들을 살펴보자.

회지 발간

＊＊＊

1979. 12. 29. 토. 맑음

오늘은 철희와 석희 형 집에 가보기로 했다. 거기서 동문장학회 회지를 만들고 있기 때문이다. 가 보니까 그렇게 할 일이 없어서 철희와 탁구장에 가서 탁구를 쳤다. 정말 오늘은 게임이 안 풀렸다. 한 게임도 이기지 못 했다. 그러나 마냥 즐거웠다.

1980. 1. 4. 금. 맑음

오전에는 공부를 하다가 오후에 약을 한 첩 더 먹고는 철희와 동문장학회 회지 만드는 데 올라가 보았다. 별로 할 일이 없어 탁구를 1시간 치고는 다시 회지 만드는 데 갔다. 별로 할 일은 없었으나 철희와 같이 올라감으로 인해 분위기는 한결 더 좋아진 것 같았다.

그러나 형들과 은주 누나 사이에 트러블이 생겨 은주 누나가 울었다. 누나가 우니 마음이 아팠지만, 선배들 사이의 일이라 멍하니 바라만 보았다. 곧 분위기가 되살아나 회원들과 재미있게 놀다가 모두들 거기를 떠났다. 바람이 매우 찼다.

1980. 1. 12. 토. 흐림

영일이 형으로부터 전화가 왔는데 오늘 동문장학회 회지를 완성하려고 하는데 일손이 모자라니 올라와 좀 거들어 달라는 것이었다. 철희는 마침 집에 아무도 없어 용케 나왔다. 저녁 소여물은 형에게 맡기고 월배 올라갔다.

회원들이 많았다. 우리는 별로 필요가 없을 정도였다. 회원들 모두 반가웠다. 특히 은주 누나는 정말 오랜만이었다. 음악도 듣고 누워 있기도 하고…. 철희는 많이 도왔다. 나중에는 석희 형과 용철이 형 사이에 트러블이 생겼다. 용철이 형에게 미안한 마음이 들었다.

1981. 1. 3. 토. 맑음

오늘 아침에도 늦게 일어나 아침을 들고 TV를 좀 보고 있는데, 아버지께서 부엌에 가보라고 하셨는데, TV프로를 모두 시청하고 가봤더니 솥 하나가 새까맣게 타버렸다. 아버지의 그 한탄하시는 소리. 정말 송구스러운 마음 이루 금할 길 없었다.

그렇게 있는데 은주 누나한테서 전화가 걸려와 등사기와 끌판을 빌려 놨으니 월배 올라오라고 했다. 세수를 하고는 좀 늦게 올라가니 종우와 같이 있었다. 회지는 숙자 집에서 만들기로 했다. 태호 때문에. 그런데 작품이 너무 안 들어왔다. 꽤 고생할 것 같다.

1981. 1. 2. 금. 맑음

요새는 낮에 매일 돌아다녀야 하기 때문에 고되다. 그래서 초저녁에 눈을 좀 붙이고 이렇게 밤 늦게…. 동문장학회 회지 만드는 일을 맡겨 두고, 후배 포섭(중3)에 신경을 썼더니 동문장학회의 일이 하나도 되질 않는다. 일을 거꾸로 하고 있는 기분이다. 그래서 오늘부터 후배 만나는 일을 일단 중지하고, 회지 만드는 일부터 착수를 했다.

날씨가 너무 너무 추운데 예수가 같이 돌아다니느라고 정말 수고가 많았다. 인쇄소에도 가봐야 하는데 돈이 없다. 심지어 차비까지도. 요새는 용돈이라는 낱말까지도 내 머리 속에서 사라지는 것 같다.

4

월례회와 포도회

　식목행사와 고아원 방문, 야유회와 수련대회, 그리고 후배 포섭과 회지 발간 등은 1년에 한 번씩만 하는 행사에 불과했지만, 매달 빠짐없이 하는 행사가 있었는데, 그것은 바로 월례회였다.

　월례회는 매달 월배초등학교 교실을 빌려 거기에 모여 어떤 주제를 두고 학생다운 순수한 토론도 하고, 회원들 간에 상호 친목을 도모하는 그런 성격의 정기 모임이었다.

　그 행사를 하기 위해서는 학교로부터 교실 사용 허가도 받아야 했을 뿐만 아니라 경찰서로부터 집회 허가도 받아야 했다. 둘 다 만만찮은 일이었다. 경찰서로부터 집회 허가를 받지 못 해 행사를 못 한 경우는 거의 기억이 없었는데, 학교로부터 교실 사용 허가는 참으로 애를 많이 먹었다.

　그래서 나중에는 월배읍이 커지면서 상인초등학교가 하나 더 생겼는데 거기서는 오히려 협조를 잘 해줘 다행이었다.

월례회 날짜는 공지했는데 교실을 못 빌려 월배성당에서 한 적
도 있었다.

월례회

*** * ***

1979. 8. 11. 목. 맑음

오늘은 학원수업을 마치고 학교를 거치지 않고 곧바로 집으로 왔다.
오후 1시부터 동문장학회 월례회가 있기 때문이다. 철희와 같이 참석을
했으나 철희는 학원수업 때문에 도중에 나가야만 했다. 형도는 집도 거
치지 않고 곧바로 회의를 하러 왔다. 고마웠다.

회의의 분위기가 너무 딱딱한 것 같았다. 그래서 분위기를 살리기 위
해 유머를 써보았으나 놀림은 안 되었는지…. 그럭저럭 회의는 끝났다.
숙자. 나의 좋은 친구가 될 수 있을 것 같다. 탁구를 치고 집에 오니 너
무 늦었다. 더군다나 오늘은 말복인데….

1980. 4. 30. 수. 맑음

오늘은 형도와 같이 동문장학회 집회 사용 허가 제출서를 내러 가기
로 한 날이다. 형도는 오후반 수업이라 모두 마치고 나오면 너무 늦기에
조퇴를 하고 나올 작정이라 하였다. 늘 그렇듯이 수업을 마치니 만순이

가 복도에서 기다리고 있었다. 만순이도 포도회 집회제출서를 내야 하는데 잘 됐다며 같이 가기로 해서 월배에서 함께 내리니 국민학교에서 형도가 벌써 기다리고 있었다.

교무실을 나오며 좀 실망했다. 제출서만 내면 쉽게 될 줄 알았는데 교무주임 선생님께서 우리들의 활동에 대해 탐탁치 않게 보는 눈치였다. 이번에 도 교육청에서 감사가 나오니 빌려줄 수가 없다는 것이었다. 벌써 일요일 집회가 있다고 엽서문을 다 띄웠는데…. 발걸음이 무거웠다. 내가 회장 맡아 하는 첫 번째 모임인데, 잘 안 되니 마음이 쓸쓸했다.

1980. 5. 1. 목. 맑음

하교하는 중 버스 안에서 형도를 만났다. 수업을 일찍 마쳤다고 했다. 날씨가 꽤 더운 편이었다. 그래서 창문을 활짝 열고 대화하기를 어제 월배국민학교에서 교실 빌리는 것을 거부당했기에 오늘 난 상인국민학교에 가보고, 형도는 월배 성당에 가보기로 했다.

나는 군 농촌지도소 앞에 내려 상인국민학교로 올라 갔다. 보이긴 바로 지척인데 매우 거리가 멀었다. 땀을 흘리며 상인국민학교에 들어가 운동장을 가로질러 가니 애국가가 나왔다. 잠시 멈췄다가 교무실로 들어갔다. 처음 가보는 교무실이었다.

우선 교무주임 선생님과 만나 복도에서 동문장학회에 관한 설명을 해주었다. 매우 간절한 심정으로…. 교장 선생님과 상의를 해 보시더니 "좋은 일 한다는데 왜 안 밀어주겠는가?"라고 하셨다. 여기까지 온 보람이 느껴졌다. 월배국민학교와는 전혀 딴 판이었다. 인사를 하고 교무실을 나오면서 이제부터 시작이라고 생각했다. 기분이 유쾌한 하루.

1980. 6. 7. 토. 맑음

수업을 마치고 친구들과 탁구를 치러 갔다. 천막집이 되어서 더운 것 같았다. 그래서 짜증스럽고 잘 되지도 않았다. 시간이 자꾸 흘러가자 마음이 자꾸만 초조했다. 형도한테 전화를 거니 아직 오질 않았다. 할 수 없이 학원을 빼먹고 집회 신고서를 제출하러 갔다.

가는 도중에 마음이 찹찹해서 만순이와 얘기도 한마디 안 나눴다. 월배국민학교에 가니 선생님들이 모두 퇴근하시고 일직 하시는 선생님밖에 없었다. 교장 선생님께 몇 번이나 전화를 걸어봐도 거절이었다. 하는 수 없이 상인국민학교에 전화를 거니 처음에는 거절하다가, 월배 지서에 제출해 놓은 집회신고서에 장소를 월배국교에서 상인국교로 고칠수 있으면 허락하겠다고 했다. 그래서 지서로 달려 가서 고치고는 다시 전화를 해서 겨우 허가를 받았다.

1980. 7. 13. 일. 맑음

오후에는 오늘 동문장학회 집회가 있기에 옷을 갈아입고 철희와 월배국교에 갔다. 사전에 교실이 허가 나지 않아 마땅한 장소를 찾고 있었는데, 용철이 형이 숙직 선생님께 말씀 드려 교무실에서 하도록 허가를 받아, <만남>이라는 주제에 대해 토론을 마친 후 방학 때 야유회 갈 것에 대해서 얘기를 나눴다.

＊＊＊

상인초등학교에서 월례회를 하면서 마을 불량배들과 불편한 일을 겪은 적도 있다. 그런 분위기 속에서도 나는 회장으로서 월례회를 원만히 진행하고, 회원들을 무사히 귀가를 시키기 위해 최선의 노력을 다했다. 그런데 먼저 내려 보낸 형도가 마을 불량배에게 붙잡혀 다시 올라왔고, 우리들은 불미스러운 일에 휘말릴 뻔했다. 그러나 다행히도 그 마을 선배의 개입에 의해 큰 사건으로 번지지 않게 되었다. 나중에 알고 보니 그 불량배들은 삼청교육대까지 다녀온 사람들이었다.

월례회에 참석 인원은 보통은 10~20명 사이로 기억된다. 또 항상 늦게 오는 사람들도 많았다. 그래서 '코리안 타임'을 빗대 '동문회 타임'이라는 말도 하곤 했다.

하지만 정말 푸른 학생들의 순수한 토론의 장이었고, 그 작은 책걸상의 초등학교 교실 안 풍경과 교복 입은 회원들의 해맑은 모습들이 정말 좋았으며, 아직도 눈에 선하다. 월례회에서는 다가올 행사 준비에 대해서도 논의를 했으며, 월례회가 끝나면 탁구장으로 몰려가 탁구를 치기도 했다.

포스코 건설의 중역인 태호 후배는 그때의 동문장학회 활동들이 나중에 커서 사회 활동에도 큰 도움이 되었다고 말한다. 나도 동감한다. 그 시절의 그런 모든 활동들이 신뢰와 책임감 등 나의 성품을 형성하는 데 도움이 되었을 뿐만 아니라, 뭔가를 추진하는데 있어서 여러 가지 역량을 키우는 데도 확실히 도움이 되었다.

* * *

1980. 8. 3. 일. 맑음

오늘 우리 동문장학회 월례회를 가졌다. 장소는 상인국민학교에서 했는데 거기서 마을 불량 청소년들 좀 심하게 말하면 깡패들을 만났다. 모두가 깡패는 아니라 ㅁㅁㅁ과 경원중학교에서 퇴학당한 ㅇㅇㅇ이라는 두 명이었다. 올라갈 때부터 시비를 걸어왔으나 대꾸를 않고, 그냥 회의를 진행시켰다.

도중에 술을 먹고 와 행패를 부리려고 했다. 회의를 모두 마치고, 난 회원들을 모두 내려가게 하고는 ㅁㅁㅁ이라는 사람과 만나서 얘기를 좀 나눴다. 그런데 도중에 내려가던 형도가 ㅇㅇ한테 붙잡혀 왔다. 그 자리에 있던 동창이 ㅇㅇ이는 누구도 감당하지 못 한다고 했다. 우리는 순간이나마 불미스러운 일을 좀 당할 뻔 했는데, 다행히 그 마을 선배의 개입에 의해 곧 내려오게 되었다. 곧 있을 수련대회 때 또 와서 행패를 부린다면….

1980. 10. 5. 일. 맑음

철희가 간밤에 자고 갔다. 그런데 10월 3일날 집에 와서 만든 노래 <우리는>이라는 곡에 맞추어, 나도 <우리는>이란 제목으로 글을 써서 오전 내 곡을 붙여 봤다. 무척 재미있었다. 그러다 보니 동문장학회 집회할 시간이 가까워져 급히 상인국민학교로 갔다.

구름이 꽉 끼어 있는 것이 곧 비가 되어 내릴 것도 같고, 회원들이 불참석할 것도 같았다. 내가 도착하니까 예상대로 형도와 오중이 둘뿐이었다. 회의는 1시간 연기되어 시작되었다. 특히, 후배들이 많이 늦게 나와서 실망스러웠다. 명술이도 늦게 되어서야 나왔다. 형도는 벌을 좀 주려 했으나, 나는 그렇게 할 수가 없었다.

선배들부터 지각을 하는데 어떻게…. 나의 사랑스러운 후배들이 언젠가는 내 마음을 알아주리라 생각한다. 오늘은 후배 여학생들이 한 명도 안 나왔다. 어떻게 된 걸까? 알 수 없다. 순애까지도…. 집회를 마치고는 빗속을 혼자서 걸어왔다.

1980. 12. 7. 일. 맑음

동문장학회 갈 준비를 하고 있노라니 숙자와 명술이가 왔다. 그래서 좀 기다렸다가 같이 나갔다. 상인국민학교 가니까 집회가 겹쳐 있었다. 상인동의 '우미회'라는 회가 집회를 하고 있었다. 잠깐 동안 혼란이 있다가 우리도 다른 교실을 하나 빌려 집회를 가졌다.

우리들은 지난 동문전에 대해 얘기를 마치고 회지 발간 문제, 장학금 문제, 고아원 방문, 후배 포섭 문제 등에 대해서 의논을 했다. 이제부터 장학금은 명예회원들의 부담으로 하기로 했다. 앞으로 명예회원들이 많아질수록 동문장학회 재단은 더 커질 수 있으리라.

날씨도 매우 춥고 해서 일찍 회의를 마치고 학교를 내려왔다. 곧바로 나는 집으로 들어왔는데 아버지께서는 거름을 몇 짐 안 져 올렸다고 야단을 치셨다. 면목이 없었다.

1981. 6. 7. 일. 맑음

형도는 내가 기분이 별로 좋지 않다는 것을 전화통화로 알고 걱정이 되어 내려온 모양이었다. 어제부터 그때까지 물 한 모금도 얼굴에 안 바르고 있었으니. 우리는 이런저런 얘기를 나누다가 집회하는 데 갔다. 회원들이 거의 다 모여 있었다. 정말 눈물이 날 정도로 기뻤다. <여름>이라는 주제를 놓고 토론을 하는데 정말 너무 잘 하였다. 모두 다. 동문 장학회가 성큼성큼 자라는 것 같아 너무 기뻤다.

참 부분토론에 들어갈 때 문예부장인 상엽이가 없어 부부장인 예수가 맡아 진행하는데 아주 잘 해냈다. 그만한 능력이 있는 후배다. 집회를 마치고 모든 회원들이 탁구장으로 가서 탁구를 1시간 치고는 우린 밤 늦게까지 얘기를 나눴다. 우정 뒤에 숨은 우리들의 얘기로 형도는 차를 놓치고 집까지 걸어가야만 했다.

***

1981년 6월 7일 일기는 내가 고3때 명예회원 자격으로 참석을 한 월례회다. 후배들이 <여름>이라는 주제로 토론도 너무 잘 하는데, 내가 할 때보다 훨씬 더 발전한 모습에 흐뭇했던 모습이 담겨 있다. 내가 2학년 때 회장으로서 좋은 후배를 포섭하는 일뿐만 아니라, 회(會)다운 기틀을 닦는 데 최선을 다한 결과인 것만 같아 기분이 좋았다. 동문장학회가 이렇게 꽃을 피우게 된 데에는 2대 동기인 형도와 숙자, 명술이의 수고도 정말 많았다.

　　그런데 내가 3~4대에 가면 동문장학회가 월배에서 뿌리를 내리고, 꽃을 피우리라고 말한 데는 배경이 있었다. 당시 월배에는 '포도회'라는 서클도 있었는데, 포도회는 월배읍 뿐만 아니라 달성군 친목 단체였다. 동문장학회가 생기기 전에는 내가 아는 바로는 월배에서 고교생들의 유일한 괜찮은 친목 단체가 포도회였다. 나의 절친이었던 만순이도 그의 형도 모두 포도회 출신이었다.
　　그런 와중에 동문장학회가 생겨나니 어쩔 수 없이 후배 포섭 등에 있어서 은근한 경쟁심이 형성되었다. 그러다 보니 절친인 만순이 하고도 가끔은 오해와 갈등이 생겼다. 하지만 우리는 큰 다툼 없이 우정으로 잘 극복해왔다.

포도회

＊＊＊

1980. 6. 8. 일. 비
윤동주 시인의 <별 헤는 밤에>가 생각 난다. 나의 외로움과 쓸쓸함은 어디 거기에 비교가 될까 마는…. 왠지 한없이 힘이 빠진다. 그러나 절대 무너지진 않으리라. 내가 흔들리면 우리 동문장학회가 흔들리는 것과 마찬가지다. 포도회를 반드시 따라잡을 테다.

오전에는 밭에 가서 파 모종을 했다. 비가 많이 내리기에 그만 내려와 버렸다. 그리고는 교복을 입고 집회를 하러 상인국교로 갔다. 그런데 실망. 회원들이 포도회로 전향하려 한다는 것이다. 정말 괴로웠다. 그러나 아직 나에게는 훌륭한 회원이 많다. 결코 외롭지가 않다. 회원들과 탁구를 1시간 치고는 집에 와서 아버지와 밭을 갈고 쓰레질을 했다.

1980. 6. 15. 일. 맑음

오전에는 아버지와 논에 나가서 오전 내내 일을 했다. 날씨는 덥고 매우 신경질이 났다. 하지만 참아야만 했다. 오후 1시에 동문장학회 회원들과 월배국교에서 만나 보고 석희 형 집으로 갔다. 모두들 불평이 너무 많다. 하지만 그걸 참고 이겨내야 한다. 회장으로서 나는 과연 어찌해야 할 것인가? 철희와 기타 치다가 방금 들어왔다. 자정이 가까운 시각.

1980. 6. 21. 토. 흐림

저녁 6시에 후배 배정순과 탁구장에서 만나기로 되어 있어 월배에서 내렸다. 정각에 와 줬다. 정순이는 포도회로 갈 그런 후배가 아니었다. 의자에 나란히 앉아 한참 동안 얘기를 하고는 포도회로 가지 않겠다는 다짐과 현숙이와 순애를 만나보겠다는 다짐을 받은 뒤 헤어졌다. 일이 잘 된 셈이다. 상엽이와 탁구를 1시간 치고는 귀가했다.

1980. 8. 6. 수. 맑음

나는 오늘 우리 동문장학회 뿌리를 봤다. 그러고는 갑자기 힘이 났다. 자신감이 생겼다. 분명 우리 동문장학회는 번창하리라. 용철이 형은 역시 생각대로 훌륭한 형이다. 정말 형의 마음 이해 못한 내 자신이 한없이 부끄럽다. 영일이 형, 준영 형도 모두 존경한다. 오늘 형들로부터 우리 회가 설립되기까지의 이야기를 상세히 들었다. 피는 솟고 눈물이 글썽했다. 온 몸에 열기가 퍼지는 걸 느꼈다. 포도회보다는 우리 동문장학회가 훨씬 낫다. 또 반드시 그렇게 만드리라.

1980. 8. 8. 금. 흐림

아~ 울고 싶다. 어쩌면 만순이가 이럴 수가 있다는 말인가? 그 동안 가장 믿었던 친구 중의 하나인데…. 도저히 믿을 수가 없다. 영일이 형 말마따나 포도회 들어가면 누구나 다 저렇게 으스대고 자만해진단 말인가? 만순이는 무심코 내뱉어 버린 말인지는 몰라도 한마디 한마디가 실로 충격적이었다.

내가 믿었던 친구로부터 이렇게 실망해 보긴 처음이다. 동문장학회를 아직 정식 회로 여기기 않고 있다니…. 아니 자기들이 무슨 인정권을 갖고 있는 것도 아니고…. 나야말로 정말 배신당했다. 우리 동문장학회를 죽도록 아끼고 사랑할 테다. 포도회보다 백 번 더 낫게 만들겠다. 어디 두고 보자. 월배에서 깊은 뿌리를 내리게 할 테다. 깊은 뿌리를….

1980. 9. 6. 토. 맑음

우리 동문장학회는 반드시 월배에 뿌리를 박아야 한다. 먼 훗날 미소를 머금으며 반드시 다시 찾아오리라 그리고 지켜보리라. 사실 나의 고교 학창시절을 이 동문장학회와 거의 다 보낸다고 해도 과언이 아닐 것이다. 여기서 나의 미래 인생의 토대가 닦여가는지도 모르겠다. 용철이 형은 참으로 뜻 깊은 씨앗을 월배라는 메마른 대지에 심었다.

1980. 9. 27. 토. 맑음

먼 훗날 "넌 학창시절에 어떤 활동을 했느냐?"라고 물으면, "동문장학회를 위해 일했습니다"라고 떳떳하게 말하고 싶다. 형도. A friend in need is a friend indeed.

5

동문장학회 제1회 동문전

'뜻이 있는 곳에 길이 있다'고 했다. 큰 꿈을 가지게 되면, 하늘은 적당한 사건과 사람들의 인연을 만들어 준다고 생각한다.

정말 포도회보다 더 나은 동문장학회를 월배에서 뿌리내리게 하고 싶었다. 그래서 동문장학회 2대 회장으로서 회(會)라면 기본적으로 갖춰야 하는 것들은 모두 하고 싶었고, 그래서 다 했다.

월례회와 식목행사는 내가 1학년 때도 있었지만, 여름방학 때의 1박2일 수련대회와 겨울방학 때의 고아원 방문은 처음으로 시도한 것들이었다. 이외에도 화원유원지에서 백일장 대회도 열었고, 월배초등학교에서 체육대회도 열었다.

그런데 가장 기억에 남는 특별한 행사는 역시 월배 두메다방을 빌려 개최한 제1회 동문장학회 동문전이다. 동문전은 나와 철희와의 특별한 관계 속에서 우연히 떠오른 발상을 실행으로 옮겨 성공한 큰 행사였다.

동문전

＊＊＊

1980. 10. 9. 목. 맑음

정말 벅찬 가슴이 막 밀려온다. 잘 될까? 잘 될 것이다. 우리는 자신이 있으니까. 철희야, 이 밤을 어떻게 지새우면 좋겠니? 넌, 뭘 하니? 또 곡을 생각하고 있니? 눈을 초롱초롱 밝히면서 우연히 만들어본, 어제 소풍 때 발표한 <우리는>이란 자작곡이 너무너무 반응이 좋았다. 심지어 한번 연주회를 가지라는 격려까지….

오늘 우연히 말이 또 나와 자작곡 발표회를 갖기로 했다. 그래서 생각게 된 것이 자작곡 발표회(포크송, 자작곡, 시낭송, 음악 감상)와 함께 동문장학회 시화전을 11월 중순경에 월배 두메다방을 빌려 하기로 결심했다. 우리들의 자작곡 발표회라는 점에 중점을 두었으나, 이번 일이 잘 되면 우리 동문장학회가 대외적으로 알려지는 데 큰 영향력을 발휘하여, 동문장학회의 큰 발전을 가져오리라 생각한다. 나아가 친구들 간에 월배를 알리는 좋은 계기가 되리라 믿는다. 분명 성공하리라. 자신 있다.

1980. 10. 27. 월. 맑음

수업을 마치고는 월배국민학교에 가서 집회 제출서를 내고 석희 형 집에 가니 석희 형은 없었다. 동생 선희한테 이번 행사에 대한 얘기를 상세히 해주고 있노라니 오중이가 와서 같이 대곡동에 올라 갔다. 하지만 아무도 없었다. 집집마다. 할 수 없이 자전거를 타고 내려오다가 석희 형 집에 다시 들러 가방을 들고 나오다가 명자 누나, 순애, 우석이 형을 차례로 만났다. 이번 행사에 대해 대충 얘기를 나눴다.

내 방에는 따뜻한 군불만이….

1980. 10. 29. 수. 맑음

이와 같이 동문장학회 후배들도 나를 믿고 같이 회의 발전을 위해 함께 뛰어 주면 얼마나 좋을까? 오늘 석득이와 병곤한테 꾸중을 좀 했다. 좀 이해해주고 잘 도와주기를 바랄 뿐이다. 월배에 내려서는 월배국교 집회 제출서 문제도 알아볼 겸 해서 학교를 가보고, 회원들에게 전화 연락도 취했다.

오랜만에 은주 누나 목소리를 들었다. 영일이 형도…. 문택이 정말 든든한 후배다. 가장 아끼고 싶은 후배다. 연락을 대부분 취하고 집에 오니 방에 일제 카세트 SONY가 한 대 있었다. 사촌 형이 아버지 심심하겠다고 갖다 준 것이라고 했다. 정말 고마운 형이다. 더군다나 나에게는 꼭 필요한 것이었다.

1980. 11. 1. 토. 맑음

오늘은 철희와 시내에 볼 일 보러 가기로 했다. 10시 경에 철희가 왔다. 병원에 갔다 오는 길이라 했다. 둘은 집에서 세수를 하고 시내로 들어갔다. 우선 예고 근방의 진화방을 찾아갔다. 판넬 1장 하는 데 1500원. 이 정도면 다른데 비해 싼 편이다. 하지만 말이 너무 많아 우리를 무시하는 것 같은 기분이 들었다.

화방을 나와 우리 학교 근처까지 와서 분식점에 들어가 점심을 먹고는 학교 옆 구일인쇄소에 갔다. 우리가 짜 놓은 팜플렛대로 하려면 9만 원 이상을 달라고 했다. 총 맞았다. 한참 동안 어리둥절하다가 정신을 차려 바탕색 있는 종이에다가 검은 줄만 넣기로 하고 인쇄소를 나왔다. 그렇게 하면 돈이 13000원밖에 안 들었다.

철희는 3시에 친구와 약속이 있어 먼저 갔고, 나는 미도화방에 들러 그림을 그릴 재료들을 사가지고 들어왔다. 저녁 때는 오랜만에 목욕탕에 들렀다. 그리고 숙자 집에 찾아갔다. 나오면서 만났는데 내일 우리 집으로 오겠다고 했다.

1980. 11. 5. 수. 맑음

처음에는 상엽이, 문택이 그리고 나, 셋이었지만 곧 1학년들이 대부분 다 모였다. 시도 모으고, 자금도 모으고 또 앞으로 할 일들을 의논했다. 이번 주 토요일날 우리 집에서 다시 만나기로 했다. 그 다음 주부터는 계속 만나기로 하고…. 후배들만 만나면 가벼워지는 호주머니. 그러나 항상 웃는 얼굴로 주머니를 털 수 있다.

1980. 11. 8. 토. 맑음

오늘은 동문장학회 회원들이 우리 집에서 만나기로 한 날이다. TV를 보고 있노라니 종웅이를 비롯하여 상엽이, 순애 등이 차례로 들어왔다. 우리들은 모두 작은방으로 건너가 팜플렛에 대한 구상을 시작했다. 후배들이 거의 다 왔다. 우리들이 열심히 구상은 했으나 썩 좋은 안이 나오질 않았다. 하여튼 밤늦게 찾아온 현숙이를 마지막으로…. 모두 마을 동구밖까지 바래다주었다.

1980. 11. 10. 월. 맑음

아버지 심부름으로 이모 집에 들렀다가 좀 늦게 마을입구에 들어서니 마을에서 여학생 한 명이 나오고 있었다. 가까이 가보니 동문장학회 후배 현숙이었다. 미안했다. 불러도 대답이 없길래 가는 길이라 했다. 둘이서 같이 집으로 다시 들어왔다.

조금 있으니 회원들이 한두 명씩 모이기 시작해서 마음이 좀 홀가분했다. 숙자도 은주 누나도 모두 왔다. 은주 누나가 매우 아픈 모양이었다. 몰랐다. '미안해 누나. 그런 줄도 모르고….' 오늘 나올 예정이었던 팜플렛은 내일 나오게 된다. 그러기 위해서는 오늘 숙자가 도안을 다해서 먹물로 글을 다 써야만 했다. 현숙이는 너무 늦어져 오중이와 몇몇 친구랑 먼저 보내 버렸다. 그림을 그려보았으나 잘 되지를 않아 내일 학교 미술부원에게 맡겨볼 작정이다. 잘 되어야 할 텐데…. 숙자는 글을 쓰면서 잠이 온다고 투정을 부렸다.

1980. 11. 11. 화. 맑음

이제 일은 본격적으로 벌여 놓은 셈이 되었다. 팜플렛을 돌렸으니까!

정말 흐뭇하다. 내가 아니 우리 동문장학회가 이런 일을 할 수가 있다니…. 팜플렛을 들고 몇 번이나 보면서 속으로 감탄했다. 팜플렛도 돈을 얼마 안 들인 셈치고는 잘 나온 편이라 기뻤다.

"모두들 돌아가고 조금 전에 교복을 벗고 저녁을 들었다. 오늘을 영원히 기억하고 싶다. 1980. 11. 11. 화. 맑음."

수업을 마치고 친구들과 인쇄소에 가보니 기계가 고장이 나서 이제 다 고쳤다며, 곧 될 것이라 했다. 하지만 종이도 잘라 놓지 않고 해서 시간이 많이 연장되었다. 동원이와 분식점에 들어가 빵을 좀 먹고 나와서는 전화를 걸었다.

회원들은 대부분 다 모여 있었다. 팜플렛이 다 나와 주기를 바랄 때의 그 심정. 비록 책가방은 부피가 커져 무거웠지만 내 마음은 한없이 가벼웠다. 팜플렛이 아마 모자랄 것이다. 200장 밖에 찍어내지 않았으니까….

＊ ＊ ＊

역시 기록은 소중한 것이다. "1980년 11월 11일 화요일 맑음. 이 날을 영원히 기억하고 싶다"고 적었었는데, 사실 수십 년 동안 잊고 살았다. 고교 일기장을 정리하면서, 특히 수필집을 내기로 마음먹고 글을 쓰면서 다시 알게 되었다.

그래, 기억이 난다. 제1회 동문전을 기획할 때 잘 될까 의구심도 없지 않았는데 손에 팜플렛을 들고 보니 정말 실감이 났다. 그래서 그렇게 일기에 적어 놓았던 것이다.

호사다마(好事多魔)라고 했던가? 좋은 일을 준비하려고 하니 어려운 일들도 많았다.

우선 행사의 기획부터 실행까지 핵심 역할을 했던 철희가 무리해서 그랬던지 감기에 걸렸다. 그런데도 불구하고 그날 그 방에 함께 잠으로 인해 며칠 후 나도 감기에 걸렸다. 행사의 두 주역이 감기에 걸려 애를 먹었으나 의지를 가지고 흔들림 없이 끝까지 잘 추진해 나갔다.

전체 회원들의 중지를 모아 추진한 것이 아니어서 그런지 일부 선배 동기들 같은 경우에는 따라오긴 하는데, 일기장을 보니 아주 협조적이지는 않았던 것도 같다. 그리고 동문장학회 동문전 행사에 왜 포도회 선배가 불만을 얘기했는지…. 지금은 모두 한낱 추억에 불과하지만 당시에는 심각한 고민이었다.

* * *

1980. 11. 15. 토. 맑음

오늘은 즐거운 토요일. 하지만 나에게는 한없이 바쁜 토요일. YT 형, 성태 형, 만순이와 같이 교문을 나왔다. 그런데 YT 형이 우리 동문전을 두메다방에서 한다는데 대해 불만이 많았다. 그게 나에게는 더욱 불만이었다. 왜 우리가 동문전을 한다는데 자기들과 관련도 없는 일에 불만을 표하는지… 이해가 안 된다. 동문장학회가 이렇게 큰 동문전을 가진다고 하니 배가 아파서 그러나 싶은 생각도 들었다. 기분이 많이 상했다. 그래도 오늘은 회원들이 우리 집에서 모이기로 한 날이어서 악기점에 한 번 들러 보고 집으로 왔다.

1980. 11. 16. 일. 맑음

오전에 날이 너무 좋아 마루에서 기타를 치고 있으니 철희가 왔다. 월배 올라가보자고 했다. 볼 일이 많았다. 우선 두메다방부터 가보니 너무나 순조로이 "해라, 해라"고 하시는 마담의 고운 마음씨에 우리는 방긋이 웃고는 레코드사에 들러 볼 일을 보고 나오다가 준영 형을 만났다. 떡 먹고 싶냐는 뜻밖의 질문에 그렇다고 하니까 월배교회로 데려가 떡을 많이 갖다 주었다. 오늘이 추수감사절이다.

1980. 11. 17. 월. 맑음

집에 올 때 명 악기사 앞에서 철희와 만나 시내를 여러 군데 돌아다녔지만 마이크 구하는 데 실패했다. 우리는 어두워져서 차에 올랐다. 둘이서 만나면 항상 웃는다. '똑똑한 박야와 둔한 천재.' 이것은 철희와 둘만의 은어 같은 것이다. 밤에는 철희와 기타 연습을 했다. 하지만 10시 30분 경 틈이 생겨, 꿈나라로 가고 말았다.

1980. 11. 18. 화. 맑음

대상이가 판넬을 만들 그림을 봤다. 친구들이 보더니 성의가 별로 없다고들 말했다. 하지만 내게는 고마운 일이었다. 어찌 감히 불평할 수 있다는 말인가? 글씨가 몇 자 틀려 청소를 마치고는 미술실에 가서 고쳤다. 이 그림이 만순이와의 서먹서먹한 사이를 없애 준 것 같았다. 판넬 그림을 고치느라 너무 늦었기 때문에 만순이에게 미안해서 화방에 들르지 않고 바로 집으로 왔다.

주희가 찾아와서 철희한테 가보니 철희가 감기가 들어 조퇴를 하고 와 누워 있었다. 어제 까지만 해도 팔딱팔딱하더니 어이구…. 준영 형과 형도가 왔다 갔는데 DJ 보는 데 의견이 엇갈리는 모양이다. 철희가 알아서 잘 하리라. 철희한테 갔다가 거기서 잠이 들어버렸다.

1980. 11. 19. 수. 맑음

휴! 숨부터 크게 한번 쉬어야 되겠다. 요새는 너무너무 피곤하다. 동문장학회 동문전 일도 어느 정도 마무리 단계다. 팜플렛 값만 들어오면 될 것 같다. 아직까지 많이 덜 들어왔다. 토요일까진 되어야 할 텐데….

이번 일만 끝내고 나면 정말 우리 동문장학회가 뭔가를 보여주는 셈이 될 것이다. 후배 포섭 문제도. 예수가 있고, 태호가 있으니 마음이 든든하다. 이제 선배들만 내일 예비고사를 잘 치면 된다. 내일 아침 지서 앞에서 엿을 돌리기로 했다. 형들이 많이 대학에 진학해야 할 텐데…. 벌써 형들이 예비고사를 치른다고 하니…. 나도 어느새….

1980. 11. 20. 목. 맑음

아침에 일어나니 벌써 7시가 넘었다. 얼른 지서 앞으로 뛰어가봤다.

형도, 숙자, 종우, 병곤, 오중, 은숙이가 나와 있었다. 내가 너무 늦게 나간 모양이었다. 선배들 몇 명을 만났다고 했다. 8시가 넘어서 우리들은 그만 철수해 월배 지서에 들어가 모든 사람들에게 따끈한 커피 한 잔씩 돌렸다. 뿌듯했다.

철희와 같이 기타 연습을 하다가 오후에 월배 가서 만난 숙자의 말. 팜플렛 7장을 돌려주면서 만순이가 나에게 불만이 많다고 얘기를 했다. 중3들 신입회원 포섭 문제 때문에. 특히 예수 문제 때문에. 내일 만순이를 만나면 얘기를 나눠 볼 것이다. 반드시 동문장학회 꽃을 피우고 말리라. 활짝. 특히 예수가 들어오는 3, 4대에 가서는 말이다. 분명히.

1980. 11. 22. 토. 맑음

감기 몸살 편두통. 아침에 일어나니 간밤에 찬방에 잤기에 감기에 걸렸다는 걸 알게 되었다. 머리가 빠개지듯 아팠는데…. 방에서 뒹굴다가 억지로 학교에 갔다. 찬바람은 나를 더욱 괴롭게 만들었다. 하는 수 없이 1교시 마치고 상운 힘을 빌어 위생실에 가서 3시간 동안이나 있었는데… 조금 나은 것 같았다.

철희와 약속이 있어 만순이와 같이 시내 나갔다. 우리는 분식점에 들러 점심을 간단히 먹고 126번을 탔다. 만순이는 먼저 집에 들어가고, 우리는 명 악기사에 들러 마이크와 스탠드를 빌려 들고 예고까지 걸어갔다. 철희도 환자, 나도 환자인 몸이었다. 정말 힘들었다. 예고 앞에서 만나기로 한 동문장학회 회원들이 아무도 없었다. 1시간 이상을 기다리다가 진화방에 들러 판넬을 찾았다.

너무 춥고 감기 몸살이 심하다 보니 회원들을 원망하는 마음이 들었다. 왜 이렇게 둘이서만 죽도록 설쳐야만 하는지…. 하는 수없이 집에까지 택시를 타고 왔다. 회원들이 집에 좀 있었다. 그 후 일은 형도와 철희에게 맡기고, 나는 큰방에 가서 몸져 누웠다. 정말 피곤했다. 온 몸에 힘이 쫙 빠졌다. 밖에서는 형도와 명술이가 다투는 소리가 들려왔다. 큰 일 하나 치르려고 하니 이렇게 힘이 들었다. 이런 진통을 겪어야만 성장하지 않을까? 밤늦게 선배들이 와줘서 조금은 마음의 위안이 되었다.

1980. 11. 23. 일. 맑음

고교 학창시절에 가장 뜻 깊은 일이라고 생각하며 추진한 제1회 동문장학회 동문전을 이렇게 무사히 마쳤는데 내 마음은 왜 이리 허전할까? 인생의 모든 것이 이런 것일까? 목적지를 향해 땀 흘려 부지런히 가보면 아무 것도 아닌…. 그런데도 불구하고 왜 우리 인간들은 그렇게 하려는 걸까? 아마도 해보지 않고는 그것을 모르기 때문이 아닐까?

우선 나의 친구들이 와준 데 대해 모든 친구들에 감사한다. 동원, 상운, 창수, 상수, 석윤, 종면, 현하, 호준, 효민이와 그 외 친구들. 마을 친구로서는 욱성, 종식, 종운 등. 포도회 선배들도 와줘서 매우 고맙다. 포도회 회원들에게 신경을 많이 못 써준 것 같아 미안한 마음도 든다.

동문장학회의 가장 큰 성과는 중3 후배들의 완전한 정도의 포섭이라는 것이다. 월배 선배들을 비롯한 우리 회원들, 그리고 도움 준 모든 사람들에게 고맙다.

*＊＊

　제1회 동문전은 정말 월배에서 동문장학회가 뿌리를 내리는 획기적인 계기가 되었다. 그 동문전 덕분인지는 몰라도, 중3에서 고1로 올라오는 좋은 후배들이 4대 회원으로 많이 동문장학회에 입회했다.

　지금도 강의 중 가끔은 나의 프로필을 소개할 때, 고교 시절의 자작곡 발표회를 끼워 넣기도 한다. 그만큼 내 인생에 중요한 사건이었던 것이다. 그런데 너무 큰 에너지를 썼기 때문일까? 그 후유증이 참으로 중요한 시기인 고등학교 2학년 겨울 방학 동안 방황으로 이어졌다.

　어떻게 된 건지 다음 마지막 장에서 계속 소개한다.

6.
동문장학회 회장

역사에서 가정의 질문은 언제나 가능은 하지만 실제론 무의미한 경우가 많다. 그래서 잘 안 하는 것일까?

내가 과연 동문장학회를 안 만났더라면, 또 철희라는 친구가 없었더라면, 내 인생은 어떻게 달라졌을까? 어쩌면 내가 원하던 육군사관학교에 입학했을까? 아니면 한국해양대학교를 1년 빨리 입학할 수도 있었을까? 그랬다면 내 인생은 또 얼마나 많이 달라졌을까?

일기장을 정리하면서 느낀 점이 많다. 나는 내 자신을 위해서도, 아버지를 위해서도, 그리고 우리 집안을 위해서도 공부를 열심히 하고 싶었다. 그래서 달밤부에 늦게까지 남아 열심히 공부하고 오기도 하고, 주말에도 학교에 가서 공부를 하기도 했다.

당시 절친이었을 뿐만 아니라 가장 많은 시간을 함께 하던 철희는 나에게 참으로 절대적인 영향력을 끼치고 있었다. 그중 하나는 내가 고2에 올라가기 전에 충고하기를, "절대 학교에서 실장과 동문장학회 회장을 맡지 말고, 집과 공부만 생각하라"는 것이었다. 너무나 진실하고 고마운 충고로 와 닿았고, 그렇게 하겠다고 약속을 했다.

그래서 학교에서 2학년 담임선생님이 여러 차례 실장을 맡아 달라고 요청했음에도 불구하고 끝까지 거절하여 선생님과 관계가 상당히 불편해졌다. 그리고 동문장학회에서도 1학년 때 부회장이었기에 2학년 때 회장이 되기 쉬운 형편이었는데, 그런 사정으로 친구 형도와 주변을 설득하여 형도가 회장이 되게 힘썼다.

그런데 몇 달 안 되어 형도가 회장을 못 하겠다고 하여 난처한 상황에 빠져 버렸다.

＊＊＊

1980. 1. 13. 일. 맑음

기분이 거뜬하다. 좀 섭섭한 마음도 있긴 하나 그래도 가슴에 걸려 있던 뭔가 쑥 내려가버려 체중이 반으로 준 기분이다. 형도 정말 고맙다. 너라면 이 동문장학회를 잘 이끌어 나갈 수 있을 것이야. 철희는 정말 나의 진정한 친구다. 내가 회장이 되지 않기를 바라는 그 마음. 다른 사람들이 보면 오해할지 몰라도 나는 안다. 철희의 그 본심을.

공부. 가정. 오직 이 것 밖에 없다. 나에게는 이 두 가지를 충실히 하려면 정말 회를 위해 일할 시간이 적다. 내가 일어서야 한다. 반드시. 나를 먼저 세우고, 가정을 세우고, 이웃을 세워야만 한다. 정말 이걸 못 하면 나는 평생에 일을 다 못 하게 되는 셈이다.

1980. 2. 3. 일. 맑음

오늘은 동문장학회 2월 정기총회 집회가 월배성당에서 있었다. 1시가 다 되어 가길래 망설이다 그냥 집회에 참석했다. 차기 회장을 뽑을 때 정말 진땀 뺐다. 다행히 형도가 회장으로 뽑혔다. 부회장은 곽숙자. 진심으로 축하한다. 잘 해나갈 것으로 굳게 믿는다.

은주, 순태 누나는 내가 생각한 그런 이유로 집에 못 내려온 것은 아니었다. 회의가 끝나고, 거기서 탁구를 신나게 쳤다. 즐거웠다.

1980. 4. 23. 수. 맑음

아~ 우리 동문장학회는 장차 어찌 될 것인가? 난 정말 나쁜 놈인가 보다. 형도야 정말 미안하다. 우리 좀 더 심사숙고해 보자. 어제 차 안에서 형도를 만났다. 오늘 할 말이 있으니 한일극장 앞으로 6시까지 좀 나와 달라는 것이었다. 그래서 청소를 마치고 만순이와 같이 나갔다. 형도는 제시간에 왔다. 우리는 로얄분식점으로 들어갔다.

형도가 뭔가 모르게 근심에 쌓인 그런 얼굴이었다. 우리들은 콜라 한 병씩 주문해 놓고 대화를 시작했다. 형도가 회장 자리를 내놓겠다는 것이었다. 형도가 받은 정신적인 고통. 정말 우리가 반만이라도 알아줬더라면…. 너무 무관심했던 것 같다. 우리는 많은 얘기를 나눴다. 그러나 거기서 결론이 나올 수가 없었다. 그래서 다음주 화요일날 다시 만나기로 하고 집으로 돌아왔다. 철희와 동문장학회에 관해서 1시간 정도 얘기를 나눴다.

1980. 4. 28. 월. 맑음

이번 시험을 치고 나면 수학여행이다. 여행을 생각하면 마음이 홀가분하다. 내일 시험을 앞두고도 밤 늦도록 조금 전까지 철희와 동문장학회에 관해서 토론에 토론을 거듭했다. 결론이 나질 않았다. 나는 곧 철희의 진정성을 이해하게 되었다.

형도가 회장직을 내려 놓으면 우리 기수에서 회장이 없게 되고… 그러면 동문장학회의 현재와 미래는 어찌되는가? 형들이 애써 만들어 놓은 회를 우리 때문에 그만두게 할 수는 없지 않는가? 또 동문장학회 회장을 맡아 해보다가 도저히 무리다 싶으면 그때 내려놓으면 되는 거지. 이런 마음이 속에서 올라왔다. 그러나 어떤 경우에도 철희와는 절대 떨어지지 않고 변하지 않을 거다. 절대로. 밤 12시다.

1980. 4. 29. 화. 맑음

그래도 시험을 다 치고 나니 정말 마음이 홀가분했다. 날을 것만 같았다. 시험을 마치고 시내에 나갔다. 만순이와 같이 형도를 만나러… 거기서 제2의 형도를 알게 된 데 놀랐다. 그리고 동문장학회 회장은 내가 맡기로 했다. 많은 고민과 토론 끝에. 나의 집안과 미래를 생각하여 일체의 직을 맡지 않고 공부만 해야 한다는 철희의 진심 어린 조언을 지금까지는 잘 따랐었는데….

1980. 5. 4. 일. 맑음

회장 교체 문제는 순조롭게 해결되었다. 선배들 모두 동의했다. 난 후배들에게 실망시키지 않기 위하여 힘껏 뛸 것을 다짐한다. 후배들도 잘 협조해 주리라 믿으며, 오늘 집회는 만족할 만하게 마쳤다. 오랜만에 철희와 월배에 온지라 탁구를 1시간 동안 후배들과 치고는 목욕을 하고 집으로 돌아왔다. 기분이 매우 상쾌했다.

마을에 들어서니 누나가 기다리고 있었다. 은주 누나. 오지 않을까 기대 했는데…. 역시나. 누나와 집에 있으니 또 순태 누나로부터 전화가 걸려와 밤이 깊었는데도 석희 형 집에 올라 갔다. 숙자도 와 있었다. 모두들 기분이 좋은 것 같았다. 숙자도. 밤 11시가 훨씬 넘어서야 피곤한 몸을 이끌고 집으로 와서 잠에 곯아 떨어졌다.

***

이렇게 해서 어쩔 수 없이 선배들이 애써 만들어 놓은 동문장학회를 우리 기수에 회장이 없어 중단케 해서는 안 된다는 책임감 때문에 동문장학회 2대 회장을 맡게 되었다.

그런데 형도도 회장직은 내려놓았지만, 최선을 다해 도와주었다. 정말 멋진 친구였다.

그런 우여곡절이 있었기 때문에 더 열심히 하지 않을 수가 없었다. 그래서 회의 기틀을 세워 보겠다는 마음으로 모든 행사를 다

추진했던 것이었다. 경험은 부족했지만, 할 수 있다는 용기 하나로 밀고 나갔다. 그중의 백미가 바로 제1회 동문장학회 동문전이었다.

그런데 동문전을 마치고 나니 밀려오는 허무감이 엄청났다. 그 미묘한 허무감을 어떻게 다 설명하기는 힘들다. 하여튼 힘이 들었다. 그래서 동문장학회를 탈퇴하겠다고 통보를 했다. 그리고 칩거를 했다. 그런데 나는 탈퇴를 했다고 생각했는데, 회에서는 거기에 따른 아무런 변화도 없었다. 즉, 나의 탈퇴가 전혀 사실로 받아들여지지 않고 있었다.

그러던 중, 1대 회장이었던 용철이 형이 만나자고 해서, 월배 세화다방에서 만나 장시간의 설득 끝에 내가 얼마나 옹졸했는지를 깨닫고, 다시 회의 발전을 위해 노력하겠다고 약속하며, 동문장학회 탈퇴 건은 하나의 해프닝으로 끝나고 말았다.

＊＊＊

1981. 1. 20. 화. 맑음

벌써 방학도 반 이상이 지났는데 너무 허무하게 지나간 것 같다. 방황과 실의 끝에 다시 찾은 내 모습. 철희야 고맙다. 앞으로도 종종 이런 충고해 주면 좋겠다.

동문장학회에서 탈퇴한 내 자신이 비참하고 초라하다. 지금부터는 모든 걸 부정하고 마음이 빈 상태에서 모든 진실들을 하나씩 채워 나가야 되겠다. 내 인생의 전환점이 될 것 같다. 그 동안 빼먹은 일기는 톱니 빠져버린 나의 한 생애의 소중한 일부분. 그러나 나는 되찾으려 하고 싶지 않다. 이제부터는 모든 말도 줄여야 되겠다. 내일부터는 새로운 내 자신이 탄생하기를 영혼에게 빌겠다. 오늘이여 안녕. 이 밤과 함께.

동문장학회. 이제는 추억 속의 이름들로 기록을 남겨 본다.

1대

용철, 영일, 준영, 석희, 우석, 두형, 제학, 상승, 경현, 경복, 철희, 은주, 순태, 동숙, 명자, 희옥.

2대

형도, 영현, 숙자, 명술, 숙자, 경애, 수연, 윤애, 순자, 현숙.

3대

석덕, 병곤, 상엽, 종우, 오중, 문택, 종수, 종웅, 순애, 현숙, 선희, 숙희, 은숙.

4대

예수, 태호. 미안하다.

1981. 1. 22. 목. 맑음

점심때 마을에 동석이와 현태 형과 월배국민학교 가서 테니스를 쳤다. 동석이는 나보다 한 해 위이지만 사정상 이제 중3이다. 그래서 경상중학교 테니스부에서 제일 잘 쳤는데, 나이 때문에 제약이 많아 나와버렸다. 그런 친구와 테니스를 같이 치니 내 실력이 금방 늘었다. 거기서 나는 동석이의 테크닉뿐만 아니라 겸손한 마음씨까지 배울 수 있었다. 벼는 익을수록 고개를 숙인다고 그랬지.

오랜만에 올라가 본 월배, 거기서 용철, 상승, 영일 형과 석덕, 오중, 상엽이를 만났다. 모두들 반가운 표정들. 후배들을 포섭하는 중이었다. 저녁 때 걸려온 용철이 형 전화를 받고 월배에 다시 올라가 세화다방에서 얘기를 나눴다. 형은 다른 회원들 보다 한 차원 높은 곳에서 나를 설득했다. 오랜 시간을 얘기 나누며 서로의 진실만을 진솔하게 털어놓았다. 진실은 가장 큰 설득력을 갖는다. 나는 다른 사람들 앞에서는 절대 못 느끼는 바를 용철이 형 앞에서는 느껴지고, 언제나 고개 숙여지며, 졸렬한 내 자신을 발견한다.

서시

-윤동주

죽는 날까지 하늘을 우러러
한 점 부끄럼이 없기를
잎새에 이는 바람에도
나는 괴로워했다.

별을 노래하는 마음으로
모든 죽어가는 것을 사랑해야지

그리고 나한테 주어진 길을

걸어야겠다

오늘 밤도 별이 바람에 스치운다

오늘은 이 시를 어느 정도 이해하겠다. 죽는 날까지 한 점 부끄럼이 없는 삶은 바로 거만하거나, 속이지 않고, 성실히 살아가는 바로 그런 삶이 아닐까? 나도 평생을 그런 마음으로 살겠다. 이제부턴 나에게 주어진 인생을 거짓 없이, 후회 없이, 불만 없이 그저 모든 것에 성실히 살아갈 것을 하느님 앞에 맹세합니다.

1981. 1. 27. 화. 맑음

동문장학회 일도 매듭지었고, 집안 일도 그렇게 불행하게만 여겨지진 않는데, 손에 책은 잡히지 않고, 자꾸만 불안한 것 같고, 텅 빈 내 마음을 알 길이 없다. 나는 진정 어떤 인간이란 말인가? 최대한으로 라디오 볼륨을 낮췄는데도, 그렇게 크게 들릴 수가 없다.

며칠 전 용철이 형을 만나서 형에게 조금이라도 도움을 줄 수 있는 후배가 되기 위해, 아니 형의 뜻을 조금이나마 이해할 수 있는 나 자신이 되기 위해 노력할 것을 형과 약속했다. 동문장학회는 이제부터 시작이고, 장학회에 대한 새로운 관심도 이제부터 시작이라고. 나 자신에게 충실하고 싶기에 우리 동문장학회를 꼭 월배 내에서 뿌리내리게 하리라.

1981. 1. 31. 토. 맑음

1월초에는 동문장학회 회지를 만드느라 시간을 대부분 소비해 버렸다. 또 1월 중순에는 장학회 탈퇴문제로 말썽을 일으켜…, 1월말에는 혼자서 방황하느라…, 이럭저럭 시간을 모두 보내 버렸다. 81년도는 뭔가 생각할 겨를도 없이 빨리 와서 벌써 한 달을 다 보냈다. 한심스럽다. 1월의 마지막 날을 보내면서 뭔가 정리를 좀 해야 되겠기에 이렇게 펜을 들었다.

내 딴에는 공부를 하려고 무척이나 노력을 많이 기울였다. 하지만 그 결과는…. 나는 이번 방학을 결코 알차게 보내지 못했다. 동문장학회에서도 그렇게 성실한 인간이 되질 못 했고, 나 자신에게도 성실하지 못했다. 실의와 방황으로 보내 버린 1월 한 달이었다. 개학하자 마자 시험을 치른다. 후회 않을 생을 보내야 되겠는데…. 후회 않을….

1981. 2. 1. 일. 맑음

오늘은 2월 첫째 주 일요일. 동문장학회 정기총회를 가지는 날이다. 오랜만에 입어보는 교복. 기분이 괜찮았다. 상인국민학교에 도착하니 회원들은 모두 벌써 모여 있었다. 나는 후배들이 진행해주고 있기를 바랬다. 그리고 나는 조용히 참석만 하고 싶었다. 그런데 모두 준비를 해 가지고 나를 기다리고 있는데, 미안한 맘이 적잖이 들었다.

형도, 숙자는 사전에 얘기했던 것을 모두 준비했다고 했다. 이렇게 된 이상 더 이상 지체할 수가 없었다. 그래서 비록 준비가 안 되고 엉성한 총회였지만 시작되었다. 중간에 1년 예산 문제 때문에 논란이 많았다.

하지만 총회는 순서대로 되어 나갔다.

드디어 회장, 부회장 선거 시간이 다가왔다. 중3, 고3들에게 투표권을 줄 것인지 말 것인지 때문에 말썽이 일었으나 모두 안 주기로 결정해 버렸다. 회장에 석덕이, 부회장에 현숙이가 뽑혔다. 오중이 표가 많이 나왔다. 활동도 열심히 했다. 하지만 결정은 난 것이었다.

회의를 마치고 내려오면서 생각해 보았다. 1년 동안 한다고 했는데도 한낱 작은 몸부림밖에 지나지 않았다는 것을…. 하지만 이런 말을 후배들에게는 차마 말할 수는 없었다. 모든 게 무(無) 상태였다. 하지만 잃은 것도 있었지만, 얻은 것도 적잖이 많았다. 월배에서의 나란 존재감과 좋은 선후배들을 많이 알게 된 점, 그리고 나름대로 열심히 뛴 활동 경험 등. 하지만 이제는 악착같이 공부만 해야 되겠다는 마음이 굳어졌다.

내려오는 길에 후배들과 탁구를 쳤다. 컨디션이 매우 좋아 3시간 가량 치고는 캄캄해서 집에 오니 은주 누나가 와 있었다. 누나와 함께라면 언제라도 좋았다. 나는 <은주 누나에게 바침>이란 자작곡을 선사했다. 이제는 여고 졸업을 하게 되는 누나가 안타까웠고, 또한 함께 지낸 시간들에 너무나 감사했고 또 행복했다. 즐거운 시간이 흘렀다.

＊＊＊

이렇게 하여 동문장학회 2대 회장으로서 나의 활동은 끝이 났다. 나는 3학년이 되면서 명예회원이 되었고, 1,2학년 후배들은 동문장학회를 우리 때보다 훨씬 더 체계적으로 잘 이끌어갔다. 월배에서는 동문장학회가 완전히 뿌리를 내리게 되었다. 좋은 후배들도 동문장학회로 쏟아져 들어왔다.

3학년 여름방학 때 후배들이 준비한 수련대회를 다녀온 적이 있다. 아무런 책임도 없이 얼마나 즐겁고 행복하게 잘 놀다 왔는지 모른다. 그 수련대회 밤에 용철이 형과 대화를 나누며, 동문장학회가 이렇게 성장했다면서 얼마나 뿌듯해 했는지 모른다.

먼 훗날 "넌 학창시절에 어떤 활동을 했느냐?"라고 물으면, "동문장학회를 위해 일했습니다"라고 떳떳하게 말하고 싶다고 일기장에 적었듯이, 정말 행복한 학창시절을 선사한 동문장학회에 감사한다.

훌륭한 후배들이 현재 감사원, 카이스트, 언론사 그리고 대기업에서 활동하며, 우리 사회를 밝게 물들이고 있음에 또한 감사하다.

끝으로 이 모든 감사를, 참 특별하고 고마운 인연의, 나의 수호천사였던 은주 누나에게 바친다.

이 글을 마치며

무엇이 나를 원하는가?

"구슬이 서말이라도 꿰어야 보석이다"는 말처럼 나의 고교일기를 바탕으로, 한 편씩 자전 수필로 정리해 나가다 보니 정말 보석같이 빛나는 느낌이 들었다. 글 쓰는 동안 내내 그 시절의 온전한 추억에 빠져 얼마나 행복했는지 모른다. 생생하게 지난 일들이 다 되살아났다.

정말 나의 고교일기장은 가격을 매길 수 없는 원석과도 같았다. 당시 글을 쓰면서도 언젠가는 이런 날이 올 걸로 상상을 했는데…. 40년이 지나 현실이 되고 보니 정말 감회가 새롭다. 나의 일기를 메워준 모든 인연들에게 참으로 깊은 감사를 드린다.

한국리더십센터 어느 교수는 이런 말을 한 적이 있다. "자기 이름으로 낸 책이 다섯 권을 넘으면 먹고 사는 데 지장이 없다." 그러고 보니 이 자전 수필집이 나의 다섯 권째 책이 된다. 그 동안 세 권의 저서와 한 권의 역서를 발간했다. 그 책들의 제목은 『눈부신 비밀의 성공』, 『패러다임을 바꾸면 새 세상이 보인다』, 『위대한 네트워커의 삼위일체』 그리고 스티븐 코비 박사의 『성공하는 네트워커들의 7가지 습관』이다.

그런데 나 자신에 대한 이야기책은 처음이다. 나의 고교일기를 바탕으로 쓴 자전 수필집으로, 정말 나의 분신과도 같은 책이다. 구범 강경수가 어떤 사람인지 알고 싶으면 이 책을 보면 다 알게 될 것 같다. 그만큼 온 마음을 다 쏟은, 가장 애착이 가는 책이다.

지난 고교일기를 40년 만에 다시 보고 정리하면서 느낀 점이 있다. 니체는 "왜 살아야 하는지 그 이유를 아는 사람은 어떤 상황이든지 극복할 수 있다"고 했다. 즉, Why를 아는 사람은 How를 찾아갈 수 있다는 말이다.

이 구절은 빅터 프랭클의 『죽음의 수용소에서』라는 책을 읽으면서 알게 됐다. 빅터 프랭클은 오스트리아에 살았던 유대인 정신과 의사였는데, 2차 세계대전 때 유대인 포로수용소에 끌려가 약 4년간 살았다. 그 지옥 같이 처참한 환경 속에서 빅터 프랭클은 주위 사람들에게 물었다. "왜 자살하지 않습니까?" 그런데 돌아온 대답들은 "절대 죽을 수 없어요. 왜냐하면 반드시 살아 나가서 우리 가족을 만나야 되거든요"였다.

즉, 내가 왜 살아야 하는지 그 이유를 아는 사람들은 그 처참한 환경 속에서도 견디는 힘이 생겨나더라는 것이었다. 또 다시 말하면, '내가 무엇을 원하는가?' 하는 꿈도 중요하지만, '무엇이 나를 원하는가?' 하는 의미도 중요하다는 것이다. 그래서 그 책『죽음의 수용소에서』의 원제는 『Man's search for meaning』즉『삶의 의미를 찾아서』이다.

당시 나의 꿈들도 중요했지만, 아버지께서 나의 성공을 간절히 원했고, 동문장학회가 나의 회장 역할을 원했다. 또 가족 친구들 그리고 나의 수호천사, 은주 누나가 나의 건강한 삶을 원하고 지지해 줬다. 그래서 나는 절대 좌절하거나, 포기할 수가 없었다.

그 이후에도 새롭게 생긴 나의 사랑하는 가족과 이웃과 사회가 나를 원했다. 그래서 오늘의 내가 존재할 수 있었던 것이다. 내 삶의 의미의 원천이었던 그 모든 분들에게 참으로 감사할 뿐이다.

이 책이 나오게 된 데에, 특별히 감사할 두 사람이 있다.

첫 번째는, 한국리더십센터 김경섭 회장님이다. 오늘날의 나를 있게 한 변환자이자 멘토이시다. 그러면서도 늘 책을 써보라고 권유와 자극을 주셨기 때문이다. 김경섭 회장님과의 인연이 없었다면 오늘날의 나는 존재하지 않았을 것이다.

두 번째는, 오석륜 시인이다. 그는 고교 시절에도 친하게 지냈을 뿐만 아니라 지금도 내가 가장 좋아하는 시인이자 교수다. 특히 이 고교일기를 어떻게 책으로 출간하면 좋을지에 대하여 방향을 잡아주고, 아낌없는 피드백을 준 친구다. 이렇게 탈고를 하고 보니, 정말 더욱 감사한 마음이 나를 감싼다.

끝으로 내가 자서전의 일환으로 이 자전 수필을 쓰도록 보이지 않는 동기부여를 준 사랑하는 나의 자식들 동인이, 태인이, 유정이, 그리고 이들을 예쁘게 낳아, 건강하게 잘 길러준 사랑하는 아내, 유은희에게 참 감사함과 동시에 이 책을 바친다.

그리고, 이 책의 출간을 맡아 주시고, 예쁜 책을 만들기 위해 애써 주신 〈행복한책읽기〉의 임형욱 대표님과 모든 스태프들에게도 깊은 감사의 말씀을 전한다.

2021. 2. 12.

강원도 횡성 〈로꾸꺼법칙센터〉에서

구범 강경수